CODE ÉTERNITÉ

EOIN COLFER

CODE ÉTERNITÉ
ARTEMIS FOWL /3

traduit de l'anglais
par Jean-François Ménard

GALLIMARD JEUNESSE

Titre original: *Artemis Fowl : The Eternity Code*
Édition originale publiée par The Penguin Group, 2003
Artemis Fowl : The Eternity Code © Eoin Colfer, 2003, pour le texte
© Éditions Gallimard Jeunesse, 2003, pour la traduction française

Pour la famille Power,
la belle-famille et les autres.
Eoin Colfer

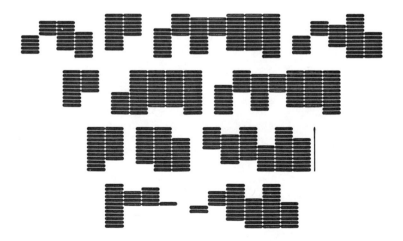

PROLOGUE

Au cours des deux dernières années, les affaires que j'ai entreprises ont pu prospérer sans aucune interférence de mes parents. Durant cette période, j'ai vendu les pyramides d'Égypte à un homme d'affaires américain, fabriqué de toutes pièces puis mis aux enchères les journaux intimes de Léonard de Vinci, et enfin soulagé le Peuple des fées d'une bonne partie de ses précieuses réserves d'or. Mais ma liberté d'action est presque arrivée à son terme. Au moment où j'écris ces lignes, mon père est allongé dans un lit d'hôpital à Helsinki, où il se remet de deux années de captivité aux mains de la Mafiya russe. Cette épreuve l'a plongé dans un coma dont il n'est pas encore sorti, mais il se réveillera bientôt et reprendra alors le contrôle des finances de la famille.

Avec mes deux parents présents au manoir des Fowl, il me sera désormais impossible de mener mes diverses activités illégales sans attirer leur attention.

Jusqu'alors, je n'avais jamais rencontré ce genre de difficulté, car mon père était un escroc d'une envergure supérieure à la mienne, mais cette fois Maman a décidé de faire rentrer la famille Fowl dans le rang.

Il me reste cependant assez de temps pour mener à bien un dernier projet. Une chose que ma mère ne manquerait pas de désapprouver et que le Peuple des fées n'approuverait pas davantage. Je ne leur en parlerai donc pas.

PREMIÈRE PARTIE
ATTAQUE

CHAPITRE I

LE CUBE

EN FIN, KNIGHTSBRIDGE, LONDRES

Artemis Fowl était presque content. Son père sortirait bientôt de l'hôpital universitaire d'Helsinki où il était soigné. Et lui-même attendait avec impatience le succulent déjeuner qu'on allait lui servir au *En Fin*, un restaurant londonien de poissons et fruits de mers, où l'homme d'affaire à qui il avait donné rendez-vous ne tarderait pas à le rejoindre. Exactement selon le plan prévu.

Butler, son garde du corps, était beaucoup moins détendu. D'ailleurs, il ne l'était jamais vraiment. Lorsqu'on est l'un des hommes les plus redoutables de la planète, on ne peut s'offrir le luxe de baisser sa garde. L'Eurasien géant s'affairait parmi les tables du restaurant de Knightsbridge, mettant en place ses habituels accessoires de défense et prenant soin de dégager toutes les issues possibles.

– Vous avez vos tampons dans les oreilles ? demandat-il à son employeur.

13

Artemis poussa un profond soupir.

– Oui, Butler, bien que je sois convaincu que nous ne courons aucun danger ici. Enfin quoi, se rencontrer en plein jour pour parler affaires n'a strictement rien d'illégal.

Les tampons pour les oreilles étaient en fait des éponges à filtres soniques récupérées sur des casques des Forces Armées de Régulation, la police des fées. Butler s'était procuré les casques, en même temps que d'autres trésors technologiques, plus d'un an auparavant, lorsque l'une des machinations d'Artemis l'avait opposé à un commando du Peuple des fées. Cultivées dans les laboratoires des FAR, ces éponges étaient dotées de minuscules membranes poreuses qui se fermaient automatiquement dès que le nombre de décibels dépassait le niveau tolérable.

– Vous avez peut-être raison, Artemis, mais les assassins frappent toujours au moment où on s'y attend le moins.

– C'est possible, répondit Artemis en examinant la carte des entrées. Mais qui donc chercherait à nous tuer ?

Parmi la demi-douzaine de personnes assises aux autres tables, Butler repéra une femme à qui il lança à tout hasard un regard féroce, au cas où elle aurait eu de mauvaises intentions. La femme devait avoir au moins quatre-vingts ans.

– Ce n'est pas forcément à nous qu'ils en auraient. N'oubliez pas que Jon Spiro est un homme puissant. Il a mené nombre d'entreprises concurrentes à la faillite. Nous pourrions prendre une balle perdue.

Artemis approuva d'un signe de tête. Comme d'habitude, Butler avait raison, ce qui expliquait pourquoi tous deux étaient toujours en vie. Jon Spiro, l'homme d'affaires américain qu'il devait rencontrer, était le genre de personnage qui attire les balles des tueurs. Devenu milliardaire dans le commerce des technologies de l'information, il avait un passé douteux et entretenait, disait-on, d'étroites relations avec la pègre. A en croire les rumeurs, Fission Chips, l'entreprise qu'il dirigeait, s'était hissée à la première place dans son secteur d'activités grâce à l'espionnage industriel. Bien entendu, rien n'avait jamais été prouvé. Malgré les efforts du district attorney de Chicago qui s'y était essayé. Plus d'une fois.

Le sourire étincelant, une serveuse s'avança jusqu'à leur table d'un pas nonchalant.

– Bonjour, jeune homme. Vous voulez voir le menu spécial enfants ?

Une veine palpita à la tempe d'Artemis.

– Non, mademoiselle. Je ne veux pas voir le menu spécial enfants. Le carton sur lequel il est écrit a sûrement meilleur goût que les plat qu'il propose. Je préférerais donc commander à la carte. A moins que vous ne serviez pas de poisson aux moins de dix-huit ans ?

La rangée de dents que découvrait le sourire de la serveuse se réduisit soudain à deux incisives. La façon dont s'exprimait Artemis avait généralement cet effet-là sur bon nombre de gens. Butler leva les yeux au ciel. Et dire qu'Artemis se demandait qui pouvait bien avoir

envie de le tuer ! La plupart des serveurs de restaurants et des tailleurs d'Europe, pour commencer.

– Bien, monsieur, balbutia la malheureuse. Comme vous voudrez.

– Ce que je voudrais, c'est un panaché de requin et d'espadon. Grillé à la poêle. Sur un lit de légumes et de pommes de terre nouvelles.

– Et comme boisson ?

– De l'eau de source. Irlandaise, si vous avez. Sans glace, s'il vous plaît. Votre glace étant certainement faite avec de l'eau du robinet, l'eau de source n'aurait plus de raison d'être.

La serveuse se hâta en direction de la cuisine, soulagée de pouvoir échapper au jeune homme blafard de la table six. Un jour, elle était allée voir un film de vampire. Le mort-vivant qui sortait de son cercueil avait exactement le même regard hypnotique. Si ce gosse parlait comme un adulte, c'était peut-être parce qu'il était âgé en réalité de cinq cents ans.

Inconscient de la consternation qu'il venait de provoquer, Artemis sourit à la pensée du repas qu'il allait faire.

– Vous aurez certainement beaucoup de succès au bal de votre école, commenta Butler.

– Pardon ?

– Cette pauvre fille était au bord des larmes. Vous pourriez vous montrer un peu plus aimable, de temps à autre.

Artemis s'étonna. Il était rare que Butler exprime son opinion sur des sujets à caractère personnel.

– Je ne me vois pas aller au bal de l'école, Butler.

– L'important, ce n'est pas de danser, c'est de communiquer.

– Communiquer ? s'esclaffa le jeune Fowl d'un air moqueur. Je doute qu'il existe un seul adolescent encore vivant qui possède un vocabulaire aussi étendu que le mien.

Butler s'apprêtait à souligner la différence entre parler et communiquer lorsque la porte du restaurant s'ouvrit. Un petit homme au teint hâlé entra dans la salle, flanqué d'un véritable géant. Jon Spiro et son garde du corps.

Butler se pencha pour parler à l'oreille de son protégé.

– Méfiez-vous, Artemis, murmura-t-il. Je connais le géant de réputation.

Spiro se faufila parmi les tables, les bras tendus devant lui. C'était un Américain d'âge mûr, mince comme une flèche et à peine plus grand qu'Artemis lui-même. Dans les années quatre-vingts, il s'était occupé de transports internationaux, dans les années quatre-vingt-dix, il avait fait un malheur à la Bourse et à présent, il s'était mis à l'informatique. Vêtu de l'habituel costume de lin blanc qui constituait son image de marque, il portait aux doigts et aux poignets une quantité de bijoux suffisante pour recouvrir d'or fin les murs du Taj Mahal.

Artemis se leva pour l'accueillir.

– Soyez le bienvenu, Mister Spiro.

– Ha, le petit Artemis Fowl. Alors, comment ça va, l'ami ?

17

Artemis lui serra la main. Les bijoux de l'Américain tintèrent comme la queue d'un serpent à sonnettes.

– Très bien. Je suis ravi que vous ayez pu venir.

Spiro s'assit.

– Artemis Fowl qui m'appelle pour me proposer une affaire ! J'aurais été prêt à marcher pieds nus sur du verre pilé pour être à l'heure au rendez-vous.

Les deux gardes du corps se mesurèrent ouvertement du regard. En dehors de leur carrure, ils étaient exactement à l'opposé l'un de l'autre. Butler était un modèle d'efficacité discrète. Costume noir, crâne rasé, il s'efforçait de passer aussi inaperçu que possible, compte tenu de ses deux mètres dix de hauteur. Le nouveau venu avait des cheveux blonds décolorés, un T-shirt déchiré et un anneau d'argent façon pirate à chaque oreille. Pas du tout le genre d'homme soucieux de se faire oublier.

– Arno Blunt, dit Butler. J'ai entendu parler de vous.

Blunt prit place au côté de Jon Spiro.

– Butler. Un des Butler, dit-il avec un accent traînant de Nouvelle-Zélande. On m'a dit que vous étiez les meilleurs, dans votre famille. C'est le bruit qui court, en tout cas. Espérons que nous n'aurons pas à le vérifier.

Spiro éclata de rire. On aurait cru entendre des grillons enfermés dans une boîte.

– Arno, s'il te plaît. Nous sommes entre amis, ici. Ce n'est pas le jour pour lancer des menaces.

Butler n'en était pas si sûr. Son sixième sens de soldat faisait bourdonner sa nuque comme un nid de frelons. Le danger était présent.

– Allons-y, l'ami, parlons affaires, dit Spiro, fixant

Artemis de ses petits yeux rapprochés au regard sombre. Je n'ai pas cessé de saliver pendant toute ma traversée de l'Atlantique. Qu'est-ce que vous avez à me proposer ?

Artemis fronça les sourcils. Il avait espéré que les affaires pourraient attendre la fin du repas.

– Vous ne voulez pas d'abord voir la carte ?

– Non. Je ne mange plus beaucoup. Des pilules et des liquides, surtout. Problèmes d'entrailles.

– Très bien, dit Artemis en posant sur la table une mallette en aluminium. Parlons affaires, dans ce cas.

Il releva le couvercle de la mallette, dévoilant un cube rouge de la taille d'un lecteur de minidisque, niché dans une mousse bleue.

Spiro essuya ses lunettes avec la pointe de sa cravate.

– Qu'est-ce que c'est que ça, mon bonhomme ?

Artemis plaça devant lui le cube scintillant.

– L'avenir, Mister Spiro. Avec beaucoup d'avance.

Jon Spiro se pencha pour mieux voir.

– Pour moi, ça ressemble plutôt à un presse-papiers.

Arno Blunt ricana, son regard moqueur posé sur Butler.

– Laissez-moi vous faire une petite démonstration, dit Artemis en prenant la boîte métallique.

Il appuya sur un bouton et le gadget s'anima dans un ronronnement. Une plaque coulissa, révélant un écran et des haut-parleurs.

– Très mignon, marmonna Spiro. J'ai donc fait près de cinq mille kilomètres pour voir une télévision miniature ?

– Il s'agit en effet d'une télévision miniature, approuva Artemis. Mais c'est également un ordinateur à commande vocale, un téléphone portable et un précieux assistant en matière de diagnostics. Cette petite boîte peut lire n'importe quelle information sur n'importe quelle plateforme, électrique ou organique. Elle peut passer des cassettes vidéo, des disques laser, des DVD, se connecter à Internet, recevoir des e-mails et pirater n'importe quel ordinateur. Elle peut même vous ausculter pour connaître votre rythme cardiaque. Sa batterie a une autonomie de deux ans et, bien entendu, elle ne comporte aucun câble de raccordement.

Artemis fit une pause pour laisser à son interlocuteur le temps d'assimiler ce qu'il venait de dire.

Les yeux de Spiro paraissaient énormes derrière ses lunettes.

– Vous voulez dire que cette boîte...

– Va rendre obsolètes toutes les autres formes de technologie. Vos usines d'ordinateurs ne vaudront plus rien.

L'Américain respira profondément à plusieurs reprises.

– Mais comment... comment ?

Artemis retourna la boîte. De l'autre côté, un capteur infra-rouge palpitait lentement.

– Voici le secret. Un capteur universel capable de lire tout ce que vous lui soumettez. Et si la source comporte un programme, il peut le pirater par l'intermédiaire du satellite de votre choix.

– Mais c'est illégal, fit remarquer Spiro en agitant l'index.

– Non, non, répondit Artemis, il n'existe aucune loi contre ce genre de matériel. Et il se passera au moins deux ans à compter de sa commercialisation avant qu'on en fasse une. Regardez combien de temps il a fallu pour fermer Napster.

L'Américain se prit la tête entre les mains. C'était trop.

– Je ne comprends pas. Cet engin a des années, que dis-je, des décennies d'avance sur ce que nous connaissons aujourd'hui. Comment un gamin de treize ans a-t-il pu arriver à ça ?

Artemis réfléchit un instant. Qu'allait-il répondre ? Que seize mois auparavant, Butler avait affronté un commando de récupération des FAR et s'était emparé de la technologie des fées ? Qu'Artemis en avait démonté les composants et s'en était servi pour fabriquer cette merveille ? Difficile.

– Disons simplement que je suis un garçon très intelligent, Mister Spiro.

L'Américain plissa les yeux.

– Peut-être pas aussi intelligent que vous le dites. Il faudrait d'abord me faire une petite démonstration.

– C'est tout naturel, approuva Artemis. Vous avez un téléphone portable ?

– Bien entendu.

Spiro posa son téléphone sur la table. Il s'agissait du dernier modèle de chez Fission Chips.

– Il possède un système de sécurité, j'imagine ?

Spiro hocha la tête d'un air hautain.

– Cryptage à cinq cents bits. Le meilleur de sa catégo-

rie. Impossible d'ouvrir le Fission 400 sans l'aide d'un code.

– C'est ce qu'on va voir.

Artemis dirigea le capteur vers le téléphone. L'écran afficha aussitôt une image aux rayons X de l'intérieur du portable.

– Téléchargement ? demanda une voix métallique qui s'élevait du haut parleur.

– Confirmation.

En moins d'une seconde, le travail était terminé.

– Téléchargement achevé, annonça la boîte d'un ton légèrement prétentieux.

Spiro était abasourdi.

– Je n'arrive pas à y croire. La mise au point de ce téléphone a coûté vingt millions de dollars.

– Il ne vaut plus rien, répondit Artemis en lui montrant l'écran. Voulez-vous passer un coup de fil chez vous ? Ou donner des ordres de transfert de fonds ? Vous ne devriez pas conserver vos numéros de comptes bancaires sur une carte à puces.

L'Américain réfléchit un long moment.

– Vous êtes en train de vous payer ma tête, déclara-t-il enfin. Vous connaissiez sans doute le code de mon téléphone. J'ignore comment vous vous y êtes pris mais vous aviez déjà trouvé le moyen d'y avoir accès.

– C'est logique, admit Artemis. Moi aussi, à votre place, j'aurais eu les mêmes soupçons. Proposez donc un autre test.

Ses doigts pianotant sur la table, Spiro jeta un coup d'œil dans la salle du restaurant.

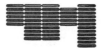

– Là-bas, dit-il soudain en montrant des cassettes vidéo alignées sur une étagère au-dessus du bar. Passez donc une de ces cassettes sur votre appareil.

– C'est tout ?

– Pour commencer.

Ravi de se donner en spectacle, Arno Blunt alla fouiller à grands gestes parmi les cassettes. Il finit par en choisir une qui ne comportait aucune étiquette et la jeta avec force sur la table. Sous le choc, les couverts en argent gravé sautèrent de plusieurs centimètres dans les airs. Artemis se retint de lever les yeux au ciel et plaça la boîte rouge directement sur la cassette.

Une image aux rayons X montrant le mécanisme interne apparut sur le minuscule écran à plasma.

– Téléchargement ? demanda la boîte.

Artemis approuva d'un signe de tête.

– Téléchargement, compensation et lecture, dit-il.

Cette fois encore, l'opération fut accomplie en moins d'une seconde et les images d'une série télévisée anglaise s'animèrent sur l'écran.

– Avec la qualité d'un DVD, commenta Artemis. Quelle que soit la source, le Cube C compense automatiquement.

– Le quoi ?

– Le Cube C, répéta Artemis. C'est le nom que j'ai donné à ma petite boîte. Un peu trop évident, je le reconnais. Mais approprié. Le cube qui « sait » tout.

Spiro s'empara de la cassette et la lança à Arno Blunt.

– Vérifie, ordonna-t-il.

Le garde du corps aux cheveux décolorés alluma la télévision du bar et glissa la cassette dans la fente du magnétoscope. Le même feuilleton apparut sur l'écran avec toutefois une qualité d'image bien inférieure.

– Alors, convaincu ? demanda Artemis.

L'Américain tripota l'un de ses nombreux bracelets.

– Presque. Je voudrais faire un dernier test. J'ai l'impression que les autorités américaines me suivent à la trace. Pourriez-vous vérifier si c'est vrai ?

Artemis réfléchit un instant puis il approcha le capteur universel de ses lèvres.

– Cube, y a-t-il des faisceaux d'appareils de surveillance dirigés sur nous ?

La machine ronronna pendant un moment.

– Le faisceau ionique le plus puissant est situé à quatre-vingts kilomètres droit vers l'ouest. Il émane d'un satellite US, numéro de code ST1132P. Enregistré à la CIA. Heure d'arrivée probable dans huit minutes. Il y a également plusieurs détecteurs des FAR connectés au...

Artemis coupa le son avant que le cube ait pu achever sa phrase. De toute évidence, les composants de l'ordinateur captaient également les faisceaux émis par les installations des FAR. Il faudrait y remédier. En de mauvaises mains, ces informations seraient dévastatrices pour le monde des fées.

– Qu'est-ce qui se passe, petit ? La boîte avait encore quelque chose à dire. C'est quoi, ça, les FAR ?

Artemis haussa les épaules.

– Il faut payer pour voir, comme on dit en Amérique. Je vous ai donné un échantillon, c'est suffisant. La CIA, ce n'est pas rien.

– La CIA, soupira Spiro. Ils me soupçonnent de vendre des secrets militaires. Ils ont modifié l'orbite d'un de leurs oiseaux pour me suivre à la trace.

– Ou alors, c'est peut-être à moi qu'ils s'intéressent, fit remarquer Artemis.

– Peut-être, admit Spiro. Vous me semblez de plus en plus dangereux à chaque instant.

Arno Blunt gloussa d'un rire narquois. Butler n'y prêta aucune attention. Il fallait bien que l'un des deux adopte une attitude professionnelle.

Spiro fit craquer ses jointures, une manie qu'Artemis détestait.

– Il nous reste huit minutes, alors passons aux choses sérieuses. Combien demandez-vous pour cette boîte ?

Artemis ne l'écoutait pas. Il songeait à l'information cruciale que le Cube avait failli révéler sur l'existence des FAR. Un instant d'étourderie et il avait été à deux doigts d'exposer ses amis des profondeurs de la terre au genre d'homme qui n'aurait pas hésité à les exploiter.

– Excusez-moi, qu'avez-vous dit ?

– J'ai dit : Combien demandez-vous pour cette boîte ?

– D'abord, ce n'est pas une boîte, c'est un Cube, rectifia Artemis. Et ensuite, il n'est pas à vendre.

Jon Spiro prit une profonde inspiration qui fit vibrer tout son corps.

– Pas à vendre ? Vous m'avez fait traverser l'Atlantique pour me montrer quelque chose que vous

n'avez pas l'intention de vendre ? Qu'est-ce que c'est que cette histoire ?

Butler serra la crosse du pistolet passé à sa ceinture. La main d'Arno Blunt disparut derrière son dos. La tension monta encore d'un cran.

Artemis joignit les doigts.

– Mister Spiro, cher Jon, je ne suis pas un parfait idiot. J'ai conscience de la valeur de mon Cube. Tout l'argent du monde ne suffirait pas à acheter cet objet. Quelle que soit votre offre, il vaudrait déjà mille pour cent de plus dans une semaine.

– Alors, quel est le marché, Fowl ? demanda Spiro entre ses dents. Qu'est-ce que vous proposez ?

– Je vous propose douze mois. Pour un prix convenable, je suis prêt à attendre un an avant de mettre mon Cube sur le marché.

Jon Spiro joua avec sa gourmette gravée à son nom. Un cadeau qu'il s'était offert pour son anniversaire.

– Vous seriez prêt à garder votre technologie secrète pendant une année entière ?

– Exact. Ce qui vous donnerait tout le temps de vendre vos actions avant qu'elles ne s'effondrent et d'investir vos bénéfices dans ElectroFowl Industries.

– La société ElectroFowl Industries n'existe pas.

Artemis eut un petit rire hautain.

– Elle existera un jour.

Butler serra discrètement l'épaule de son employeur. Ce n'était pas une très bonne idée de se moquer d'un homme comme Jon Spiro.

Mais l'Américain n'avait rien remarqué. Il était trop occupé à faire ses calculs, tripotant sa gourmette comme s'il s'était agi d'un chapelet.

– Quel est votre prix ? demanda-t-il enfin.

– De l'or. Une tonne d'or, répondit l'héritier de la famille Fowl.

– Ça fait beaucoup de lingots.

Artemis haussa les épaules.

– J'aime l'or. Au moins, il ne perd pas sa valeur. D'ailleurs, c'est une bagatelle par rapport à la fortune que ce marché vous permettra de conserver.

Spiro réfléchit. A côté de lui, Arno Blunt continuait de fixer Buler. Le garde du corps cillait normalement. Dans l'éventualité d'une confrontation, des yeux trop secs représenteraient un désavantage. Les concours de regards yeux dans les yeux étaient un jeu d'amateurs.

– Je n'aime pas beaucoup les termes de votre proposition, dit Jon Spiro. Je préfère prendre votre petit gadget tout de suite et l'emporter avec moi.

La poitrine d'Arno Blunt enfla d'un centimètre supplémentaire.

– Même si vous parveniez à vous emparer du Cube, répondit Artemis avec un sourire, il ne vous serait guère utile. Sa technologie va bien au-delà de tout ce que vos ingénieurs ont jamais pu voir.

Spiro eut un sourire sans joie.

– Oh, je suis sûr qu'ils arriveraient à comprendre son fonctionnement. Et même s'ils devaient y passer deux ans, ça ne changerait rien pour vous, là où je compte vous envoyer.

– Si vous m'envoyez quelque part, les secrets du Cube C m'y suivront. Toutes ses fonctions sont codées et ne peuvent s'activer qu'au seul son de ma voix. Il s'agit d'un code très ingénieux.

Butler fléchit légèrement les genoux, prêt à bondir.

– Je suis persuadé que nous arriverons à percer ce code. J'ai une équipe d'enfer, chez Fission Chips.

– Pardonnez-moi, mais votre équipe d'*enfer* ne m'impressionne pas le moins du monde, répliqua Artemis. Jusqu'à présent, vous avez toujours eu des années de retard sur Phonetix.

Spiro se leva d'un bond. Il détestait qu'on prononce ce nom. Phonetix était la seule entreprise de communication dont les actions valaient plus cher que celles de Fission Chips.

– D'accord, gamin, tu t'es bien amusé. Maintenant, c'est mon tour. Il faut que je m'en aille avant que le faisceau satellite arrive jusqu'ici. Mais je vais laisser Mister Blunt derrière moi.

Il tapota l'épaule de son garde du corps.

– Tu sais ce qu'il te reste à faire.

Blunt acquiesça. Il le savait très bien. Et il avait hâte de le faire.

Pour la première fois depuis le début de la rencontre, Artemis oublia son déjeuner et se concentra entièrement sur la situation. Les choses ne se passaient pas selon le plan prévu.

– Mister Spiro, vous n'êtes sûrement pas sérieux. Nous nous trouvons dans un lieu public, entourés de civils. Et votre homme de main ne peut prétendre rivaliser avec Butler. Si vous maintenez vos menaces ridicules, je me verrai contraint de retirer ma proposition et de mettre immédiatement le Cube C sur le marché.

Spiro posa les mains à plat sur la table.

– Écoute-moi, gamin, murmura-t-il, je t'aime bien. Dans deux ou trois ans, tu aurais pu me ressembler. Mais as-tu jamais collé le canon d'un pistolet contre la tête de quelqu'un et pressé la détente ?

Artemis ne répondit pas.

– Non ? grogna Spiro. C'est bien ce que je pensais. Parfois, tout tient à cela. Avoir quelque chose dans le ventre. Et toi, tu n'as rien dans le ventre.

Artemis ne trouvait plus ses mots. Ce qui ne s'était produit que deux fois depuis le jour de ses cinq ans. Butler intervint pour rompre le silence. Les menaces non voilées relevaient davantage de sa compétence.

– Mister Spiro, n'essayez pas de bluffer. Blunt est peut-être grand et fort mais je peux le casser en deux comme une brindille. Il n'y aura alors plus personne entre vous et moi. Et, croyez-moi, c'est une situation qui ne vous plaira pas du tout.

Le large sourire de Spiro découvrit des dents tachées de nicotine. On aurait dit qu'elles étaient enduites de mélasse.

– Je serais surpris qu'il n'y ait plus personne entre vous et moi, dit il.

Butler éprouva soudain la désagréable impression de sombrer. Celle-là même que l'on ressent lorsqu'une douzaine de viseurs à laser sont pointés sur votre poi-

trine. Ils étaient tombés dans un piège. Spiro avait réussi à se montrer plus rusé qu'Artemis.

– Dis donc, Fowl, je me demande bien pourquoi ton repas met si longtemps à arriver.

Ce fut à cet instant seulement qu'Artemis mesura toute l'ampleur du désastre.

Les choses se passèrent en un clin d'œil. Spiro claqua des doigts et chacun des autres clients du restaurant tira une arme de sous sa veste. La vieille dame de quatre-vingts ans parut soudain beaucoup plus menaçante avec le revolver qu'elle brandissait dans sa main osseuse. Deux serveurs surgirent de la cuisine en pointant des mitraillettes. Butler n'avait pas eu le temps de pousser un soupir.

Spiro renversa la salière.

– Echec et mat. J'ai gagné, gamin.

Artemis essaya de se concentrer. Il devait bien exister un moyen de se sortir de là. Il y avait toujours un moyen. Mais il ne le trouva pas. Il avait été berné. D'une manière peut-être fatale. Aucun être humain n'avait jamais réussi à prendre Artemis Fowl au piège. Mais il suffisait d'une fois.

– Je m'en vais, maintenant, poursuivit Spiro en glissant le Cube C dans sa poche. Avant d'être rattrapé par le faisceau de la CIA ou celui des autres zigotos. Comment s'appellent-ils, déjà ? Les FAR, c'est ça ? Jamais entendu parler de ce service. Dès que j'aurai réussi à faire fonctionner cet engin, je découvrirai de qui il s'agit et ce jour-là, ils regretteront d'avoir entendu

parler de moi. Je me suis beaucoup amusé à faire affaire avec toi.

En se dirigeant vers la porte, Spiro adressa un clin d'œil à son garde du corps.

– Tu as dix minutes, Arno. Ton rêve va enfin se réaliser, pas vrai ? Être celui qui aura éliminé le grand Butler.

Il se retourna vers Artemis, incapable de résister à une dernière plaisanterie.

– Au fait, dit-il, Artemis, ce ne serait pas un nom de fille ?

Puis il disparut dans la grande foule planétaire des touristes qui se pressaient sur les trottoirs. La vieille dame se chargea de verrouiller la porte derrière lui et le déclic de la serrure résonna en écho dans la salle du restaurant.

Artemis décida de reprendre l'initiative.

– Mesdames et Messieurs, déclara-t-il en évitant de baisser les yeux vers le canon des armes qui pointaient sur lui leur œil noir, je suis certain que nous allons trouver un arrangement.

– Silence, Artemis !

Le cerveau d'Artemis Fowl mit un certain temps à réaliser que c'était Butler qui lui avait ordonné de se taire. Et de la manière la plus impertinente.

– Je vous demande pardon ?

Butler plaqua une main sur la bouche de son employeur.

– Silence, Artemis. Nous avons affaire à des professionnels, impossible de traiter avec eux.

Blunt tourna la tête en faisant craquer les tendons de son cou.

– Tu as raison, Butler. Nous sommes là pour vous tuer, tous les deux. Dès que Mister Spiro a reçu le coup de téléphone, nous avons commencé à envoyer nos gens ici. Je n'arrive pas à croire que tu aies donné dans le panneau, mon bonhomme. Tu dois te faire vieux.

Butler lui non plus n'arrivait pas à y croire. Il y avait eu un temps où il aurait surveillé n'importe quel lieu de rendez-vous pendant toute une semaine avant de donner le feu vert. Peut-être se faisait-il vraiment vieux. D'ailleurs, il avait désormais toutes les chances de ne plus vieillir du tout.

– OK, Blunt, dit Butler en tendant ses paumes vides devant lui. Toi et moi. Face à face.

– Très noble, répondit Blunt. C'est ton code d'honneur asiatique, j'imagine. Moi, je n'ai pas de code et il faudrait être fou pour croire que je vais risquer de te laisser la moindre chance de sortir d'ici vivant. La situation est très simple. Je tire, tu meurs. Pas d'affrontement, pas de duel.

Blunt glissa paresseusement la main vers sa ceinture. Pourquoi se presser ? Un seul mouvement de Butler et une douzaine de balles atteindraient aussitôt leur cible.

Le cerveau d'Artemis semblait faire relâche. Le flot habituel des idées s'était tari. Je vais mourir, songea-t-il. Je ne parviens pas à y croire.

Butler lui disait quelque chose. Artemis se décida à l'écouter.

– Mais où est donc Ornicar ? demanda le garde du corps en articulant soigneusement.

Blunt était occupé à fixer un silencieux au canon de son pistolet en céramique.

– Qu'est-ce que tu dis ? Qu'est-ce que c'est que ce charabia ? Ne me fais pas croire que le grand Butler est en train de perdre la boule ? Quand je raconterai ça aux copains !

Mais la vieille dame avait l'air songeur.

– Ornicar... J'ai l'impression de connaître cette formule.

Artemis aussi connaissait. C'était l'essentiel du code vocal qui permettait de faire exploser la grenade sonique, une invention des fées, qui était fixée sous la table grâce à sa surface magnétisée. Un des accessoires de Butler pour assurer leur sécurité. Il suffisait de prononcer un seul mot de plus pour que la grenade éclate, projetant dans tout le bâtiment un véritable mur acoustique qui ferait voler en éclats fenêtres et tympans. Il n'y aurait ni flamme ni fumée mais quiconque se trouverait dans un rayon de dix mètres sans avoir de tampons dans les oreilles ressentirait dans les cinq secondes suivantes une atroce douleur. Un seul mot manquait.

La vieille dame se gratta la tête avec le canon de son revolver.

– Mais où est donc Ornicar ? Je me rappelle, maintenant, les sœurs nous l'avaient appris à l'école. C'est un truc de mémoire pour se souvenir des conjonctions de coordination.

Coordination. Le dernier mot du code vocal. Artemis se rappela à temps qu'il devait laisser pendre sa mâchoire. S'il serrait les dents, l'onde sonore les fracasserait comme du verre.

La grenade explosa dans une déflagration de son surcompressé, précipitant instantanément onze personnes aux quatre coins de la salle où elle entrèrent violemment en contact avec divers obstacles plus ou moins résistants. Les plus chanceux passèrent à travers des cloisons, d'autres s'écrasèrent contre d'épais murs de pierre. Beaucoup de choses se cassèrent sous le choc. Pas les murs.

Artemis était à l'abri dans les bras de Butler qui le serrait contre lui. Le garde du corps s'était accroché à un solide montant de porte et avait rattrapé le garçon au vol. Tous deux bénéficiaient de plusieurs avantages sur les tueurs de Spiro : leurs dents étaient intactes, ils ne souffraient d'aucune fracture ouverte et leurs éponges filtrantes s'étaient refermées, épargnant à leurs tympans une douloureuse perforation.

Butler jeta un regard dans la salle. Les tueurs étaient tous hors de combat, les mains plaquées sur les oreilles, et il se passerait plusieurs jours avant qu'ils cessent enfin de loucher. Le serviteur tira son Sig Sauer du holster attaché à son épaule.

– Ne bougez pas, ordonna-t-il à Artemis. Je vais voir ce qui se passe dans la cuisine.

Artemis se laissa retomber sur une chaise, la respiration haletante. Autour de lui, il n'y avait plus qu'un chaos de poussière et de débris d'où s'élevaient des gémissements. Mais, cette fois encore, Butler avait sauvé leur peau. Tout n'était pas perdu. Peut-être même pourraient-ils rattraper Spiro avant qu'il ait le temps de quitter le pays. Butler connaissait quelqu'un dans les services de sécurité de l'aéroport de Heathrow. Sid Commons, un ex-béret vert avec qui il avait travaillé comme garde du corps à Monte Carlo.

Une silhouette massive cacha la lumière du jour. Butler, de retour de sa reconnaissance. Artemis respira profondément, en proie à une émotion inhabituelle.

– Butler, dit-il, il faudra que nous parlions un peu de votre salaire...

Mais ce n'était pas Butler. C'était Arno Blunt. Il avait quelque chose dans chaque main. Deux petits cônes de mousse jaune étaient posés au creux de sa paume gauche.

– Des tampons pour les oreilles, lança-t-il à travers ses dents cassées. J'en mets toujours avant une fusillade. Bonne idée, non ?

Dans sa main droite, Blunt tenait un pistolet muni d'un silencieux.

– Toi d'abord, dit-il. Ensuite, le gros singe.

Arno Blunt releva le chien de son arme, visa rapidement et fit feu.

CHAPITRE II

ISOLEMENT

HAVEN-VILLE, MONDE SOUTERRAIN

Bien qu'Artemis n'en ait jamais eu l'intention, la recherche des faisceaux de surveillance par le Cube C devait avoir de sérieuses conséquences dans une tout autre partie du monde. Les paramètres de départ étaient si vagues que le cube avait projeté ses sondes loin dans l'espace et, bien entendu, loin sous terre.

Dans les profondeurs, les Forces Armées de Régulation ne savaient plus où donner de la tête depuis la récente révolte des gobelins. Trois mois après leur tentative de prise du pouvoir, la plupart des meneurs étaient en prison. Mais il existait encore par endroits des poches de résistance du B'wa Kell constituées de commandos armés de Néflask à laser dont la possession était interdite.

Tous les officiers des FAR disponibles avaient été appelés pour mener à bien l'opération « Nettoyage » avant le début de la saison touristique. Le conseil municipal n'avait pas la moindre envie de voir les touristes aller dépenser l'or de leurs vacances en Atlantide sous prétexte que le centre piétonnier de Haven-Ville était devenu trop dangereux. Il ne fallait pas oublier que l'industrie du tourisme représentait dix-huit pour cent des recettes de la capitale.

Le capitaine Holly Short avait été momentanément détachée du service de Détection. D'ordinaire, son travail consistait à monter à la surface de la terre pour se lancer sur les traces de fées vagabondes qui s'aventuraient à l'air libre sans visa de sortie. Il aurait suffi qu'un seul de ces rénégats se fasse capturer par les Hommes de Boue pour que Haven cesse d'être un havre. Mais pour le moment, tant que le dernier des gobelins n'aurait pas été envoyé au pénitencier du Mont des Soupirs pour s'y lécher les globes oculaires jusqu'à la fin de ses jours, Holly était investie de la même mission que tous les autres officiers des FAR : intervenir immédiatement en cas d'alerte au B'wa Kell.

En cet instant, elle conduisait quatre gobelins délinquants au centre de police pour les mettre en garde à vue. Elle les avait trouvés endormis dans la boutique d'un traiteur réputé pour ses tartes aux insectes, l'estomac plein à craquer après une nuit de ripaille. Ils avaient eu de la chance que Holly arrive juste au moment où le nain qui tenait la boutique s'apprêtait à leur faire frire les écailles dans une marmite d'huile bouillante.

Pour les besoins de l'opération « Nettoyage », Holly avait comme équipier le caporal Grub Kelp, le petit frère du célèbre capitaine Baroud Kelp, l'un des plus

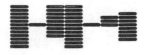

décorés parmi les officiers des FAR. Grub, pour sa part, était loin de partager le caractère intrépide de son frère aîné.

– Je me suis arraché un bout de peau juste à côté de l'ongle quand j'ai passé les menottes au dernier gobelin, dit le jeune sous-officier en se mordillant le pouce.

– Ça doit faire mal, répondit Holly qui s'efforçait de paraître intéressée.

Ils roulaient sur la magnétostrade qui menait au centre de police, leurs délinquants menottés à l'arrière du fourgon des FAR. En fait, il ne s'agissait pas d'un fourgon réglementaire. Le B'wa Kell avait réussi à brûler un si grand nombre de véhicules de police au cours de sa brève révolution que les FAR s'étaient vues contraintes de réquisitionner tout ce qui avait un moteur et suffisamment de place à l'arrière pour y transporter quelques prisonniers. Holly devait ainsi piloter la camionnette d'un vendeur de plats cuisinés. Pour indiquer la nouvelle fonction du véhicule, on avait peint sur ses deux flancs le gland qui symbolisait les Forces Armées de Régulation. En guise d'aménagement, les gnomes garagistes de la police s'étaient contentés de boulonner l'auvent par lequel on vendait les plats et d'enlever les fourneaux. Dommage qu'ils n'aient pas pu enlever également l'odeur. Grub examina son pouce blessé.

– Ces menottes ont des bords tranchants. Je devrais porter plainte.

Holly se concentra sur la circulation, même si la magnétostrade se chargeait de conduire à sa place. Ce

ne serait pas la première fois que Grub déposerait une réclamation, ni même la vingtième. Le petit frère de Baroud trouvait des défauts partout sauf chez lui. En l'occurrence, il avait tort : les menottes en plexiglas à verrouillage sous vide n'avaient pas de bords tranchants. Dans le cas contraire, un gobelin aurait déjà eu l'idée de s'en servir pour faire un trou dans l'une des deux moufles de plexiglas. De l'oxygène serait alors entré en contact avec sa main, ce qui lui aurait permis de faire jaillir une boule de feu. Et personne n'a envie de se retrouver au volant d'un fourgon rempli de gobelins qui lancent des boules de feu.

– Je sais que ça peut paraître mesquin de porter plainte pour un bout de peau arraché mais Dieu sait qu'on ne peut pas m'accuser de mesquinerie.

– Vous ? Mesquin ? Loin de moi cette idée !

Grub bomba le torse.

– Après tout, je suis le seul membre des commandos de Récupération des FAR qui ait jamais affronté avec succès le dénommé Butler.

Holly poussa un grognement sonore en espérant ardemment le dissuader de raconter une nouvelle fois ses souvenirs de guerre dans l'affaire Artemis Fowl. Chaque fois, son récit s'allongeait et devenait de plus en plus fantastique. En réalité, Butler l'avait laissé partir comme un pêcheur rejette un goujon dans l'eau.

Mais Grub n'était pas du genre à saisir les sous-entendus.

– Je m'en souviens très bien, commença-t-il d'un ton théâtral. C'était par une nuit sombre.

Au même instant, comme si ses paroles avaient eu un pouvoir magique, toutes les lumières de la ville s'éteignirent.

L'alimentation électrique de la magnétostrade s'interrompit également et ils se retrouvèrent immobilisés au beau milieu de l'avenue dont la circulation s'était soudain figée.

– Ce n'est pas moi qui ai fait ça, quand même ? murmura Grub.

Holly ne répondit pas. Elle était déjà à moitié sortie de la camionnette. Au-dessus de sa tête, les tubes solaires qui reproduisaient la lumière du jour achevaient de s'éteindre. Dans les derniers instants de pénombre, Holly regarda vers le tunnel du Nord et vit nettement la porte coulissante s'abaisser et sceller l'entrée, les feux de détresse tournoyant à sa base. Soixante mètres d'acier épais qui séparaient Haven du reste du monde. Des portes semblables se fermaient dans toute la ville, bloquant les accès stratégiques. Isolement. Seules trois raisons pouvaient amener le Grand Conseil à déclencher ainsi le bouclage de toute la ville. Une inondation, la quarantaine ou la découverte du monde des fées par des humains.

Holly jeta un regard autour d'elle. Personne ne se noyait, personne n'était malade. C'étaient donc les Hommes de Boue qui arrivaient. Le pire cauchemar des fées finissait par se réaliser.

Les alarmes lumineuses scintillaient au-dessus d'eux. La douce lumière blanche diffusée par les tubes solaires avait été remplacée par une inquiétante lueur orange.

Les véhicules officiels recevaient de la magnétostrade d'ultimes impulsions électriques, suffisantes pour les amener jusqu'au dépôt le plus proche. Les citoyens ordinaires n'avaient pas cette chance et devaient poursuivre leur chemin à pied. Des centaines de conducteurs sortirent de leurs automobiles, le pas mal assuré, trop effrayés pour émettre des protestations. Celles-ci viendraient plus tard.

– Capitaine Short ! Holly !

C'était Grub. Il allait certainement adresser une réclamation à quelqu'un.

– Caporal, dit Holly en se retournant vers lui, ce n'est pas le moment de paniquer. Nous devons montrer l'exemple...

Le sermon s'étouffa dans sa gorge lorsqu'elle vit ce qui se passait dans le fourgon. Tous les véhicules des FAR recevaient les dix minutes réglementaires de courant électrique qui leur permettaient de ramener leur chargement à bon port. L'énergie fournie par la magnétostrade maintenait également sous vide les menottes en plexiglas. Mais bien sûr, comme ils n'utilisaient pas un fourgon officiel, ils n'avaient pas bénéficié de la procédure d'urgence. Ce dont les gobelins s'étaient aussitôt aperçus à en juger par leurs efforts pour essayer de brûler la camionnette.

Grub sortit de la cabine en trébuchant, son casque noirci par la fumée.

– Ils ont fait fondre leurs menottes et se sont attaqués aux portes, annonça-t-il d'une voix haletante en se réfugiant à bonne distance.

Les gobelins. Une petite plaisanterie dans l'évolution des espèces. Prenez la créature la plus stupide de la planète et donnez-lui le pouvoir de fabriquer du feu à sa guise. Si les gobelins ne cessaient pas de lancer des jets de flammes sur les tôles renforcées du fourgon, le métal finirait par fondre en les prenant au piège. Une façon peu agréable de mourir, même lorsqu'on bénéficie d'une protection naturelle contre le feu. Holly activa le haut-parleur de son casque.

– Cessez le feu, ordonna-t-elle. Le fourgon va fondre et vous serez coincés dans les tôles.

Pendant quelques instants, de la fumée s'échappa des prises d'air puis le véhicule cessa de remuer sur ses essieux. Un visage apparut derrière la grille, une langue fourchue serpentant à travers les barreaux.

– Dis donc, l'elfe, tu nous prends pour des idiots ? On va brûler ce tas de ferraille et filer d'ici.

Holly s'approcha et augmenta le volume des haut-parleurs.

– Écoute-moi, gobelin. Tu es une créature stupide, c'est un fait indéniable, mais essaye quand même de réfléchir. Si vous continuez de projeter des flammes sur cette camionnette, le toit va fondre et des gouttes de métal vous tomberont dessus comme les balles d'un fusil humain. Vous êtes à l'épreuve du feu, mais êtes-vous aussi à l'épreuve des balles ?

Le gobelin lécha ses globes oculaires dépourvus de paupières. Il réfléchissait.

– Tu mens, l'elfe ! On va percer un trou dans cette prison. Après, ce sera ton tour.

Les parois du fourgon se déformèrent, s'arrondissant sous le nouvel assaut des gobelins.

– Inutile de s'inquiéter, dit Grub qui restait à bonne distance. Les extincteurs vont se déclencher.

– Ils se déclencheraient, rectifia Holly, s'ils n'étaient pas connectés à l'alimentation électrique qui vient d'être coupée.

Un fourgon culinaire comme celui-ci devait respecter des règles de sécurité très strictes en matière d'incendie avant d'être autorisé à poser ses magnétoroues sur la chaussée. En l'occurrence, il était équipé d'extincteurs capables de tout submerger en quelques secondes sous une mousse ignifuge. L'avantage de la mousse, c'était qu'elle durcissait au contact de l'air, l'inconvénient, c'était qu'elle ne pouvait fonctionner sans l'énergie électrique de la magnétostrade. Pas de courant, pas de mousse.

Holly tira son Neutrino 2000 de son holster.

– Il va falloir que j'actionne le dispositif moi-même, dit-elle.

Le capitaine Short ferma soigneusement la visière de son casque et monta dans la cabine du fourgon, évitant d'entrer en contact avec le métal chaque fois que c'était possible. Les microfilaments de sa combinaison des FAR étaient certes prévus pour repousser la chaleur mais les microfilaments ne font pas toujours ce qu'on attend d'eux. Les gobelins étaient allongés sur le dos et projetaient inlassablement des boules de feu sur le toit.

– Arrêtez ça ! ordonna Holly en pointant le canon de son pistolet laser à travers la grille.

Trois des gobelins ne lui prêtèrent aucune attention. Le quatrième, peut-être leur chef, tourna vers la grille son visage recouvert d'écailles. Holly remarqua qu'il portait des tatouages sur ses globes oculaires. Cette marque de suprême imbécillité lui aurait sans doute garanti une belle promotion au sein du B'wa Kell si celui-ci n'avait pas été démantelé.

– Tu n'arriveras pas à nous avoir tous, l'elfe, dit-il, de la fumée s'échappant de sa bouche et des fentes qui lui tenaient lieu de narines. Et c'est l'un d'entre nous qui finira par t'avoir.

Le gobelin avait raison, même s'il ne comprenait pas pourquoi. Holly venait de se rappeler qu'on ne pouvait faire usage d'une arme en période d'isolement. Le règlement stipulait que toute production d'énergie extérieure était interdite au cas où Haven-Ville serait soumise à une surveillance électronique.

Son hésitation apporta au gobelin la preuve qu'il attendait.

– Je le savais ! croassa-t-il en lançant négligemment une boule de feu sur la grille.

Le métal rougit et une cascade d'étincelles ruissela sur le viseur de Holly. Au-dessus de la tête des gobelins, le toit fléchissait dangereusement. Dans quelques secondes, il s'effondrerait.

Holly détacha de sa ceinture une flèche-piton et la glissa dans le lanceur fixé au-dessus du canon de son Neutrino. Le lanceur était équipé d'un ressort à la manière des vieux pistolets à fléchettes et ne produirait ni chaleur ni lumière. Rien qui puisse alerter d'éventuels détecteurs.

Le gobelin s'amusait beaucoup comme il arrive souvent aux gobelins avant une incarcération. Ce qui explique pourquoi ils sont si nombreux à se retrouver incarcérés.

– Une fléchette ? Tu vas nous tuer en nous faisant une piqûre, petite elfe ?

Holly visa la broche de sécurité de l'extincteur à mousse fixé à l'arrière du fourgon.

– Tu veux bien te taire, s'il te plaît ? dit-elle.

Puis elle tira la flèche qui vola au-dessus de la tête du gobelin et vint se ficher entre les deux tiges de la broche en tendant la corde à laquelle elle était attachée.

– Raté, dit le gobelin qui darda sa langue fourchue.

Preuve indéniable de la stupidité de ces créatures : enfermé dans un véhicule en train de fondre, en plein bouclage de la ville, face à un officier des FAR qui lui tirait dessus, il restait convaincu que c'était lui qui dominait la situation.

– Je t'ai dit de te taire ! répéta Holly en tirant d'un coup sec sur la corde du piton qui arracha la broche.

Huit cents kilos de mousse se déversèrent de l'extincteur à une vitesse de 300 km/h. Inutile de préciser que toutes les boules de feu s'éteignirent aussitôt. Les gobelins furent écrasés par la puissance de la mousse qui commençait déjà à durcir. Le gobelin en chef se retrouva plaqué contre la grille avec une telle force qu'on pouvait lire les tatouages de ses yeux. Sur l'un d'eux était écrit « Maman », sur l'autre « Popa ». Une

faute d'orthographe qu'il n'avait sans doute pas remarquée.

– Oh! dit-il, plus sous l'effet de la surprise que de la douleur.

Il n'ajouta rien car il avait déjà la bouche remplie de mousse figée.

– Ne t'inquiète pas, dit Holly. La mousse est poreuse, tu pourras continuer à respirer, mais elle est totalement ininflammable, alors bonne chance si tu veux essayer de t'enfuir en la faisant brûler.

Grub était toujours en train d'examiner son bout de peau arraché lorsque Holly émergea du fourgon. Elle ôta son casque et essuya les traces de fumée avec la manche de sa combinaison. Normalement, la visière était recouverte d'antiadhésif mais il faudrait sans doute l'envoyer au service d'entretien pour qu'on y passe une nouvelle couche.

– Tout va bien? demanda Grub.

– Oui, caporal. Tout va bien. Mais pas grâce à vous.

Grub eut l'audace de paraître offensé.

– Je bouclais le périmètre, capitaine. Nous ne pouvons pas tous être des héros.

C'était typique de Grub, il avait une excuse en chaque circonstance. Mais Holly s'occuperait de lui plus tard. Pour l'instant, il était vital qu'elle regagne le centre de police afin de savoir pourquoi le Conseil avait isolé la ville.

– Je crois que nous devrions retourner au QG, proposa Grub. Si les humains nous envahissent, les services de renseignements voudront peut-être me consulter.

– Je crois que c'est moi qui devrais retourner au QG. Vous, vous restez ici et vous tenez les suspects à l'œil jusqu'à ce que le courant soit rétabli. Vous pensez être capable de faire ça ? Ou bien êtes-vous trop gravement handicapé par votre petit bout de peau arraché ?

Ses cheveux roux luisants de sueur dressés en épis sur sa tête, Holly fixa Grub de ses yeux noisette et le défia du regard.

– Non, Holly... heu, mon capitaine. Vous pouvez compter sur moi. Je contrôle la situation.

J'en doute, songea Holly qui se mit à courir en direction du centre de police.

*

La ville était plongée en plein chaos. Dans la rue, tout le monde contemplait avec effarement les objets quotidiens privés de vie par la coupure de courant. Certains parmi les plus jeunes ne se consolaient pas de voir leur téléphone portable devenu inutile et s'effondraient sur le trottoir en sanglotant doucement.

Devant le centre de police, les fées en quête d'explications se pressaient en nombre, tels des papillons de nuit attirés par une lumière. Cette lumière-là était d'ailleurs l'une des rares encore allumées dans la ville. A part les hôpitaux et les véhicules d'urgence qui disposaient toujours de courant, le QG des FAR était le seul bâtiment officiel qui continuait de fonctionner.

Holly se fraya un chemin parmi la foule et se glissa dans le hall d'entrée. Des files d'attente s'étiraient dans

les escaliers, débordant jusque dans la rue. Tous posaient la même question : Pourquoi n'y avait-il plus de courant ?

Holly se demandait la même chose lorsqu'elle fit irruption dans la salle de conférence mais elle resta silencieuse. Les capitaines de réserve, les trois commandants de région et les sept membres du Grand Conseil étaient déjà là.

– Ah, dit le président Cahartez, voici notre dernier capitaine.

– Je n'ai pas pu disposer du courant d'urgence, expliqua Holly. Mon véhicule n'était pas réglementaire.

Cahartez redressa le chapeau pointu qui faisait partie de sa tenue officielle.

– Ce n'est pas le moment de trouver des excuses, capitaine. Mister Foaly a retardé le début de cette réunion pour attendre que vous soyez là.

Holly s'assit à la table des capitaines, à côté de Baroud Kelp.

– Grub va bien ? murmura celui-ci.

– Il s'est arraché un bout de peau.

Baroud leva les yeux au ciel.

– Il va sûrement déposer une réclamation.

Foaly le centaure franchit la porte au petit trot, les bras chargés de disques compacts. Foaly était le génie technologique des FAR et si le monde des fées restait inconnu des humains, c'était en grande partie grâce à ses innovations en matière de sécurité. Mais les choses étaient peut-être sur le point de changer. Le centaure chargea les disques d'une main experte, ouvrant plu-

sieurs fenêtres sur un vaste écran mural. Divers algorithmes d'apparence complexe apparurent à côté de schémas représentant des enchevêtrements d'ondes.

Foaly s'éclaircit bruyamment la gorge.

– Sur la base de ces données, j'ai conseillé au président Cahartez de déclencher la procédure d'isolement.

Le commandant Root, qui dirigeait le service de Détection, mâchonnait un cigare au champignon qu'il n'avait pas encore allumé.

– Foaly, je pense m'exprimer au nom de toutes les personnes présentes en affirmant que tout cela n'est qu'un fatras de lignes brisées et de gribouillis divers. Un petit cheval aussi intelligent que vous doit sûrement y comprendre quelque chose mais nous, nous aurions bien besoin d'une traduction en gnomique de tous les jours.

– Pour dire les choses simplement, et même le plus simplement possible, répondit Foaly après avoir poussé un long soupir, nous avons été accrochés. Ce langage est-il suffisamment clair pour vous ?

Il l'était. Un silence stupéfait s'installa. « Accroché » était un vieux terme de marine qui datait de l'époque où le sonar était encore considéré comme la meilleure méthode de détection. En argot, « accroché » signifiait qu'on s'était fait repérer. Quelqu'un avait découvert la présence sous terre du Peuple des fées.

Root fut le premier à retrouver l'usage de la parole.

– Accrochés. Et qui nous a accrochés ?

Foaly haussa les épaules.

– Sais pas. Ça n'a duré que quelques secondes. Il n'y avait pas de signature reconnaissable et les ondes étaient impossibles à localiser.

– Qu'est-ce qu'ils ont réussi à savoir ?

– Pas mal de choses. Tout ce qui concerne l'Europe du Nord, les scopes, le système Sentinelle, nos caméras camouflées. Et les informations qui y sont liées.

Ces nouvelles étaient catastrophiques. En quelques secondes, quelqu'un, ou quelque chose, avait tout appris des réseaux de surveillance dont le monde des fées disposait en Europe du Nord.

– La source est-elle humaine ou extraterrestre ? demanda Holly.

Foaly montra une représentation numérique du faisceau.

– Je ne peux pas répondre avec certitude. Si c'est une source humaine, elle est toute nouvelle. Le rayon est sorti de nulle part. Pour autant que je le sache, personne chez les humains n'a développé une telle technologie. En tout cas, cette chose nous a lus comme un livre ouvert en se jouant de mes cryptages comme s'ils n'existaient pas.

Cahartez ôta le chapeau qui symbolisait sa fonction. L'heure n'était plus au protocole.

– Qu'est-ce que cela signifie pour le Peuple ?

– Difficile à dire. Il y a deux scénarios, l'optimiste et le pessimiste. Notre mystérieux hôte peut tout apprendre sur nous quand il le souhaitera et faire ce qu'il voudra de notre civilisation.

– Et le scénario optimiste ? demanda Baroud.

Foaly pris une profonde inspiration.

– C'était le scénario optimiste.

Le commandant Root convoqua Holly dans son bureau. La pièce empestait le cigare en dépit du purificateur encastré dans la table de travail. Foaly était déjà présent, ses doigts pianotant sur le clavier du commandant à une telle vitesse qu'on n'arrivait plus à les distinguer.

– Le signal venait de quelque part à Londres, dit le centaure. Nous le savons parce qu'il se trouve que je regardais l'écran à ce moment-là.

Il se redressa en hochant la tête.

– C'est vraiment incroyable. Il s'agit d'une sorte de technologie hybride. A un cheveu près, elle est quasiment identique à notre système ionique.

– Le « comment » n'a plus grande importance dans l'immédiat, répondit Root. Ce qui m'inquiète c'est « qui ».

– Que puis-je faire, commandant ? demanda Holly.

Root se leva et s'avança vers le plan de Londres qui s'étalait sur l'écran mural.

– Je veux que vous demandiez un équipement de surveillance, que vous montiez en surface et que vous attendiez. Si nous nous faisons à nouveau accrocher, il faut que quelqu'un se rende sur le site de la source. Nous ne parvenons pas à enregistrer la chose mais nous pourrons obtenir un visuel du signal. Dès son apparition sur l'écran, nous vous transmettrons les coordonnées et vous irez voir sur place.

Holly acquiesça d'un signe de tête.

– A quelle heure est prévue la prochaine fournaise ?

« Fournaise » était le terme des FAR pour désigner les poussées de magma qui permettaient aux officiers du service de Détection d'être propulsés vers la surface à bord de capsules en titane. Dans le jargon des fées, ce pilotage à l'instinct s'appelait « cavaler dans la fournaise ».

– Nous n'aurons pas cette chance, répondit Foaly. On n'attend rien dans les conduits pendant les deux jours qui viennent. Vous serez obligée de prendre une navette.

– Et la procédure d'isolement ?

– J'ai rétabli le courant sur la ligne de Stonehenge et sur nos liaisons satellite. Nous devons prendre ce risque, il faut que vous puissiez aller en surface et rester en contact avec nous. L'avenir de notre civilisation en dépend peut-être.

Holly sentit peser sur ses épaules le poids de sa responsabilité. Le couplet sur « l'avenir de notre civilisation » revenait un peu trop souvent ces derniers temps.

CHAPITRE III

AVEC DES GLAÇONS

EN FIN, KNIGHTSBRIDGE, LONDRES

L'explosion sonore déclenchée par la grenade de Butler avait défoncé la porte de la cuisine et balayé les ustensiles d'acier inoxydable comme s'il s'était agi de simples fétus. L'aquarium avait été fracassé, répandant sur les dalles un mélange d'eau, de plexiglas et de homards stupéfaits qui s'enfuyaient au milieu des débris, pinces dressées.

Les employés du restaurant étaient allongés par terre, ficelés et trempés mais vivants. Butler ne les libéra pas. Il n'avait pas le temps de faire face à des scènes d'hystérie. Il pourrait toujours s'en occuper plus tard, lorsque tous les autres dangers auraient été neutralisés.

La tueuse octogénaire remua. Elle était suspendue à cheval sur une cloison. Le serviteur examina ses yeux. Ils louchaient, le regard dans le vague. Aucun danger de ce côté-là. Butler prit quand même le revolver de la vieille dame. On n'était jamais trop prudent. Un prin-

cipe qu'il était en train de réapprendre. Si Mme Ko avait vu ce qui s'était passé cet après-midi, elle lui aurait sûrement effacé au laser le tatouage qu'il avait reçu en guise de diplôme.

La cuisine était calme. Pourtant, quelque chose tracassait le garde du corps. Il sentait son instinct de soldat le tarauder comme la douleur lancinante d'un os brisé. En un éclair, Butler pensa une fois de plus à Mme Ko, son *sensei* de l'académie. *La première fonction du garde du corps est de protéger son principal. Il est impossible de tirer sur le principal si vous vous tenez devant lui.* Mme Ko appelait toujours les employeurs des principaux. On devait se garder de tout sentiment personnel à l'égard d'un principal.

Butler se demanda pourquoi cette maxime particulière lui était soudain revenue en mémoire. Parmi les centaines d'autres que Mme Ko lui avait enfoncées dans le crâne, pourquoi pensait-il à celle-ci ? En fait, c'était évident. Il avait violé la première règle de la protection rapprochée en laissant son principal sans surveillance. La deuxième règle : *Ne jamais éprouver d'attachement sentimental envers son principal* était également en miettes. Butler s'était tellement attaché à Artemis que son jugement commençait à en être affecté.

Il eut l'impression de revoir devant lui la silhouette banale de Mme Ko, vêtue de son éternel ensemble kaki. Pour le reste du monde, elle avait l'air d'une quelconque ménagère japonaise. Mais combien de ménagères, quelle que soit leur nationalité, pouvaient frap-

per un adversaire avec une telle rapidité qu'on entendait l'air siffler ? *Vous êtes une honte, Butler. Une honte pour votre nom. Vous feriez mieux de devenir cordonnier. Votre principal a déjà été neutralisé.*

Butler se déplaça comme dans un rêve. L'air lui-même semblait le retenir tandis qu'il se précipitait vers la porte de la cuisine. Il savait ce qui avait dû se passer. Arno Blunt était un professionnel. Vaniteux sans doute, péché capital pour un garde du corps, mais professionnel quand même. Et les professionnels mettent toujours des tampons dans les oreilles lorsqu'il existe un risque de fusillade.

Les dalles glissaient sous ses pieds mais il compensait en se penchant en avant et en pesant de tout son poids sur ses semelles en caoutchouc. Ses tympans intacts percevaient des vibrations irrégulières en provenance de la salle. Une conversation. Artemis parlait avec quelqu'un. Arno Blunt, sans aucun doute. Il était déjà trop tard.

Butler jaillit de la porte de service à une vitesse qui aurait fait honte à un champion olympique. Dès que les premières images eurent été transmises par sa rétine, son cerveau calcula les possibilités : Blunt était en train de tirer. On ne pouvait plus l'en empêcher. Il ne restait qu'une seule chance. Sans la moindre hésitation, Butler la tenta.

*

Dans sa main droite, Blunt tenait un pistolet muni d'un silencieux.

– Toi d'abord, dit-il. Ensuite, le gros singe.

Arno Blunt releva le chien de son arme, visa rapidement et fit feu.

Butler surgit de nulle part et se jeta devant la balle. Il semblait remplir tout l'espace. A plus grande distance, le Kevlar de son gilet pare-balles aurait pu résister mais à bout portant, le projectile gainé de Teflon s'enfonça à travers le gilet comme un tisonnier brûlant dans une couche de neige. La balle pénétra dans la poitrine de Butler à un centimètre du cœur. La blessure était mortelle et, cette fois, le capitaine Short n'était pas là pour le sauver grâce à la magie des fées.

Son élan combiné à la puissance du tir projeta Butler sur Artemis qui se retrouva écrasé contre le chariot des desserts. On ne voyait plus du jeune homme qu'un mocassin Armani.

Malgré sa respiration de plus en plus faible et ses yeux vitreux, Butler n'était pas encore mort. Son activité cérébrale s'épuisait rapidement mais il s'accrochait encore à cette unique pensée : protéger le principal.

Arno Blunt eut une exclamation de surprise et Butler tira six fois dans la direction d'où le son lui parvenait. Il aurait été déçu de voir à quel point son tir était dispersé. L'une des balles fit pourtant mouche en atteignant son adversaire à la tempe. Arno Blunt sombra aussitôt dans l'inconscience, frappé par une commotion cérébrale, et rejoignit sur le sol le reste de son équipe.

Butler ne prêta aucune attention à la douleur qui lui broyait le torse comme un poing gigantesque. Il écoutait, à l'affût du moindre mouvement. Il n'entendit rien en dehors du grincement produit par les homards qui rampaient sur les dalles de la cuisine. Si l'un des crustacés décidait de l'attaquer, Artemis devrait se défendre seul.

On ne pouvait rien faire de plus. Ou bien Artemis était sain et sauf ou bien il ne l'était pas. Butler n'était plus en mesure de remplir les clauses de son contrat. Cette soudaine prise de conscience provoqua en lui une formidable impression de sérénité. Plus de responsabilité. Sa seule vie à vivre, pour quelques instants tout au moins. De toute façon, Artemis n'était pas seulement un principal. Il représentait une part de son existence. C'était son seul ami véritable. Mme Ko désapprouverait sans doute cette façon de voir mais il ne pouvait plus y faire grand chose. D'ailleurs, personne ne pouvait plus rien faire.

*

Artemis n'avait jamais aimé les desserts. Et voilà qu'il se retrouvait submergé d'éclairs au chocolat, de gâteaux au fromage et de meringues aux fruits. Son costume serait bon pour la poubelle. En s'attardant volontairement sur ces détails, son cerveau cherchait à reculer le moment où il aurait à prendre conscience de ce qui venait d'arriver. Mais il est difficile de rester longtemps indifférent à un poids mort de quatre-vingt-quinze kilos.

Heureusement pour Artemis, lorsque Butler s'était écrasé contre lui, il l'avait projeté sur la deuxième étagère du chariot tandis que le garde du corps s'était retrouvé juste au-dessus, à l'étage réservé aux crèmes glacées. Autant qu'Artemis pouvait le savoir, le chocolat et la crème chantilly des forêts-noires avaient suffisamment amorti le choc pour lui épargner de graves lésions internes. Il ne doutait pas cependant qu'une visite chez le chiropracteur s'imposerait. Butler lui-même devrait peut-être y faire un tour, bien qu'il eût la constitution d'un troll.

Artemis se tortilla pour se dégager de sous son serviteur. A chaque mouvement, de malveillants cornets à la crème pâtissière explosaient dans sa direction.

– Vraiment, Butler, marmonna l'adolescent, il faudra que je songe à choisir mes associés avec plus de soin. Il se passe rarement une journée sans que nous soyons victimes d'une machination.

Artemis fut soulagé de voir Arno Blunt évanoui par terre.

– Encore une canaille éliminée. Bien visé, Butler, comme d'habitude. Autre chose : j'ai décidé de porter désormais un gilet pare-balles chaque fois que nous aurons un nouveau rendez-vous. Votre tâche devrait en être facilitée, non ?

Ce fut à cet instant qu'Artemis remarqua la chemise de Butler. Cette vision lui coupa le souffle comme si un marteau invisible l'avait frappé en pleine poitrine. Ce n'était pas le trou dans le tissu qui l'inquiétait mais le sang qui s'en échappait.

– Butler, vous êtes blessé. Vous avez reçu une balle. Et le Kevlar ?

Le garde du corps ne répondit pas, c'était d'ailleurs inutile. Artemis en savait davantage en matière scientifique que la plupart des spécialistes de physique nucléaire. A la vérité, il diffusait souvent par l'internet des conférences sur le sujet sous le pseudonyme de Emmsey Squire. De toute évidence, la vitesse de la balle avait été trop grande pour que le gilet lui résiste. Sans doute était-elle gainée de Teflon pour augmenter sa pénétration.

Quelque chose de très fort en lui poussait Artemis à étreindre le garde du corps et à fondre en larmes comme s'il s'était agi de son propre frère. Mais il réprima son instinct. Il valait mieux réfléchir et réfléchir vite.

Butler interrompit ses pensées.

– Artemis... c'est vous ? demanda-t-il, le souffle haletant.

– Oui, c'est moi, répondit Artemis d'une voix tremblante.

– Ne vous inquiétez pas, Juliet vous protégera désormais. Vous n'aurez pas à vous en plaindre.

– Ne parlez pas, Butler. Restez tranquille. Votre blessure n'est pas grave.

Butler hoqueta. Dans son état, c'était ce qui pouvait ressembler le plus à un rire.

– Bon, d'accord, admit Artemis, c'est grave. Mais je vais réfléchir à une solution. Ne vous agitez pas.

Rassemblant ce qui lui restait de force, Butler leva une main.

– Au revoir, Artemis, dit-il. Mon ami.

Artemis saisit la main. Ses larmes ruisselaient, à présent. Sans retenue.

– Au revoir, Butler.

Le regard aveugle de l'Eurasien semblait paisible.

– Artemis, appelez-moi Domovoï.

Ce prénom révélait deux choses au jeune homme. Tout d'abord, celui qui l'avait accompagné sa vie durant portait le nom d'un génie protecteur bien connu dans le folklore slave. Ensuite, les diplômés qui sortaient de l'école de Mme Ko recevaient pour consigne de ne jamais dévoiler leur prénom à leur principal. Une façon sans doute de conserver la distance nécessaire. Butler n'aurait jamais violé cette règle à moins... qu'elle n'ait plus de raison d'être.

– Au revoir, Domovoï, sanglota l'adolescent. Au revoir, mon ami.

La main de Butler retomba. C'était fini.

– Non ! s'écria Artemis en reculant d'un pas chancelant.

Ce n'était pas juste. Les choses ne pouvaient se terminer ainsi. Pour une raison qu'il ignorait, il avait toujours imaginé que Butler et lui mourraient ensemble – en affrontant d'insurmontables dangers dans un lieu exotique. Au sommet d'un volcan en éruption comme à Pompéi, ou emportés par le flot puissant du Gange. Mais en tout cas, ensemble, comme deux amis. Après toutes les épreuves qu'ils avaient traversées, Butler ne pouvait quand même pas se laisser terrasser par un matamore de seconde zone.

Le garde du corps était déjà passé tout près de la mort. L'année précédente, il avait été réduit en charpie par un troll venu des profondeurs de Haven-Ville.

Holly Short l'avait sauvé en usant de ses pouvoirs magiques. Mais cette fois, aucune fée n'était présente pour lui venir en aide. En l'occurrence, le pire ennemi, c'était le temps. S'il en avait eu davantage, Artemis aurait pu trouver le moyen de contacter les FAR. Il aurait pu convaincre Holly Short de recourir une nouvelle fois à la magie. Mais le temps filait. Il ne se passerait guère plus de quatre minutes avant que le cerveau de Butler cesse de fonctionner. Ce n'était pas suffisant, même pour une intelligence comme celle d'Artemis. Il lui fallait gagner du temps. Ou le voler.

Réfléchis, mon garçon, réfléchis. Sers-toi de tout ce que tu as sous la main. Artemis ferma le robinet des larmes. Il était dans un restaurant, un restaurant de poissons. A quoi bon ? Quel intérêt ? Peut-être aurait-il pu faire quelque chose s'il s'était trouvé dans un environnement médical. Mais ici ? Qu'y avait-il ici ? Un four, des éviers, des ustensiles de cuisine. Et même s'il avait eu les outils nécessaires, il n'avait pas encore terminé ses études de médecine. D'ailleurs, il était trop tard pour recourir à la chirurgie traditionnelle, à moins de disposer d'une méthode de transplantation cardiaque applicable en moins de quatre minutes.

Les secondes passaient. Artemis s'en voulait de ne rien trouver. Le temps travaillait contre eux. C'était l'ennemi. Il fallait l'arrêter. L'idée jaillit alors dans un éclair de neurones. Il était impossible d'arrêter le temps mais on pouvait suspendre celui de Butler. Le processus était risqué, sans aucun doute, mais c'était la seule chance qui restait.

D'un coup de pied, Artemis releva le frein qui maintenait immobile le chariot des desserts et le poussa en direction de la cuisine. Il dut s'arrêter à plusieurs reprises pour traîner hors de son chemin des tueurs gémissant de douleur. Des voitures de police approchaient le long de Knightsbridge... De toute évidence, l'explosion de la grenade sonique avait attiré l'attention... Il ne disposait plus que de quelques instants de liberté avant d'avoir à inventer une histoire plausible à l'usage des autorités... Mieux valait ne pas s'attarder ici... Ses empreintes digitales passeraient inaperçues compte tenu du nombre de clients qui fréquentaient le restaurant. Tout ce qui importait, c'était de disparaître avant l'arrivée de la fine fleur des policiers londoniens.

Dans la cuisine toute en acier, les fourneaux et les surfaces de travail étaient jonchés de débris projetés par l'explosion. Des poissons se débattaient dans les éviers, des crustacés rampaient par terre et du caviar dégoulinait du plafond.

Là ! Tout au bout, il y avait une rangée de congélateurs, équipement indispensable à tout restaurant de poissons. Artemis pesa de tout son poids contre le chariot et le dirigea vers le fond de la cuisine.

Le plus grand des congélateurs, construit sur mesures, s'ouvrait en glissant comme un tiroir. Artemis le tira vers lui et le vida rapidement des saumons, des bars et des colins plongés dans les copeaux de glace.

La cryogénie. C'était leur dernière chance. La science qui consiste à maintenir le corps à basse température en attendant que la médecine ait fait suffisamment de pro-

grès pour le ramener à la vie. Généralement rejetée par la communauté des médecins, elle rapportait pourtant des millions chaque année grâce à de riches excentriques qui avaient besoin de plusieurs vies pour arriver à dépenser tout leur argent. Les chambres cryogéniques étaient généralement construites selon des spécifications très précises mais il ne restait pas assez de temps pour satisfaire l'habituel perfectionnisme d'Artemis. Dans l'immédiat, il faudrait se contenter de ce congélateur. L'important était de refroidir suffisamment la tête de Butler pour que les cellules cérébrales soient préservées. Tant que les fonctions du cerveau resteraient intactes, il pourrait théoriquement être ramené à la vie, même si son cœur ne battait plus.

Artemis manœuvra le chariot pour le placer parallèlement au congélateur. Utilisant un long plateau d'argent en guise de levier, il fit basculer le corps de Butler dans la glace d'où s'élevait un nuage de buée. Il n'y avait pas beaucoup d'espace, mais Artemis parvint à y faire entrer le garde du corps en lui pliant légèrement les jambes. Il entassa de la glace sur son camarade tombé au combat puis régla le thermostat sur moins quatre afin de préserver les tissus. Les yeux vides de Butler le fixaient à travers la couche de glace.

– Je vais revenir, dit le jeune homme. Dormez bien.

Les sirènes de police étaient toutes proches, à présent. Artemis entendit des crissements de pneus.

– Tenez bon, Domovoï, murmura-t-il en refermant le congélateur.

Artemis sortit par la porte de derrière, se mêlant à la foule des Londoniens et des touristes. La police allait sûrement poster un photographe et il jugea prudent de ne pas s'attarder près du cordon de sécurité. Sans même se retourner pour jeter un coup d'œil au restaurant, il se dirigea vers Harrods et se trouva une table au café aménagé dans la galerie du grand magasin.

Après avoir assuré à la serveuse qu'il n'était pas venu attendre sa maman et montré qu'il possédait assez d'argent pour payer sa théière d'Earl Grey, Artemis sortit son téléphone portable et sélectionna un des numéros en mémoire.

À la deuxième sonnerie, une voix d'homme répondit.

– Allô ? Qui que vous soyez, dépêchez-vous, je suis très occupé.

L'homme était l'inspecteur Justin Barre de New Scotland Yard. Sa voix éraillée était due à un coup de couteau de chasse qu'il avait reçu à la gorge dans les années quatre-vingt-dix au cours d'une bagarre dans un bar. Si Butler ne s'était pas trouvé là pour arrêter l'hémorragie, Justin Barre n'aurait jamais eu l'occasion de dépasser le grade de sergent. Le moment était venu de rembourser la dette.

– Inspecteur Barre. Artemis Fowl, à l'appareil.

– Artemis, comment ça va ? Et comment va mon vieux camarade Butler ?

Artemis se caressa le front du bout des doigts.

– Pas bien du tout, j'en ai peur. Il a besoin d'un service.

– Tout ce qu'il voudra. Que puis-je faire ?

– Avez vous entendu parler d'un léger incident du côté de Knigtsbridge ?

Il y eut un silence. Artemis entendit un bruit de papier déchiré lorsque l'inspecteur arracha un fax qui venait d'arriver.

– Oui, on me le signale à l'instant. La vitrine d'un restaurant a volé en éclats. Rien de bien grave. Quelques touristes ont été choqués. D'après les premières constatations, il s'agirait d'une sorte de tremblement de terre local. Vous y croyez, vous ? Deux voitures de patrouille sont sur place. Ne me dites pas que Butler a quelque chose à voir là-dedans ?

Artemis inspira profondément.

– Je voudrais que vous ordonniez à vos hommes de ne pas s'approcher des congélateurs, dit-il.

– C'est une curieuse demande, Artemis. Qu'y a-t-il donc dans ces congélateurs qu'il me soit interdit de voir ?

– Rien d'illégal, promit l'adolescent. Mais croyez-moi, il s'agit pour Butler d'une question de vie ou de mort.

Barre n'hésita pas.

– L'endroit n'est pas vraiment dans mon secteur mais c'est comme si c'était fait. Avez-vous besoin de sortir des congélateurs ce que je ne dois pas y voir ?

Le policier avait lu dans ses pensées.

– Le plus vite possible. J'ai besoin de deux minutes, pas davantage.

Barre rumina les paroles d'Artemis.

– O.K. Mettons-nous d'accord sur les horaires.

L'équipe du labo va rester sur place pendant environ deux heures. Ça, je ne peux rien y faire. Mais à quatre heures et demie, je vous garantis qu'il n'y aura plus personne. Vous aurez cinq minutes pour agir, pas une de plus.

– Ce sera largement suffisant.

– Très bien. Et dites au grand homme qu'on est quittes.

Artemis s'efforça de chasser toute émotion de sa voix.

– D'accord, inspecteur. Je le lui dirai.

Si c'est possible, songea-t-il.

INSTITUT CRYOGÉNIQUE DE L'ÈRE GLACIAIRE, PRÈS DE HARLEY STREET, LONDRES

L'Institut Cryogénique de l'Ère Glaciaire ne se trouvait pas vraiment dans Harley Street. Il était niché un peu à l'écart, dans Dickens lane, une petite allée située au sud de la célèbre rue où les meilleurs médecins de la capitale avaient leurs cabinets. La directrice de l'établissement, un certain docteur Constance Lane, n'avait pas hésité pour autant à faire figurer Harley Street sur le papier à lettres de l'institut. Sa crédibilité était à ce prix. A la vue du nom magique imprimé sur une carte de visite, les membres de la bonne société étaient prêts à donner n'importe quoi pour confier leurs frêles carcasses aux bienfaits de la congélation.

Artemis, pour sa part, ne se laissait pas impressionner aussi facilement. Mais en la circonstance, il n'avait guère le choix. L'Ère Glaciaire était l'un des trois centres cryogéniques de la ville et le seul qui disposait encore de places libres. Il estimait toutefois qu'on aurait pu se passer de l'enseigne au néon qui indiquait : « Caissons à louer ». Non mais vraiment !

Le bâtiment lui-même suffisait à lui donner des haut-le-corps. La façade était recouverte d'aluminium brossé dans l'intention manifeste de le faire ressembler à un vaisseau spatial et les portes étanches qui s'ouvraient dans un chuintement semblaient sortir d'un épisode de *Star Trek*. Où était la culture dans tout cela ? Où était l'art ? Comment pareille monstruosité avait elle pu recevoir un permis de construire dans le Londres historique ?

Une infirmière avec panoplie complète, uniforme immaculé et bonnet à trois pointes, assurait l'accueil. Artemis doutait qu'elle fût véritablement infirmière, peut-être à cause de la cigarette qu'elle tenait entre ses faux ongles.

– Excusez-moi, mademoiselle ?

La jeune femme leva à peine le nez du magazine à scandales dans lequel elle était plongée.

– Oui ? Vous cherchez quelqu'un ?

Artemis serra les poings derrière son dos.

– En effet. Je voudrais voir le docteur Lane. C'est la directrice, je crois ?

L'infirmière écrasa sa cigarette dans un cendrier débordant de mégots.

– Vous êtes venu poser des questions pour faire un exposé en classe ? Le docteur Lane en a assez des exposés.

– Non, il ne s'agit pas d'un exposé.

– Vous n'êtes pas avocat, j'espère ? demanda l'infirmière d'un ton soupçonneux. Un de ces petits génies qui passent leurs diplômes quand ils sont encore en couches-culottes ?

Artemis soupira.

– Génie, oui. Avocat, pas vraiment. Je suis, mademoiselle, un client.

Soudain, l'infirmière fut tout sourire.

– Oh, un client, pourquoi ne l'avez-vous pas dit plus tôt ? Je vais vous annoncer. Monsieur prendra-t-il un thé, un café, ou peut-être quelque chose d'un peu plus fort ?

– J'ai treize ans, mademoiselle.

– Un jus de fruit, alors ?

– Un thé me conviendrait à merveille. Du Earl Grey si vous avez. Pas de sucre, bien sûr, je risquerais de devenir hyperactif.

L'infirmière était toute disposée à subir sans broncher les railleries des clients du moment qu'ils payaient et elle le conduisit dans un salon également meublé dans le style aventure spatiale, avec chatoiements d'épais velours et jeux de miroir à l'infini. Il avait bu la moitié d'une tasse dont le contenu n'était certainement pas du Earl Grey lorsque la porte qui donnait accès au bureau du docteur Lane s'ouvrit.

– Entrez, s'il vous plaît, dit d'un ton incertain une femme longue et mince.

– A pied ? demanda Artemis. Ou vous avez un système de téléportation ?

Des cadres s'alignaient le long des murs du bureau. Un côté tout entier était consacré aux diplômes et certificats du médecin. Artemis soupçonnait que nombre de ces certificats pouvaient être obtenus en un week-end. Des portraits photographiques étaient accrochés sur l'autre mur. Au-dessus, on pouvait lire *L'Amour vient en dormant*. Artemis faillit s'en aller mais la situation était trop urgente.

Le docteur Lane s'assit derrière son bureau. C'était une femme très séduisante avec de longs cheveux roux qui tombaient en cascade et les doigts fuselés d'une artiste. Sa blouse elle-même venait de chez Dior. Le sourire de Constance Lane était parfait. Trop, même. Artemis la regarda avec plus d'attention et s'aperçut que son visage était l'œuvre d'un chirurgien esthétique. De toute évidence, cette femme passait sa vie à tricher avec le temps. Il avait frappé à la bonne porte.

– Alors, jeune homme, Tracy m'a dit que vous vouliez devenir un de nos clients ?

Le médecin essaya d'élargir son sourire mais, en s'étirant, la peau de son visage se mit à briller comme un ballon.

– Pas moi personnellement, répondit Artemis. Mais je voudrais louer un de vos caissons. Pour une brève durée.

Constance Lane sortit un prospectus d'un tiroir et entoura quelques chiffres en rouge.

– Nos tarifs sont quelque peu élevés.

Artemis n'y jeta pas le moindre coup d'œil.

– L'argent n'est pas un obstacle. Je peux dès mainte-

nant ordonner à ma banque suisse d'opérer un virement. Dans cinq minutes, une somme de cent mille livres sera versée à votre compte. Tout ce qu'il me faut, c'est un caisson de congélation pour une seule nuit.

Le chiffre était impressionnant. Constance songea à toutes les petites choses qu'elle pourrait s'offrir avec ça. Le docteur Lane, en revanche, se montrait plus réticent...

– En général, les mineurs ne sont pas autorisés à nous confier des membres de leur famille. C'est la loi.

Artemis se pencha en avant.

– Docteur Lane, dit-il. Constance. Ce que je suis venu faire ici n'est pas strictement légal, mais personne n'aura à en souffrir. Une nuit, une seule, et vous serez riche. Demain à cette même heure, ce sera comme si je n'étais jamais venu. Pas de corps, pas de délit.

Le médecin se caressa la mâchoire.

– Une nuit ?

– Une seule et unique. Vous ne vous apercevrez même pas de notre présence.

Constance prit un miroir à main dans son tiroir et se mit à examiner soigneusement son reflet.

– Appelez votre banque, dit-elle enfin.

STONEHENGE, WILTSHIRE, ANGLETERRE

Deux conduits des FAR desservaient le sud de l'Angleterre. L'un menait à Londres, mais il était fermé depuis que le club de football de Chelsea avait construit son terrain cinq cents mètres au-dessus du terminal.

L'autre débouchait dans le Wiltshire à côté de ce que les humains avaient baptisé Stonehenge. Pour expliquer les origines de cette structure, les Hommes de Boue avaient échafaudé diverses théories qui allaient de la piste d'atterrissage pour vaisseaux extraterrestres jusqu'au lieu de culte païen. La vérité était beaucoup moins fascinante. En fait, Stonehenge était un centre de fabrication d'aliments à base de pâte à pain aplatie. C'est à dire, pour reprendre un vocabulaire plus familier aux humains : une pizzeria.

Un gnome du nom de Bog s'était aperçu que de nombreux touristes oubliaient d'emporter leurs sandwiches lors de leurs excursions en surface. Il avait alors eu l'idée d'ouvrir un commerce juste à côté du terminal des navettes. C'était une affaire qui marchait bien. Il suffisait d'aller à l'un des comptoirs, de préciser ce qu'on souhaitait comme garniture et dix minutes plus tard, on pouvait s'empiffrer tout à loisir. Bien entendu, dès que les humains commencèrent à parler avec des phrases complètes, Bog dut déplacer son commerce sous terre. En plus, tous ces fromages avaient fini par rendre le sol gluant. Et deux des comptoirs s'étaient même effondrés.

Les civils avaient du mal à obtenir des visas pour Stonehenge en raison de l'activité constante qui y régnait. Pourtant, les hippies voyaient des fées tous les jours sans que la nouvelle fasse la une des journaux. Pour Holly, en revanche, sa fonction d'officier de police réglait le problème du visa. Son badge du service de Détection suffisait à lui ouvrir un passage vers la surface.

Les officiers de police étaient cependant impuissants à provoquer des explosions de magma. Or, le conduit de Stonehenge n'avait plus connu de poussée depuis plus de trois siècles. Pas la moindre étincelle. Ne pouvant « cavaler dans la fournaise », Holly dut se contenter de voyager à bord de la navette régulière.

La première navette disponible était bondée mais heureusement, une annulation de dernière minute évita à Holly d'avoir à assommer un passager.

Il s'agissait d'un vaisseau de luxe de cinquante places qui avait été loué spécialement par la Fraternité de Bog pour aller visiter le site de leur saint patron. Ces fées, des gnomes pour la plupart, consacraient leur vie à la pizza et chaque année, à l'occasion de l'anniversaire du jour où Bog avait ouvert son commerce, ils affrétaient une navette pour monter pique-niquer en surface. Le menu était composé de pizza, de bière de topinambour et de crème glacée parfumée à la pizza. Inutile de préciser que leurs casquettes de caoutchouc en forme de pizza restaient vissées sur leurs têtes tout au long de la journée.

Ainsi, pendant soixante-sept minutes, Holly se retrouva coincée entre deux gnomes qui vidaient des canettes de bière en chantant la chanson de la pizza :

Pizza, pizza
Quel bon repas,
Ta pâte épaisse
Nous met en liesse !

Il y avait en tout cent quatorze couplets. Qui n'étaient pas de meilleure qualité. Holly n'avait jamais été aussi heureuse de voir enfin les feux d'atterrissage de Stonehenge.

Le terminal proprement dit bénéficiait d'un équipement très complet, avec un passage en douane réparti sur trois files, un complexe de loisirs et un centre commercial duty free. Le gadget qui faisait fureur ces temps-ci était une poupée hippie qui disait « Paix et Amour » quand on lui appuyait sur le ventre.

Holly exhiba son badge pour éviter de faire la queue à la douane et monta à la surface dans un ascenseur réservé au personnel de sécurité. Il était devenu plus facile de sortir de Stonehenge depuis que les Hommes de Boue avaient dressé des barrières autour du site. Les humains protégeaient leur patrimoine, ou ce qu'ils croyaient tel. Étrange de voir à quel point les hommes de boue se montraient plus intéressés par le passé que par le présent.

Holly attacha ses ailes et dès que le contrôle lui eut donné le feu vert, elle s'élança du sas en s'élevant jusqu'à une hauteur de deux mille mètres. La couverture nuageuse était dense mais elle activa quand même son bouclier. Il était impossible de la repérer à présent : pour les humains et les appareils d'optique, elle était devenue

invisible. Seuls les rats et deux espèces particulières de singes parvenaient à voir à travers un bouclier de fées.

Holly brancha le navigateur de bord et laissa les ailes assurer le pilotage automatique. Quel plaisir de se retrouver une nouvelle fois à l'air libre ! Et au coucher du soleil par surcroît. Le moment de la journée qu'elle préférait. Un lent sourire éclaira son visage. En dépit de la gravité de la situation, elle se sentait heureuse. Elle accomplissait ce qui constituait sa raison de vivre. Une mission de Détection. Avec, comme elle disait, « les cheveux au vent et un défi à se mettre sous la dent ».

KNIGHTSBRIDGE, LONDRES

Seize heures quinze. Il y avait maintenant plus de deux heures que Butler avait pris une balle dans la poitrine. En règle générale, le délai de grâce entre un arrêt cardiaque et les premières lésions cérébrales est de quatre minutes mais ce laps de temps peut être prolongé si la température du corps est suffisamment abaissée. Les victimes de noyade, par exemple, sont parfois ressuscitées jusqu'à une heure après leur mort apparente. Restait à espérer que la chambre cryogénique de fortune qu'Artemis avait trouvée maintiendrait Butler en l'état jusqu'à ce qu'on puisse le transférer dans un des caissons de l'Ère Glaciaire.

L'institut possédait un véhicule de transport pour aller chercher le corps de ses clients dans les cliniques privées où ils expiraient. Le fourgon était équipé d'un

générateur et d'un matériel chirurgical complet. Même si la cryogénie était considérée comme une pratique loufoque par de nombreux médecins, le véhicule lui-même répondait aux normes les plus strictes en matière d'équipement et d'hygiène.

– Ces unités de transport coûtent près d'un million de livres pièce, déclara le docteur Constance Lane à Artemis alors qu'ils se trouvaient à bord du fourgon.

Ils étaient assis de part et d'autre d'un caisson cryogénique de forme cylindrique attaché sur un brancard roulant.

– Les fourgons sont fabriqués sur commande à Munich et reçoivent même un blindage spécial. Cet engin pourrait rouler sur une mine et se porter comme une fleur.

Pour une fois, Artemis n'était pas intéressé par les informations qu'on lui donnait.

– Tout cela est très bien, docteur, mais est-ce qu'on pourrait rouler un peu plus vite ? Mon associé n'a pas beaucoup de temps devant lui. Cent vingt-sept minutes se sont déjà écoulées depuis que son cœur a cessé de battre.

Constance Lane s'efforça de froncer les sourcils mais la peau de son front était trop tendue.

– Deux heures. Personne n'a jamais été ramené à la vie après une aussi longue durée. D'ailleurs, on n'a encore jamais ramené à la vie un corps conservé dans une chambre cryogénique.

La circulation dans Knightsbridge était, comme d'habitude, chaotique. Il y avait une journée de soldes chez

Harrods et tout le pâté de maison était assiégé par des hordes de clients frénétiques qui faisaient la queue devant le magasin de luxe. Il fallut encore dix-sept minutes pour atteindre la porte de service du restaurant *En Fin.*

Il était seize heures trente deux et, comme promis, aucun policier n'était présent, ou plutôt il n'y en avait qu'un : l'inspecteur Justin Barre lui-même, qui montait la garde devant la porte. L'homme était de très grande taille. D'après Butler, il avait des ancêtres zoulous. On les imaginait aisément côte à côte, Butler et lui, dans quelque contrée lointaine.

Par une chance incroyable, ils trouvèrent une place pour se garer et Artemis descendit aussitôt du fourgon.

– La cryogénie, dit Barre qui avait lu l'inscription sur le flanc du véhicule. Vous pensez pouvoir faire quelque chose pour lui ?

– On dirait que vous avez regardé dans le congélateur ? remarqua Artemis.

Le policier acquiesça.

– Comment aurais-je pu résister ? La curiosité est mon métier. Mais maintenant, je regrette d'avoir vu ça. C'était un homme de grande valeur.

– C'est un homme de grande valeur, rectifia Artemis. Je ne suis pas encore résigné à parler de lui au passé.

Barre fit un pas de côté pour laisser passer deux infirmiers en uniforme de l'Ère Glaciaire.

– D'après mes hommes, des gangsters armés ont voulu faire un hold-up dans le restaurant mais ils ont été interrompus par un tremblement de terre. Je suis prêt à manger mon insigne si c'est vraiment ce qui s'est passé. J'imagine que vous n'êtes pas en mesure d'éclairer ma lanterne ?

– Un de mes concurrents n'était pas d'accord avec moi sur des questions de stratégie commerciale. Le désaccord s'est révélé assez violent.

– Qui a tiré ?

– Arno Blunt. Un Néo-Zélandais. Cheveux blonds décolorés, tatouages sur le corps et le cou. Presque plus de dents.

Barre prit des notes.

– Je vais diffuser le signalement dans les aéroports. On ne sait jamais, peut-être que nous pourrons l'arrêter.

Artemis se frotta les yeux.

– Butler m'a sauvé la vie. La balle m'était destinée.

– Ça, c'est Butler tout craché, dit Barre en hochant la tête. Y a-t-il quelque chose que je puisse faire ?

– Vous serez le premier à le savoir, répondit Artemis. Vos hommes ont-ils trouvé quelqu'un sur place ?

Barre consulta son carnet.

– Quelques clients et du personnel. Les clients ont payé leur addition, nous les avons donc laissé partir. Les voleurs se sont échappés avant notre arrivée.

– Ça n'a pas d'importance. Je préfère m'occuper moi-même des coupables.

Barre fit de son mieux pour ne pas s'intéresser à ce qui se passait derrière lui, dans la cuisine.

– Artemis, pouvez-vous me garantir que tout cela ne reviendra pas hanter ma conscience ? D'un point de vue technique, il s'agit quand même d'un homicide.

Artemis regarda Barre dans les yeux, ce qui lui demanda un sérieux effort.

– Inspecteur Barre, il n'y a pas de corps, donc pas de crime. Et je vous garantis que demain, Butler sera vivant et en pleine forme. Je lui demanderai de vous appeler, si ça peut vous rassurer.

– Ça peut.

Les infirmiers transportèrent Butler sur le brancard roulant. Une couche de glace recouvrait son visage. Ses doigts avaient déjà pris une couleur bleue.

– Il faudrait un véritable magicien pour le tirer de là, fit remarquer le policier.

Artemis baissa les yeux.

– C'est ce qui est prévu, inspecteur. Exactement ce qui est prévu.

A l'intérieur du fourgon, le docteur Lane injecta du glucose dans le corps de Butler.

– C'est pour empêcher la dégénérescence des cellules, expliqua-t-elle à Artemis en massant la poitrine du serviteur pour faire circuler le produit. Sinon, l'eau contenue dans son sang gèlerait sous forme d'aiguilles de glace et transpercerait la paroi des cellules.

Butler était allongé dans un caisson cryogénique ouvert équipé de gyroscopes. Il avait été revêtu d'une combinaison argentée réfrigérante et des enveloppes glacées lui couvraient le corps comme des sachets de sucre entassés dans un bol.

Constance n'avait pas l'habitude qu'on lui prête véritablement attention lorsqu'elle expliquait le processus

de conservation, mais ce jeune homme pâle semblait assimiler les informations plus vite qu'elle ne les fournissait.

– L'eau ne va-t-elle pas geler de toute façon ? Le glucose ne peut suffire à l'en empêcher.

Constance était impressionnée.

– Oui, bien sûr qu'elle va geler. Mais sous forme de tout petits morceaux qui flotteront sans dommage entre les cellules.

Artemis nota quelque chose sur l'ordinateur de poche qu'il tenait à la main.

– De petits morceaux. D'accord, je comprends.

– L'injection de glucose n'est qu'une mesure temporaire, poursuivit le médecin. La prochaine étape sera chirurgicale. Nous devrons lui vider complètement les veines et remplacer le sang par un liquide de conservation. Nous pourrons alors abaisser la température du patient à moins trente degrés. C'est ce que nous ferons dès notre arrivée à l'institut.

Artemis éteignit son ordinateur.

– Ce ne sera pas nécessaire. J'ai simplement besoin qu'il soit stabilisé pendant quelques heures. Ensuite, ça n'aura plus d'importance.

– Je crois que vous ne m'avez pas comprise, jeune homme, dit le docteur Lane. Dans l'état actuel des connaissances, ce genre de blessure ne peut pas être guéri. Si je ne remplace pas son sang par un substitut, les tissus seront très gravement endommagés.

Il y eut une secousse lorsqu'une roue du fourgon s'enfonça dans un des nombreux nids de poule des chaus-

sées londoniennes. Le bras de Butler tressauta et pendant un instant, Artemis put entretenir l'illusion qu'il était vivant.

– Ne vous inquiétez pas pour cela, docteur.

– Mais...

– Cent mille livres, Constance. Contentez-vous de vous répéter le montant de cette somme. Rangez le fourgon dehors et oubliez-nous définitivement. Demain matin, nous serons partis. Tous les deux.

Le docteur Lane s'étonna.

– Ranger le fourgon dehors ? Vous ne voulez même pas venir à l'intérieur ?

– Non, Butler reste à l'extérieur, dit Artemis. Mon... heu.. chirurgien a un problème avec les maisons. Mais moi, je peux entrer un instant pour me servir de votre téléphone. J'ai besoin de passer un coup de fil un peu particulier.

ESPACE AÉRIEN DE LONDRES

Les lumières de Londres se déployaient sous les yeux de Holly comme les étoiles d'une galaxie tourbillonnante. La capitale anglaise était généralement interdite de survol par les officiers de Détection à cause des quatre aéroports d'où des centaines d'avions ne cessaient de décoller. Cinq ans auparavant, le capitaine Baroud Kelp avait failli être empalé par un Airbus qui assurait la liaison Londres-New York. Depuis ce jour, tous les plans de vol qui incluaient un passage au-dessus

d'une ville pourvue d'aéroports devaient être contrôlés par Foaly en personne. Holly parla dans le micro de son casque.

– Foaly. Est-ce qu'il y a un vol à signaler ?

– Attendez que je consulte le radar. Voyons... Si j'étais vous, je descendrais à cent cinquante mètres. Un 747 en provenance de Malaga va arriver dans deux minutes. Il ne risque pas de vous percuter mais l'ordinateur de votre casque pourrait créer des interférences avec son système de navigation.

Holly abaissa les volets de ses ailes jusqu'à ce qu'elle ait atteint l'altitude requise. Au-dessus de sa tête, l'avion géant traversa le ciel dans un hurlement de réacteurs. Sans les éponges à filtre sonique enfoncées dans ses oreilles, ses deux tympans auraient éclaté.

– O.K. Je viens d'éviter avec succès un jet rempli de touristes. Et maintenant ?

– Maintenant, on attend. Je ne vous rappellerai qu'en cas de nécessité.

Ils n'eurent pas à patienter longtemps. Moins de cinq minutes plus tard, la radio de Foaly rompait le silence.

– Holly, nous avons quelque chose.

– Une autre sonde de recherche ?

– Non. Quelque chose qui vient du système Sentinelle. Restez en ligne, je vous transfère le fichier.

La représentation graphique d'un fichier sonore apparut dans le viseur de Holly. Le tracé des ondes ressemblait au diagramme d'un sismographe.

– Qu'est-ce que c'est ? Une écoute téléphonique ?

– Pas exactement, répondit Foaly. C'est l'un des milliards de fichiers que le système Sentinelle nous envoie chaque jour et dont la plupart n'ont aucune importance.

Le « Sentinelle » était constitué d'une série d'unités de surveillance que Foaly avait branchées à l'aide d'un accès pirate sur de vieux satellites russes et américains. Ces installations étaient destinées à intercepter toutes les communications humaines. Bien entendu, on ne pouvait surveiller chaque jour tous les coups de téléphone. Aussi, l'ordinateur central était-il chargé de repérer certains mots-clés. Lorsque par exemple, les termes « fée », « ville souterraine » ou « monde magique » survenaient dans une conversation, l'appel en question était signalé par l'ordinateur. Plus il y avait de mots qui pouvaient faire référence au Peuple, plus le degré d'alerte était élevé.

– Ce coup de téléphone a été passé à Londres il y a quelques minutes. Il est truffé de mots-clés. Je n'en avais encore jamais entendu autant.

– Lecture, dit Holly en articulant distinctement pour activer la commande vocale.

Un curseur vertical balaya alors le diagramme des ondes sonores.

– Peuple, dit la voix déformée par la distorsion, FAR, magie, Haven-Ville, terminal des navettes, lutins, B'wa Kell, troll, suspension temporelle, détection, Atlantide.

– C'est tout ?

– Ça ne vous suffit pas ? Celui qui a donné ce coup de fil pourrait aussi bien écrire notre histoire.

– C'est simplement une suite de mots dénuée de sens.

– Je ne cherche pas à discuter, répliqua le centaure, je me contente de collecter des informations. Mais il y a sûrement un rapport avec la sonde de recherche que nous avons captée. Deux choses pareilles ne se produisent pas le même jour sans qu'il y ait un lien entre elles.

– O.K. Est-ce que nous avons une localisation précise ?

– L'appel émane d'un institut de cryogénie situé à Londres. Le système Sentinelle n'est pas assez perfectionné pour reconnaître les voix. Nous savons seulement que le coup de fil provient de l'intérieur du bâtiment.

– Quel était l'interlocuteur de notre mystérieux Homme de Boue ?

– C'est étrange. Il a composé le numéro du service des mots croisés du journal *The Times*.

– Ces mots-là étaient peut-être contenus dans la grille d'aujourd'hui, dit Holly, pleine d'espoir.

– Non, j'ai vérifié la solution. Il n'y avait pas le moindre mot concernant les fées.

Holly régla ses ailes en mode manuel.

– D'accord. Le moment est venu de découvrir ce que mijote notre correspondant. Envoyez-moi les coordonnées de cet institut.

Holly pensait qu'il s'agissait d'une fausse alerte. Des centaines d'appels semblables étaient captés chaque année. Foaly était tellement paranoïaque qu'il soupçonnait une invasion prochaine des Hommes de Boue chaque fois que le mot « magie » était prononcé au cours d'une conversation téléphonique. Et avec la

mode récente des films fantastiques et des jeux vidéos, les expressions qui avaient trait à la magie foisonnaient. Les forces de police perdaient des milliers d'heures à surveiller les maisons d'où provenaient ces coups de téléphone et on s'apercevait généralement qu'il s'agissait d'un enfant qui jouait sur son ordinateur.

Ce coup de fil fantôme venait sans doute d'interférences téléphoniques ou d'un adolescent en train de pirater un film hollywoodien ou même d'un agent des FAR en mission essayant d'appeler chez lui. Mais aujourd'hui plus que jamais, il fallait tout vérifier.

Holly donna un coup de pied en arrière pour descendre en piqué. La descente en piqué était contraire au règlement des missions de Détection. Toute approche devait être progressive et contrôlée. Mais à quoi bon voler si l'on ne pouvait sentir les tourbillons d'air vous chatouiller les orteils ?

INSTITUT CRYOGÉNIQUE DE L'ÈRE GLACIAIRE, LONDRES

Artemis était assis sur le pare-chocs arrière du fourgon d'unité cryogénique mobile. Il était étrange de constater à quelle vitesse on pouvait changer de priorités. Ce matin, il avait eu pour seul souci de choisir la paire de mocassins qui s'harmonisait le mieux avec son costume. A présent, c'était la vie de son meilleur ami qui était dans la balance. Et la balance pouvait rapidement pencher du mauvais côté.

Artemis essuya la buée qui s'était déposée sur les lunettes prises dans la veste de son garde du corps. Ce n'étaient pas des lunettes ordinaires. Butler avait une vision de 20/20. Ces lunettes-là avaient été spécialement fabriquées pour y fixer des filtres récupérés sur un casque des FAR. Des filtres anti-boucliers. Butler ne s'en séparait plus depuis le soir où Holly Short avait réussi à le surprendre dans le manoir des Fowl. On ne sait jamais, disait-il. Nous représentons une menace pour la sécurité des FAR et, un jour, le commandant Root pourrait bien être remplacé par quelqu'un qui aurait beaucoup moins de sympathie pour nous.

Artemis n'était pas convaincu. D'une manière générale, les fées étaient un peuple pacifique. Il ne les croyait pas capables de faire du mal à quiconque, même à un Homme de Boue, sous prétexte de délits commis dans le passé. Après tout, ils s'étaient quittés bons amis. Ou en tout cas, pas ennemis.

Encore fallait-il que l'appel téléphonique ait eu l'effet escompté. Mais il n'y avait aucune raison de penser le contraire. De nombreux services officiels surveillaient les lignes téléphoniques en utilisant le système des mots clés et enregistraient les conversations qui pouvaient représenter une menace pour la sécurité nationale. Or, si les humains recouraient à ces méthodes, il y avait tout à parier que Foaly en faisait autant avec des moyens encore plus avancés.

Artemis chaussa les lunettes et se hissa dans la cabine du fourgon. Il avait donné le coup de téléphone dix

minutes plus tôt. En admettant que Foaly ait tout de suite repéré la trace de l'appel, il s'écoulerait encore deux bonnes heures avant que les FAR envoient un agent en surface. Encore deux heures. Il se serait alors passé près de six heures depuis le moment où le cœur de Butler s'était arrêté de battre. Le record dans ce domaine était de deux heures et cinquante minutes : le temps qu'un skieur avait passé englouti sous une avalanche avant qu'on parvienne à le ramener à la vie. On ne connaissait pas d'exemple de quelqu'un ressuscité au bout de six heures. Et peut-être ne le connaîtrait-on jamais.

Artemis regarda le plateau-repas qui lui avait été envoyé par le docteur Lane. En temps normal, rien de ce que contenait son assiette n'aurait trouvé grâce à ses yeux mais, dans l'immédiat, ce repas lui permettait de tenir le coup et de rester éveillé jusqu'à l'arrivée de la cavalerie. Artemis but une longue gorgée de thé dans un gobelet en polystyrène. Le liquide gargouilla bruyamment dans son estomac vide. A l'arrière du fourgon l'installation cryogénique où reposait Butler ronronnait comme le moteur d'un congélateur familial. De temps à autre, l'ordinateur produisait un « bip » et se mettait à bourdonner tandis que la machine se livrait à une série d'auto-diagnostics. Artemis se rappelait alors les semaines qu'il avait passées à Helsinki à attendre que son père reprenne conscience. A attendre les effets que la magie des fées aurait sur lui...

EXTRAIT DU JOURNAL D'ARTEMIS FOWL, DISQUE 2, CRYPTÉ

Aujourd'hui, mon père m'a enfin parlé. Pour la première fois depuis plus de deux ans, j'ai entendu sa voix et elle était exactement telle que je me la rappelais. Mais certaines choses avaient changé.

Cela faisait plus de deux mois que Holly Short avait usé de ses pouvoirs magiques pour essayer de guérir le corps délabré de mon père et pourtant il était toujours là, allongé sur son lit de l'hôpital d'Helsinki, immobile, incapable de la moindre réaction.

Les médecins ne comprenaient pas. Il aurait dû se réveiller, m'avaient-ils informé. « Son électro-encéphalogramme est bon, et même exceptionnel. Et son cœur est solide comme celui d'un cheval. C'est incroyable, cet homme qui devrait être aux portes de la mort a le tonus musculaire d'un garçon de vingt ans. »

Bien entendu, ce n'était pas un mystère à mes yeux. La magie de Holly avait entièrement régénéré tout son être, à l'exception de sa jambe gauche qu'il avait perdue lors du naufrage de son cargo, au large des côtes de Mourmansk. Mon père avait reçu un afflux de vie, dans son corps et son esprit.

Les effets de la magie sur son corps ne m'inquiétaient pas, mais je ne pouvais m'empêcher de m'interroger sur les conséquences que cette énergie positive aurait sur son esprit. Un tel changement pouvait représenter un traumatisme pour lui. Il était le patriarche des Fowl et

toute son existence avait tourné autour de l'argent et des différentes façons d'en amasser.

Pendant seize jours, nous étions restés à son chevet, guettant le moindre signe de vie. J'avais appris à lire les instruments de contrôle et je remarquai tout de suite le moment où le tracé qui mesurait son activité cérébrale commença à dessiner des pointes. D'après moi, il allait bientôt reprendre conscience. J'appelai donc l'infirmière.

On nous fit sortir de la chambre pour laisser place à une équipe qui comportait au moins une douzaine de personnes. Deux cardiologues, un anesthésiste, un chirurgien du cerveau, un psychologue et plusieurs infirmières.

En fait, mon père n'avait pas besoin de toute cette sollicitude médicale. Il se redressa simplement dans son lit, se frotta les yeux et ne prononça qu'un seul mot : « Angeline ».

Maman fut autorisée à entrer. Mais il nous fallut attendre plusieurs minutes angoissantes, Butler, Juliet et moi, avant qu'elle ne réapparaisse à la porte.

– Venez tous, dit-elle. Il veut vous voir.

Et soudain, j'eus peur. Mon père, dont j'avais essayé pendant deux ans d'endosser les habits, était réveillé. Allait-il se montrer à la hauteur de mes attentes ? Et moi, serais-je à la hauteur des siennes ?

J'entrai d'un air hésitant. Artemis Fowl Ier était adossé contre une pile d'oreillers. La première chose que je remarquai, ce fut son visage. Non pas à cause des cicatrices qui avaient déjà presque disparu, mais de son expression. Le front de mon père, qui ressemblait sou-

vent à un ciel d'orage aussi sombre que ses méditations, était devenu lisse et dépourvu de tout souci.

Après tant de temps passé loin l'un de l'autre, je ne savais pas quoi dire. Mon père, lui, n'avait pas ce genre de préoccupation.

– Arty, s'écria-t-il en tendant les bras vers moi. Tu es un homme, maintenant. Un jeune homme.

Je me précipitai vers lui et, tandis qu'il m'étreignait, toutes mes manigances, toutes mes machinations me sortirent de la tête. J'avais de nouveau un père.

INSTITUT CRYOGÉNIQUE DE L'ÈRE GLACIAIRE, LONDRES

Les souvenirs d'Artemis furent interrompus par un subtil mouvement sur le mur d'en face. Il fixa l'endroit à travers les filtres de ses lunettes. Une fée était accroupie sur le rebord de la fenêtre du deuxième étage. Un officier des services de Détection, avec équipement complet, ailes et casque. Un quart d'heure plus tard, seulement ? Sa ruse avait marché. Foaly avait intercepté l'appel et envoyé quelqu'un sur place. Restait à espérer que cette fée avait fait son plein de magie et qu'elle était disposée à l'aider.

Il fallait agir en douceur. Surtout, ne pas faire peur à la fée. Il suffisait d'un seul mouvement malheureux et il se réveillerait six heures plus tard sans le moindre souvenir de ce qui s'était passé au cours de la journée. Ce qui se révélerait fatal pour Butler.

Artemis ouvrit lentement la portière du fourgon et descendit dans la cour du bâtiment. La fée redressa la tête, observant ses mouvements. A sa grande consternation, Artemis vit la créature dégainer un pistolet en platine.

– Ne tirez pas, dit-il en levant les mains. Je ne suis pas armé. Et j'ai besoin de votre aide.

La fée actionna ses ailes et descendit lentement jusqu'à ce que la visière de son casque se trouve au même niveau que les yeux d'Artemis.

– N'ayez pas peur, poursuivit Artemis. Je suis un ami du Peuple. Je l'ai aidé à vaincre le B'wa Kell. Je m'appelle...

La fée désactiva son bouclier et remonta sa visière opaque.

– Je sais comment vous vous appelez, Artemis, dit le capitaine Holly Short.

– Holly, murmura Artemis en la prenant par les épaules. C'est vous.

D'un bref mouvement, Holly se dégagea des mains humaines posées sur elle.

– Je sais bien que c'est moi. Que se passe-t-il, ici ? J'imagine que c'est vous qui avez passé cet appel ?

– Oui, mais n'en parlons pas pour l'instant, je vous expliquerai plus tard.

Holly actionna la manette des gaz de ses ailes et s'éleva à une hauteur de quatre mètres.

– Non, Artemis, je veux une explication maintenant. Si vous aviez besoin d'aide, pourquoi n'avez-vous pas appelé sur votre propre téléphone ?

Artemis se força à répondre.

– Vous m'aviez dit que Foaly avait suspendu l'écoute de mes communications et d'ailleurs, je n'étais pas sûr que vous viendriez.

Holly réfléchit un instant.

– C'est vrai, peut-être que je ne serais pas venue.

Elle remarqua alors quelque chose.

– Où est Butler ? Il nous surveille par derrière, sans doute ?

Artemis ne répondit pas, mais l'expression de son visage suffit à faire comprendre à Holly pourquoi il avait tant besoin d'elle.

Artemis appuya sur un bouton et une pompe pneumatique ouvrit le couvercle du caisson cryogénique. Butler était allongé à l'intérieur, le corps recouvert d'une couche de glace d'un centimètre.

– Oh, non, soupira Holly. Que s'est-il passé ?

– Il a intercepté une balle qui m'était destinée, répondit Artemis.

– Vous ne changerez donc jamais, Bonhomme de Boue ? lança sèchement la fée. Vos petites combines ont une fâcheuse tendance à provoquer des blessures chez les gens. Et surtout chez les gens qui vous aiment le plus.

Artemis ne trouva rien à répondre. Après tout, c'était la vérité.

Holly retira une des enveloppes de glace qui recouvraient la poitrine de Butler.

– Ça fait combien de temps ?

Artemis consulta l'horloge de son téléphone portable.

– Quatre heures un quart. A quelques minutes près.

Le capitaine Short dégagea la glace et posa la main à plat sur le thorax du serviteur.

– Quatre heures un quart. Je ne sais pas ce qu'on peut faire, Artemis. Il n'y a plus rien là-dessous. Pas le plus petit frémissement.

Artemis se trouvait face à elle, de l'autre côté du caisson.

– Vous pouvez y arriver, Holly ? Vous pensez pouvoir le guérir ?

Holly recula d'un pas.

– Moi ? Non, je ne peux pas le guérir. Il faut un sorcier professionnel pour s'y risquer.

– Mais vous avez bien guéri mon père ?

– C'était différent. Votre père n'était pas mort. Il n'était même pas dans un état critique. Je suis navrée d'avoir à le dire, mais Butler est mort. Mort depuis longtemps.

Artemis sortit de sous sa chemise un médaillon qu'il portait attaché au cou par une lanière de cuir. C'était une pièce d'or percée d'un trou en son centre.

– Souvenez-vous de ça. Vous m'avez offert cette pièce en remerciement de ce que j'avais fait pour que votre index sectionné soit rattaché à votre main. Vous avez dit qu'elle me rappellerait l'étincelle de probité qui existe en moi. Or, j'essaie justement de faire quelque chose de bien, capitaine.

– La probité n'a rien à voir là-dedans. On ne peut pas le guérir, c'est tout.

Artemis pianota sur le bord du brancard. Il réfléchissait.

– Il faut que je joigne Foaly, dit-il enfin.

– Je parle au nom du Peuple, répliqua Holly avec mauvaise humeur. Nous n'avons pas d'ordres à recevoir des humains.

– S'il vous plaît, Holly, insista Artemis. Vous ne voudriez pas que je le laisse partir sans rien tenter ? Il s'agit de Butler, quand même.

Holly ne put résister plus longtemps. Elle n'oubliait pas que le garde du corps leur avait sauvé la peau plus d'une fois.

– Très bien, dit-elle en prenant un écouteur de secours qu'elle portait à la ceinture. Mais je ne pense pas que Foaly soit en mesure de vous donner de bonnes nouvelles.

Artemis fixa l'écouteur sur son oreille et régla la tige flexible du micro pour le placer devant ses lèvres.

– Foaly ? Vous m'entendez ?

– Vous voulez rire ? répondit la voix du centaure. C'est encore mieux que vos séries télé.

Artemis se concentra. Il devait se montrer convaincant sinon, la dernière chance de Butler s'envolait.

– Tout ce que je demande, c'est une tentative de guérison. Je sais que le résultat n'est pas garanti mais ça ne coûte rien d'essayer.

– Ce n'est pas si facile, Bonhomme de Boue, répliqua le centaure. La guérison n'est pas un processus simple. Elle demande du talent et de la concentration. Holly n'en manque pas, je vous l'accorde, mais pour

une telle entreprise, il faut une équipe de sorciers expérimentés.

– Nous n'avons pas le temps, coupa Artemis. Butler est déjà resté trop longtemps dans cet état. Il faut agir maintenant, avant que le glucose se soit dissous dans son sang. Les tissus de ses doigts sont déjà atteints.

– Peut-être aussi ceux de son cerveau ? suggéra le centaure.

– Non, j'ai pu faire baisser la température du corps en quelques minutes. Le crâne a été congelé presque tout de suite.

– Vous en êtes sûr ? Il ne faudrait pas que le corps de Butler ressuscite en laissant son esprit derrière lui.

– J'en suis certain. Le cerveau est intact.

Foaly resta silencieux un bon moment.

– Artemis, dit-il enfin, si nous nous mettons d'accord pour essayer quelque chose, je n'ai aucune idée de ce qui en résultera. Les effets sur le corps de Butler pourraient se révéler catastrophiques, sans parler de son intellect. Jamais encore une opération de cette nature n'a été tentée sur un humain.

– Je comprends.

– Vous comprenez vraiment, Artemis ? Êtes-vous prêt à accepter les conséquences de cette guérison ? Elle peut entraîner beaucoup de problèmes imprévisibles. Vous devrez vous engager à prendre en charge l'être qui sortira de ce caisson, quoi qu'il arrive. Acceptez-vous cette responsabilité ?

– Je l'accepte, répondit Artemis sans la moindre hésitation.

– Très bien. Dans ce cas, la décision appartient à Holly. Personne ne peut l'obliger à user de sa magie. C'est à elle de choisir.

Artemis baissa les yeux. Il ne parvenait pas à regarder l'elfe en face.

– Alors, Holly ? Voulez-vous le faire ? Voulez-vous essayer ?

Holly dégagea la glace qui recouvrait le front de Butler. Il avait été un ami loyal du Peuple.

– Je vais tenter quelque chose, répondit-t-elle. Je ne garantis rien, mais je ferai ce que je peux.

Artemis éprouva un tel soulagement que ses genoux manquèrent de se dérober sous lui, mais il se reprit aussitôt. Ses genoux auraient tout le temps de faiblir par la suite.

– Merci, capitaine. Je me rends compte qu'il n'est pas facile de prendre une telle décision. Et maintenant, que puis-je faire pour vous aider ?

Holly montra les portes arrière du fourgon.

– Vous pouvez sortir. J'ai besoin d'un environnement stérile. Je viendrai vous chercher quand tout sera terminé. Et quoi qu'il arrive, quoi que vous entendiez, ne venez pas tant que je ne vous aurai pas appelé.

Holly détacha la caméra de son casque et la suspendit au couvercle du caisson cryogénique afin de donner à Foaly une meilleure vue du patient.

– Ça vous convient comme ça ?

– Très bien, répondit Foaly, j'arrive à voir toute la partie supérieure du corps. La cryogénie, il fallait y penser.

Pour un humain, ce petit Fowl est vraiment un génie. Vous vous rendez compte qu'il lui fallait trouver une solution en moins d'une minute ? Ce Bonhomme de Boue ne manque pas de cervelle.

Holly se lava soigneusement les mains dans l'évier stérile.

– Hélas, il n'en a pas suffisamment pour s'éviter les ennuis. Je n'arrive pas à croire que j'aie pu accepter une chose pareille. Une guérison au bout de quatre heures et demie. C'est une première.

– Techniquement parlant, il s'agit d'une guérison au bout de deux minutes si son cerveau a été tout de suite maintenu à une température inférieure à zéro. Mais...

– Mais quoi ? demanda Holly en se séchant vigoureusement les doigts avec une serviette.

– Mais la congélation interfère avec les bio-rythmes du corps et les champs magnétiques, des phénomènes que le Peuple lui-même ne comprend pas entièrement. Ce ne sont pas seulement la peau et les os qui sont en jeu. Nous n'avons aucune idée des conséquences qu'un traumatisme comme celui-ci peut avoir sur Butler.

Holly passa la tête sous l'objectif de la caméra.

– Êtes-vous sûr que ce soit vraiment une bonne idée, Foaly ?

– Nous n'avons malheureusement pas le temps d'en débattre, Holly. Chaque seconde qui passe prive notre ami d'au moins deux cellules cérébrales. Je vais vous donner les indications nécessaires tout au long de l'opération. Il faut d'abord examiner la blessure.

Holly ôta plusieurs enveloppes de glace et ouvrit la fermeture à glissière de la combinaison d'aluminium dont Butler avait été revêtu. La balle du pistolet avait formé un petit trou noir, niché au centre d'une flaque de sang, tel un bouton de fleur.

– On ne lui a pas laissé la moindre chance. Juste au-dessous du cœur. Je vais agrandir l'image.

Holly referma sa visière et se servit des filtres de son casque pour regarder la blessure de Butler en gros plan.

– Il y a des fibres prises dans la plaie. Du Kevlar, à mon avis.

On entendit Foaly grogner dans les haut-parleurs.

– Il ne manquait plus que ça. Des complications.

– Qu'est-ce que ça change, s'il y a des fibres ? Et puis ce n'est pas le moment de parler à mots couverts. Expliquez-moi ça en gnomique de tous les jours.

– O.K. Si vous mettez vos doigts dans cette blessure, la magie reproduira les cellules de Butler avec de nouvelles fibres de Kevlar. Il faudrait être idiot. Butler serait toujours mort mais garanti à l'épreuve des balles.

Holly sentit la tension monter le long de son dos.

– Alors, que dois-je faire ?

– Il faut pratiquer une nouvelle blessure et diffuser la magie à partir de là.

Il ne manquait plus que ça, songea Holly. Une nouvelle blessure. Taillader la chair d'un vieil ami.

– Mais il est dur comme la pierre.

– Vous n'avez qu'à le faire fondre un peu. Utilisez votre Neutrino 2000, mais pas trop longtemps et à la puissance minimum. Si le cerveau se réveille avant le moment voulu, c'est fichu.

Holly dégaina son Neutrino et le régla au premier niveau.

– A quel endroit dois-je le faire fondre ?

– Sur l'autre côté du torse. Tenez vous prête à déclencher le processus de guérison, la chaleur va se diffuser très vite. Butler doit être guéri avant que l'oxygène parvienne jusqu'à son cerveau.

Holly pointa le canon de son pistolet laser sur la poitrine du serviteur.

– Donnez-moi le départ.

– Rapprochez un peu le canon. A quinze centimètres environ. Activez le rayon pendant deux secondes.

Holly releva sa visière et respira profondément à plusieurs reprises. Qui aurait pu penser qu'un jour un Neutrino 2000 servirait à des fins médicales ?

Holly pressa la détente jusqu'au premier cran. Le cran suivant déclenchait le rayon laser.

– Deux secondes.

– O.K. Allez-y.

Clic. Un rayon orange de chaleur concentrée jaillit du canon et dessina une tache de lumière sur la poitrine de Butler. Si le garde du corps avait été éveillé, le choc l'aurait assommé. Un cercle de glace à la circonférence bien nette s'évapora en une volute de buée qui s'éleva jusqu'au toit du fourgon.

– A présent, reprit Foaly, sa voix rendue plus aiguë par l'urgence, resserrez le rayon et centrez-le bien.

Holly mania d'un doigt expert les boutons de contrôle du pistolet. Resserrer le rayon intensifierait sa puissance mais il fallait le maintenir à une certaine distance pour éviter de transpercer le corps de Butler.

– Je l'ai réglé à quinze centimètres.

– Très bien, mais dépêchez-vous, la chaleur se répand.

La poitrine de Butler avait retrouvé des couleurs et la glace fondait sur son corps. Holly pressa à nouveau la détente, dessinant dans la chair une entaille en forme de croissant. Une unique goutte de sang perla entre les lèvres de la plaie.

– Pas de flux sanguin, dit Foaly, c'est bon signe.

Holly rengaina son arme.

– Et maintenant ?

– Maintenant, enfoncez profondément vos mains dans la blessure et déversez-y jusqu'à la dernière goutte de magie dont vous disposez. Ne la laissez pas simplement s'écouler de vos doigts, faites-la jaillir de toutes vos forces.

Holly grimaça. Elle n'aimait pas du tout cette partie de l'opération. Malgré toutes les guérisons qu'elle avait pratiquées, elle ne s'était jamais habituée à l'idée d'enfoncer les doigts dans la chair d'autrui. Elle colla ses pouces l'un contre l'autre et les glissa dans l'entaille de la peau.

– Guérison, murmura-t-elle, et la magie afflua dans ses doigts.

Des étincelles bleues dansèrent au-dessus de la blessure puis s'engouffrèrent à l'intérieur comme des étoiles filantes plongeant derrière l'horizon.

– Encore, Holly, l'exhorta Foaly. Envoyez une nouvelle décharge.

Holly recommença. Au début, le flux était épais, tel une masse bouillonnante de lignes bleues enchevêtrées puis, lorsque sa magie reflua, le jaillissement s'affaiblit.

– C'est fini, dit Holly d'une voix haletante. Il me reste tout juste assez d'énergie pour activer mon bouclier sur le chemin du retour.

– Dans ce cas, dit Foaly, restez à l'écart aussi longtemps que je vous le dirai. Ça va être le grand déchaînement.

Holly recula jusqu'à la paroi du fourgon. Pendant un bon moment, il ne se passa pas grand-chose puis le dos de Butler s'arqua soudain, projetant sa poitrine en avant. Holly entendit des vertèbres grincer.

– Ça, c'est le cœur qui se remet en marche, commenta Foaly. La partie la plus facile.

Butler retomba dans le caisson, le sang coulant à flot de sa deuxième plaie. Les étincelles magiques s'entremêlaient et recouvraient son torse d'une sorte de treillis parcouru d'intenses vibrations. Butler tressautait sur son brancard comme une bille dans un hochet à mesure que la magie remettait en état les atomes de son corps. Les toxines que son organisme expulsait formaient une buée qui s'échappait par tous les pores de sa peau. La couche de glace fondit instantanément dans un nuage de vapeur qui se transforma en pluie lorsque les particules d'eau se condensèrent sur le toit métallique du fourgon. Les enveloppes de glace éclataient comme des ballons rouges, catapultant des cristaux qui ricochaient

sur les parois. Holly avait l'impression de se trouver prise au cœur d'un orage multicolore.

– Il faut y aller, maintenant ! s'écria Foaly à l'oreille de Holly.

– Quoi ?

– Allez-y. La magie est en train de remonter le long de sa colonne vertébrale. Maintenez-lui la tête immobile pendant la guérison sinon, les cellules endommagées risquent de se multiplier. Et une fois la guérison accomplie, impossible de revenir en arrière.

Quelle bonne idée ! songea Holly. Maintenir Butler immobile. Rien de plus simple ! Elle s'avança en affrontant la pluie de débris, les cristaux de glace martelant la visière de son casque. Dans le caisson, la silhouette de l'humain continuait de se convulser au milieu d'un nuage de vapeur.

Holly plaqua les mains des deux côtés de la tête de Butler. Elle sentit les vibrations remonter le long de ses bras et se répandre dans tout son corps.

– Tenez-le, Holly ! Tenez-le !

Holly se pencha sur le caisson, s'appuyant de tout son poids sur la tête du serviteur. Au milieu de toute cette confusion, elle n'arrivait pas à se rendre compte si ses efforts produisaient l'effet escompté.

– Ça vient ! s'exclama la voix de Foaly à son oreille. Préparez-vous !

La vague d'énergie magique remonta jusqu'au cou de Butler puis submergea son visage. Des étincelles bleues prirent ses yeux pour cible, longeant le nerf optique jusqu'au cerveau lui-même. Les globes oculaires roulèrent

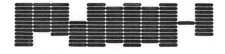

dans leurs orbites, la bouche remua à son tour, déversant de longues suites de mots empruntés à diverses langues, et complètement dénués de sens.

– Son cerveau effectue une série de tests pour vérifier si tout fonctionne, expliqua Foaly.

Chaque muscle, chaque articulation, étaient poussés aux limites de leur résistance, fléchissant, pivotant, s'étirant. Des follicules apparaissaient à un rythme accéléré, couvrant le crâne habituellement rasé de Butler d'une épaisse toison. Des ongles jaillissaient au bout de ses doigts comme les griffes d'un tigre et une barbe hirsute serpentait sous son menton.

Holly s'efforçait de tenir bon, il n'y avait rien d'autre à faire. Elle avait l'impression d'être un cow-boy de rodéo essayant de se maintenir le plus longtemps possible sur le dos d'un taureau particulièrement mal disposé.

Les étincelles finirent par se dissiper, tournoyant dans les airs comme des braises portées par le vent. Butler se calma et cessa de bouger, son corps s'enfonçant dans quinze centimètres d'eau et de fluide de refroidissement. Il respirait lentement, profondément.

– Nous avons réussi, dit Holly qui se laissa glisser sur les genoux. Il est vivant.

– On ne peut pas encore crier victoire, répondit Foaly. Il reste beaucoup à faire. Butler ne se réveillera pas avant au moins deux jours et on ne sait pas dans quel état mental. Et puis, bien sûr, il y a un problème évident.

Holly releva sa visière.

– Quel problème ?

– Voyez vous-même.

Le capitaine Short avait presque peur de regarder à l'intérieur du caisson. Des images grotesques se pressaient dans sa tête. Quel genre de mutant difforme avaient-ils pu créer ? Elle vit d'abord la poitrine de Butler. Le trou causé par la balle de pistolet avait complètement disparu, mais la peau était plus foncée et montrait une ligne rouge qui se détachait sur un fond noir. On aurait dit un « I » majuscule.

– C'est le Kevlar, expliqua Foaly. Il s'est sans doute dupliqué par endroits. Pas suffisamment pour le tuer, fort heureusement, mais assez pour ralentir sa respiration. Butler ne pourra plus courir le marathon avec ces fibres accrochées à ses côtes.

– Et la ligne rouge, qu'est-ce que c'est ?

– A première vue, je dirais de l'encre. Quelque chose était sans doute écrit sur son gilet pare-balles.

Holly jeta un regard autour d'elle. Le gilet de Butler avait été jeté dans un coin. Les lettres FBI étaient imprimées en rouge sur la poitrine et il y avait un petit trou au milieu du « I ».

– Enfin, ce n'est pas trop cher payé en échange de la vie sauve, remarqua le centaure. Il pourra toujours faire croire qu'il s'agit d'un tatouage. C'est à la mode chez les Hommes de Boue, ces temps-ci.

Holly avait espéré que la peau renforcée de Kevlar constituait « le problème évident » dont Foaly avait parlé. Mais il y avait autre chose. Qui lui apparut dès qu'elle eut posé le regard sur le visage du serviteur. Ou plus précisément, sur les poils qui recouvraient son visage.

– Dieux du ciel, murmura-t-elle. Artemis ne va pas être content.

Pendant que son garde du corps subissait l'opération magique, Artemis faisait les cent pas dans la cour. A présent que son plan se trouvait mis en pratique, des doutes commençaient à se glisser dans son esprit comme des limaces sur une feuille d'arbre. Avait-il pris la bonne décision ? Et si, à son réveil, Butler n'était plus lui-même ? Son propre père s'était révélé très différent le jour où il était enfin revenu à lui. Il n'oublierait jamais leur première conversation.

EXTRAIT DU JOURNAL D'ARTEMIS FOWL, DISQUE 2, CRYPTÉ

Les médecins d'Helsinki étaient décidés à injecter à mon père une dose massive de vitamines. Lui était tout aussi décidé à ne pas les laisser faire. Et un Fowl décidé obtient généralement ce qu'il veut.

– Je me sens parfaitement bien, assura-t-il avec insistance. Laissez-moi donc un peu de temps pour retrouver ma famille.

Les médecins se retirèrent, désarmés par une aussi forte personnalité. Son attitude m'avait surpris. Le charme n'avait jamais été l'arme de prédilection de mon père. Auparavant, il avait toujours atteint ses objectifs en écrasant quiconque se révélait assez sot pour se mettre en travers de son chemin.

Mon père était installé dans l'unique fauteuil que comportait sa chambre d'hôpital, sa jambe raccourcie reposant sur un tabouret. Ma mère s'était assise sur le bras du fauteuil, resplendissante dans son ensemble blanc en fausse fourrure.

Mon père me surprit à contempler sa jambe blessée.

– Ne t'inquiète pas, Arty, dit-il. Demain, on vient prendre mes mesures pour me fabriquer une prothèse. Le docteur Hermann Gruber se déplace spécialement de Dortmund pour ça.

Je connaissais Gruber de réputation. Il avait travaillé avec l'équipe olympique allemande. C'était le meilleur.

– Je vais demander quelque chose d'un peu sportif. Peut-être avec des fanions.

Une plaisanterie. Cela ressemblait si peu à mon père.

Ma mère lui ébouriffa les cheveux.

– Arrête de le taquiner, chéri. C'est difficile pour Arty, tu sais. Il n'était encore qu'un bébé quand tu es parti.

– Un bébé, pas tout à fait, Maman, dis-je. J'avais quand même onze ans.

Mon père m'adressa un sourire affectueux. Le moment était peut-être venu pour nous d'avoir une petite conversation, avant que sa bonne humeur disparaisse, remplacée par son habituelle brusquerie.

– Papa. Les choses ont changé depuis ta disparition. Moi, j'ai changé.

Mon père hocha la tête d'un air solennel.

– Tu as raison. Il faut que nous parlions affaires.

Oui, c'est ça. Les affaires. Voilà le père dont je me souvenais.

– Je crois que tu trouveras les comptes en banque de la famille solidement approvisionnés et je suis sûr que tu approuveras la composition de notre portefeuille d'actions. Il a produit dix-huit pour cent de dividendes au cours de l'année écoulée. Dix-huit pour cent, c'est un taux exemplaire dans l'état actuel du marché. Je pense avoir été à la hauteur.

– C'est moi qui n'ai pas été à la hauteur, si tu crois que les comptes en banque et les portefeuilles d'actions sont les seules choses importantes, répondit Artemis senior. Tu as dû apprendre cela à mon contact.

Il m'attira près de lui.

– Je n'ai pas été un père idéal, Arty, loin de là. Trop occupé à gérer les affaires de la famille. On m'a toujours appris qu'il était de mon devoir de faire prospérer l'empire des Fowl. Un empire malhonnête, comme nous le savons tous les deux. Mon enlèvement aura au moins eu quelque chose de bon : il m'aura permis de reconsidérer mes priorités. Désormais, je veux que nous menions une nouvelle vie.

Je ne parvenais pas à croire ce que j'entendais. L'un des souvenirs les mieux gravés dans ma mémoire était celui de mon père citant la devise de la famille : *Aurum potestas est.* Le pouvoir, c'est l'or. Et maintenant, voilà qu'il tournait le dos au principe essentiel de la famille Fowl. Quels effets la magie avait-elle donc eus sur lui ?

– L'or n'a pas si grande importance, Arty, poursuivit-il. Ni le pouvoir. Nous avons déjà tout le nécessaire. Tous les trois.

C'était pour moi une surprise totale. Mais pas désagréable.

– Pourtant, Papa, tu m'as toujours dit... Je ne te reconnais plus. Tu es un homme nouveau.

Maman se mêla à la conversation.

– Non, Arty, pas un homme nouveau, mais plutôt l'homme que j'ai connu. Celui dont je suis tombée amoureuse et que j'ai épousé avant que l'empire des Fowl ne l'accapare tout entier. Et maintenant, il m'est revenu, nous sommes à nouveau une famille.

En regardant mes parents, je vis à quel point ils paraissaient heureux ensemble. Une famille ? Les Fowl pouvaient-ils vraiment ressembler à une famille normale ?

Artemis fut ramené à l'instant présent par une violente agitation en provenance du fourgon cryogénique. Le véhicule s'était mis à se balancer sur ses essieux et l'on voyait une lumière bleuâtre crépiter sous la porte.

Artemis conserva son calme. Il avait déjà assisté à des guérisons. L'année précédente, lorsque Holly avait rattaché à sa main son index sectionné, l'énergie libérée par ses pouvoirs magiques avait pulvérisé une demi-tonne de glace. Et il s'agissait d'un simple doigt. On pouvait imaginer les dégâts provoqués par l'organisme de Butler lors de la guérison d'une blessure mortelle.

Le tohu-bohu se prolongea pendant quelques minutes. Deux pneus du fourgon éclatèrent et la suspension fut entièrement détruite. Fort heureusement, l'institut était fermé pour la nuit, sinon, le docteur Lane aurait sûrement rajouté à sa facture les frais de réparation du véhicule.

Enfin, la tempête magique s'apaisa et le fourgon s'immobilisa comme un wagonnet de montagnes russes à la fin de son parcours. Holly ouvrit la porte arrière, en s'appuyant contre le cadre métallique. Elle était épuisée, vidée de ses forces. Une pâleur maladive luisait sous sa peau couleur café.

– Alors ? demanda Artemis. Il est vivant ?

Holly ne répondit pas. Une guérison aussi intense s'achevait souvent par des nausées et une immense fatigue. Assise sur le pare-chocs, le capitaine Short respira profondément à plusieurs reprises.

– Il est vivant ? répéta le jeune homme.

Holly acquiesça d'un signe de tête.

– Vivant. Oui, il est vivant. Mais...

– Mais quoi, Holly ? Dites-moi !

Elle ôta son casque qui lui glissa des doigts et roula à travers la cour.

– Je suis désolée, Artemis. J'ai fait tout ce que j'ai pu.

C'était sans doute la pire chose à lui dire.

Artemis grimpa dans le fourgon. Le sol glissant était recouvert d'eau et de cristaux colorés. La grille défoncée du système d'air conditionné laissait échapper un filet de fumée et le tube de néon au-dessus de sa tête tremblotait comme de la foudre en bouteille.

Le caisson cryogénique était renversé dans un coin et du liquide s'échappait de ses gyroscopes. Un bras de

Butler pendait à l'extérieur, projetant une ombre monstrueuse sur la paroi.

Les instruments de mesure fonctionnaient toujours et Artemis fut soulagé de voir l'icône représentant les battements de cœur émettre des « bip » réguliers. Butler était vivant. Holly avait réussi une fois de plus. Mais quelque chose la tourmentait. Il y avait un problème.

Dès qu'Artemis eut regardé à l'intérieur du caisson, le problème lui apparut avec évidence. Les poils de barbe qui avaient poussé sur les joues de son serviteur étaient striés de blanc. A son entrée dans le caisson, Butler était âgé de quarante ans. A présent, il en paraissait au moins cinquante. Peut-être même davantage. En un peu plus de quatre heures, le garde du corps était devenu vieux. Holly rejoignit Artemis.

– Au moins, il est vivant, dit la fée.

Artemis acquiesça.

– Quand va-t-il se réveiller ?

– Dans deux jours. Peut-être.

– Comment cela s'est-il produit ? demanda le jeune homme en relevant une mèche de cheveux qui barrait le front de Butler.

Holly haussa les épaules.

– Je ne sais pas vraiment. C'est du domaine de Foaly.

Artemis prit l'écouteur qu'il avait rangé dans sa poche et fit passer le fil derrière son oreille.

– Vous avez une hypothèse, Foaly ?

– Je ne peux pas en être certain, mais je pense que les pouvoirs magiques de Holly n'étaient pas assez puissants, répondit le centaure. Une partie de la force vitale de Butler a été absorbée par la guérison. L'équivalent d'une quinzaine d'année, à mon avis.

– On peut faire quelque chose ?

– J'ai peur que non. Il est impossible d'inverser le processus d'une guérison. Si cela peut vous consoler, son espérance de vie en sera sans doute prolongée. Mais il ne pourra pas retrouver sa jeunesse et en plus, on ne sait pas dans quel état mental il se réveillera. La guérison pourrait bien avoir vidé sa mémoire à la manière d'un disque magnétisé.

Artemis respira profondément.

– Qu'ai-je fait, mon vieil ami ? dit-il.

– Nous n'avons pas de temps pour ça, trancha sèchement Holly. Vous feriez mieux de sortir d'ici tous les deux. Je suis sûre que ce charivari aura attiré l'attention des voisins. Vous avez un moyen de transport ?

– Non, nous sommes venus en avion par une ligne régulière et nous avons pris un taxi à l'aéroport de Heathrow.

Holly haussa les épaules.

– J'aimerais bien vous aider, Artemis, mais j'ai déjà passé suffisamment de temps ici. Je suis en mission. Une mission très importante à laquelle je dois à nouveau me consacrer.

Artemis s'éloigna du caisson.

– Holly, en ce qui concerne votre mission...

Le capitaine se tourna lentement vers lui.

– Artemis...

– Vous avez détecté une sonde dirigée sur vous, c'est cela ? Un rayon à réussi à franchir les systèmes de défense de Foaly ?

Holly prit dans son sac à dos une grande feuille de camouflage en aluminium.

– Il faut que nous allions parler quelque part. Dans un endroit tranquille.

Les quarante-cinq minutes qui suivirent ne furent pour Artemis qu'une suite d'images floues. Holly enveloppa les deux humains dans la feuille de camouflage et les attacha à une Cordelune. Il s'agissait d'une ceinture qui réduisait leur poids à un cinquième de ce qu'il était d'ordinaire.

Même ainsi, cependant, ses ailes mécaniques peinaient à les emporter tous trois dans le ciel nocturne. Holly dut pousser la puissance du moteur au maximum pour les amener à la modeste altitude de cent cinquante mètres au-dessus du niveau de la mer.

– Je vais activer mon bouclier, annonça-t-elle dans son micro. Essayez de ne pas trop bouger. Je ne voudrais pas être obligée de laisser tomber l'un de vous deux.

Elle disparut alors, remplacée par un léger scintillement dont les contours dessinaient sa silhouette sur un fond d'étoiles. La vibration se propagea dans la Cordelune et Artemis sentit ses dents s'entrechoquer. Emmitouflé dans la feuille de camouflage, il avait l'impression d'être une chenille dans son cocon, sa tête seule dépassant dans l'air frais de la nuit. Au début, il éprouva presque du plaisir à voler ainsi au-dessus de la ville en regardant les lumières des voitures étinceler le long des routes. Puis Holly profita d'un vent d'ouest pour les emporter vers les courants aériens qui soufflaient au-dessus de la mer.

Soudain, Artemis se retrouva pris dans un maelström de vents glacés. Des oiseaux surpris croisaient par instants les deux passagers malmenés par les tourbillons d'air. A côté d'Artemis, le corps inerte de Butler était suspendu dans sa carapace de fortune. L'aluminium absorbait les couleurs environnantes en réfléchissant les teintes dominantes. La reproduction était loin d'être parfaite mais elle suffisait à faire illusion pour un vol de nuit au-dessus de la mer d'Irlande.

– Ce camouflage est invisible par les radars ? demanda Artemis dans son micro. Je ne voudrais pas qu'un pilote de chasse trop zélé nous prenne pour un OVNI.

Holly réfléchit un instant.

– Vous avez raison. Je devrais peut-être descendre un peu, au cas où.

Deux secondes plus tard, Artemis regretta profondément d'avoir rompu le silence radio. Holly fit basculer ses ailes et plongea en piqué, les précipitant tous trois vers les vagues qui ondulaient sous la lune. Elle se rétablit à la dernière minute, au moment où Artemis aurait juré que la peau de son visage commençait à se détacher de ses os.

– C'est suffisamment bas pour vous ? demanda Holly avec une pointe d'humour à peine perceptible.

Ils volèrent au ras des vagues, à travers les embruns qui martelaient comme des étincelles la feuille de

camouflage. La mer était agitée, cette nuit-là, et Holly en suivait les remous, sa trajectoire épousant au plus près les courbes de la houle. Un banc de baleines à bosse sentit sa présence et surgit de la tempête d'écume. Elles bondirent entre deux vagues, parcourant un creux d'une bonne trentaine de mètres avant de disparaître à nouveau dans les eaux noires. On ne voyait pas de dauphins. Ils s'étaient mis à l'abri des éléments dans les criques et les anses de la côte irlandaise.

Holly contourna un ferry en rasant la coque de si près qu'elle ressentit la pulsation des machines. Sur le pont, des dizaines de passagers vomissaient, cramponnés au bastingage, manquant de peu les voyageurs invisibles qui passaient au-dessous.

– Charmant, marmonna Artemis.

– Ne vous inquiétez pas, dit la voix de Holly qui s'élevait de nulle part, nous sommes presque arrivés.

Ils passèrent devant le port des ferries de Rosslare et suivirent la côte vers le nord, au-dessus des monts de Wicklow. Même complètement désorienté, Artemis ne pouvait s'empêcher d'être émerveillé par la vitesse à laquelle ils volaient. Ces ailes étaient décidément une invention fantastique. Il imaginait tout l'argent qu'on pourrait tirer d'un brevet comme celui-ci. Mais il repoussa cette pensée. Vendre la technologie des fées avait failli coûter la vie à Butler.

Ils ralentirent suffisamment pour qu'Artemis puisse distinguer certains points de repère. A l'ouest, Dublin était niché dans une aura de lumière jaune qui scintillait le long de son réseau d'autoroutes. Holly contourna la ville, se dirigeant vers le nord du comté, beaucoup moins peuplé. Au centre d'une vaste étendue sombre se dressait un édifice solitaire aux façades blanchies par des projecteurs. La demeure ancestrale d'Artemis. Le manoir des Fowl.

MANOIR DES FOWL, IRLANDE

– Et maintenant, expliquez-vous, lança Holly lorsqu'ils eurent mis Butler en sécurité dans son lit.

Elle était assise sur la première marche du grand escalier, entourée des portraits à l'huile de plusieurs générations de Fowl qui la considéraient d'un œil sévère. Le capitaine des FAR activa le micro et le haut-parleur de son casque.

– Foaly, pouvez-vous enregistrer cette conversation, s'il vous plaît ? J'ai l'impression que nous aurons envie de la réentendre.

– Toute cette histoire a commencé cet après-midi, au cours d'un déjeuner d'affaires, expliqua Artemis.

– Allez-y, racontez.

– J'avais rendez-vous avec Jon Spiro, un industriel américain.

Holly entendit un bruit de clavier d'ordinateur. Foaly était en train de chercher des renseignements sur ce Spiro.

– Jon Spiro, dit le centaure presque immédiatement. Un personnage des plus louches, même aux yeux des

humains. Les services de sécurité des Hommes de Boue ont essayé pendant trente ans de le mettre hors d'état de nuire. Les entreprises qu'il dirige sont catastrophiques pour l'environnement. Et ce n'est que la pointe de l'iceberg. Espionnage industriel, pollution, enlèvement, chantage, relations avec la pègre, il a trempé dans tout et s'en est toujours sorti.

– C'est bien lui, dit Artemis. J'avais donc organisé un rendez-vous avec ce M. Spiro.

– Qu'est-ce que vous aviez l'intention de lui vendre ? coupa Foaly. Un homme comme lui ne traverse pas l'Atlantique pour prendre le thé et manger des petits gâteaux.

Artemis fronça les sourcils.

– En fait, je ne voulais rien lui vendre. Je lui ai seulement proposé de ne pas mettre sur le marché une technologie révolutionnaire. En échange d'une certaine somme, bien sûr.

La voix de Foaly résonna avec froideur à ses oreilles.

– Quel genre de technologie révolutionnaire ?

Artemis eut un bref instant d'hésitation.

– Vous vous souvenez de ces casques que Butler avait pris au commando de Récupération ?

Holly émit un grognement.

– Oh, non, pas ça.

– J'ai désactivé les mécanismes d'auto-destruction des casques et j'ai construit un cube avec les puces et les capteurs. Le Cube C, un mini-ordinateur. Il suffisait d'installer un système de blocage à fibre optique pour que vous ne puissiez pas prendre le contrôle du Cube s'il vous arrivait de détecter sa présence.

– Vous avez fourni nos secrets technologiques à un homme comme Jon Spiro ?

– Je ne lui ai rien fourni du tout, protesta Artemis d'un son sec, c'est lui qui m'a pris le Cube.

Holly pointa l'index sur lui.

– N'essayez pas de jouer les victimes, Artemis, ça vous va très mal. Qu'est-ce que vous pensiez ? Que Jon Spiro allait renoncer à une technologie qui pourrait faire de lui l'homme le plus riche à la surface de cette planète ?

– Alors, c'est votre ordinateur qui nous a accrochés ? demanda Foaly.

– Oui, avoua Artemis. Mais c'était involontaire. Spiro m'a demandé de scanner les systèmes de surveillance dirigés sur lui et les circuits du Cube ont capté accidentellement les faisceaux satellites des FAR.

– Peut-on bloquer de futures tentatives de détection ? demanda Holly.

– Les déflecteurs de Haven-Ville ne sont d'aucune utilité contre notre propre technologie. Tôt ou tard, Spiro découvrira l'existence du Peuple. Et si cela se produit, je ne crois pas qu'un tel homme nous laisse vivre longtemps dans la paix et l'harmonie.

Holly fixa Artemis d'un regard noir.

– Ça ne vous rappelle pas quelqu'un ?

– Je n'ai rien à voir avec Jon Spiro, protesta le jeune homme. C'est un tueur sans scrupule !

– Encore quelques années et vous deviendrez comme lui, assura Holly.

Foaly soupira. Chaque fois qu'on mettait Artemis Fowl et Holly Short dans la même pièce, ils finissaient pas se disputer.

– Allons, Holly, dit le centaure. Essayons de nous comporter en professionnels. Pour commencer, nous allons mettre fin à la procédure d'isolement. Ensuite, nous devrons impérativement récupérer le Cube avant que Spiro en découvre les secrets.

– Nous avons un peu de temps, affirma Artemis. Le Cube est crypté.

– De quelle manière ?

– J'ai installé un code éternité dans son disque dur.

– Un code éternité, répéta Foaly. Impressionnant.

– Ce n'était pas si difficile. J'ai entièrement inventé un nouveau langage de base. Spiro n'aura donc aucun système de références.

Holly se sentait un peu dépassée.

– Et combien de temps lui faudra-t-il pour déchiffrer ce code ?

Artemis ne put s'empêcher de hausser un sourcil.

– L'éternité, répondit-il. En théorie. Mais avec les ressources dont Spiro dispose, sans doute un peu moins.

Holly resta imperméable à son humour.

– Très bien, dans ce cas, nous ne risquons rien. Pas besoin de poursuivre ce Spiro s'il ne possède qu'une boîte inutilisable.

– Elle n'est pas inutilisable, loin de là, rectifia Artemis. La simple conception des puces ouvrira à son équipe de techniciens des pistes intéressantes. Mais vous avez raison sur un point, Holly, nous n'avons pas besoin de poursuivre Spiro. Dès qu'il se sera aperçu que je suis toujours vivant, c'est lui qui viendra me chercher. N'oubliez pas que je suis le seul à pouvoir exploiter le potentiel du Cube C.

Holly se prit la tête entre les mains.

– Alors, à tout moment, une équipe d'hommes de main peut débarquer ici pour venir chercher la clé de votre code éternité. C'est dans ces moments-là qu'on aurait besoin de quelqu'un comme Butler.

Artemis décrocha le téléphone mural.

– Il n'y a pas qu'un seul Butler dans la famille, dit-il.

CHAPITRE IV
C'EST DANS LA FAMILLE

SFAX, TUNISIE, AFRIQUE DU NORD

Pour son dix-huitième anniversaire, Juliet Butler avait demandé et reçu en cadeau un plastron antichoc spécial arts martiaux, deux couteaux à lancer et une cassette vidéo du Championnat du monde des catcheurs teigneux. Des objets que les jeunes filles, ordinairement, ne font pas figurer sur leurs listes de cadeaux. Mais Juliet Butler n'était pas une jeune fille ordinaire.

Elle était même extraordinaire sous bien des aspects. D'abord, elle était capable d'atteindre une cible mouvante avec n'importe quelle arme. Ensuite, elle avait une façon très personnelle de prendre ses distances avec ses adversaires en leur faisant faire des vols planés qui les éloignaient d'elle à tout jamais.

Bien entendu, elle n'avait pas appris tout cela en regardant des cassettes vidéo de catch ou de lutte gréco-romaine. L'entraînement de Juliet avait com-

mencé dès l'âge de quatre ans. Chaque jour, après l'école maternelle, Domovoï Butler emmenait sa petite sœur dans le dojo du manoir des Fowl où il l'initiait aux différents arts martiaux. Lorsqu'elle eut atteint l'âge de huit ans, Juliet était ceinture noire troisième dan dans sept disciplines différentes. A l'âge de onze ans, elle avait dépassé le niveau des simples ceintures.

Traditionnellement, tous les Butler de sexe masculin s'inscrivaient dès l'âge de douze ans à l'académie de protection rapprochée pour y suivre les cours de Mme Ko. Six mois par an, ils apprenaient le métier de garde du corps puis, pendant les six autres mois, passaient aux travaux pratiques en assurant la protection d'un principal à faible risque. Les Butler de sexe féminin entraient généralement au service de diverses familles fortunées un peu partout dans le monde. Juliet, pour sa part, avait décidé de combiner les deux rôles en passant la moitié de l'année à servir Angeline Fowl et l'autre moitié à perfectionner ses connaissances en arts martiaux à l'école de Mme Ko. Elle était la première fille Butler admise à l'académie et la cinquième candidate féminine à avoir réussi l'examen d'aptitudes physiques. Le camp d'entraînement ne restait jamais au même endroit plus de cinq ans. Butler avait fait ses classes en Suisse et en Israël, mais sa jeune sœur suivait ses cours dans les montagnes d'Utsukushigahara, au Japon.

Le dortoir de Mme Ko était très éloigné du confort luxueux qu'offrait le manoir des Fowl. Au Japon, Juliet dormait sur une natte de paille et ne possédait que deux robes de coton écru, rien d'autre. Pour toute nourri-

ture, elle devait se contenter de riz, de poisson et de milk-shakes aux protéines.

La journée commençait à cinq heures et demie du matin. Juliet et ses condisciples couraient alors plus de six kilomètres jusqu'à la rivière la plus proche pour y attraper des poissons à main nue. Après avoir fait cuire leur pêche et l'avoir offerte à leur *sensei*, les disciples accrochaient sur leur dos des tonneaux d'une contenance de quatre-vingts litres et grimpaient jusqu'à la limite des neiges éternelles. Là, ils remplissaient leurs tonneaux, les redescendaient jusqu'au camp en les faisant rouler puis foulaient la neige de leurs pieds nus jusqu'à ce qu'elle ait entièrement fondu et que le *sensei* puisse s'y baigner. L'entraînement quotidien pouvait dès lors commencer.

Les cours comportaient notamment l'enseignement du Cos Ta'pa, un art martial que Mme Ko avait elle-même mis au point à l'usage des gardes du corps, dont l'objectif essentiel n'est pas l'autodéfense mais la défense du principal. Les disciples étudiaient également le maniement des armes les plus modernes, la technologie informatique, l'entretien des véhicules et les techniques de négociation avec les preneurs d'otages.

A l'âge de dix-huit ans, Juliet était capable de démonter et de remonter les yeux fermés quatre-vingt-dix pour cent des armes disponibles dans le monde, de conduire n'importe quel véhicule, de se grimer en moins de quatre minutes et, malgré son physique eurasien particulièrement frappant, de se mêler à n'im-

porte quelle foule comme une native du lieu. Son grand frère avait toutes les raisons de se montrer très fier d'elle.

La dernière étape de son entraînement consistait en un exercice de terrain dans un environnement étranger. Si elle réussissait ce test, Mme Ko marquerait l'épaule de Juliet d'un diamant bleu. Ce tatouage, identique à celui que portait Butler sur sa propre épaule, symbolisait non seulement l'aptitude et la force du lauréat mais également la diversité de sa formation. Dans les milieux professionnels de la protection rapprochée, un garde du corps tatoué du diamant bleu n'avait pas besoin d'autres références.

Mme Ko avait choisi la ville de Sfax, en Tunisie, pour faire passer à Juliet sa dernière épreuve. Sa mission consistait à guider son principal à travers la foule tumultueuse de la médina, le marché de la ville. En général, un garde du corps conseillait à son principal de ne jamais s'aventurer dans un endroit aussi peuplé. Mais Mme Ko fit remarquer que les principaux écoutaient rarement les conseils et qu'il valait mieux se préparer à toute éventualité. Pour couronner le tout, comme si la pression que subissait Juliet n'était pas suffisante, Mme Ko décida de jouer elle-même le rôle du principal.

Il faisait exceptionnellement chaud dans la ville. Juliet plissait les yeux derrière ses lunettes noires panoramiques, se concentrant sur la minuscule silhouette de Mme Ko qui avançait parmi la foule de sa démarche sautillante.

– Dépêche-toi, dit sèchement Mme Ko, tu vas me perdre de vue.

– Impensable, madame, répondit Juliet, sans se laisser impressionner.

Mme Ko essayait simplement de distraire son attention en lui parlant. Mais les occasions d'être distraite ne manquaient pas autour d'elle. Il y avait une bonne douzaine d'éventaires où l'on voyait des chaînes d'or pendre comme des cordes étincelantes, et les tapis tunisiens accrochés à des cadres de bois offraient une cachette idéale à un tueur éventuel. Des passants, attirés par le spectacle d'une jeune fille aussi séduisante, s'approchaient d'un peu trop près au goût de Juliet et, en plus, le sol était si traître qu'elle risquait à tout moment de se tordre la cheville, compromettant ainsi la réussite de sa mission.

Juliet enregistrait machinalement toutes ces données et en tenait compte dans chacun de ses mouvements. Elle plaqua une main ferme contre la poitrine d'un adolescent qui lui souriait, enjamba d'un saut une flaque huileuse dans laquelle le soleil dessinait un arc en ciel, et suivit au plus près Mme Ko lorsqu'elle prit une autre allée pour s'engager un peu plus profondément dans le dédale sans fin de la médina.

Soudain, un homme surgit devant elle. L'un des marchands.

– J'ai les beaux tapis, dit-il dans un français incertain. Tu viens avec moi, je te montre !

Mme Ko continuait d'avancer. Juliet s'efforça de la suivre mais l'homme lui bloquait le passage.

– Non merci, je ne suis pas du tout intéressée, je dors à la belle étoile.

– Très drôle, mademoiselle. Bonne blague. Maintenant, tu viens voir les tapis d'Ahmed.

La foule les remarqua et commença à tournoyer vers elle comme les filaments d'un organisme gigantesque. Mme Ko s'éloigna un peu plus. Juliet était en train de perdre son principal.

– J'ai dit non. Et maintenant, écartez-vous, monsieur Dutapis, ne m'obligez pas à m'abîmer les ongles.

L'homme n'était guère habitué à obéir aux femmes, et encore moins devant ses amis qui l'observaient à présent.

– Je fais des bons prix, insista-t-il en montrant son éventaire. Pas de meilleurs tapis à Sfax.

Juliet essaya de s'écarter mais la foule se resserra pour l'empêcher de passer. Ce fut à cet instant qu'Ahmed perdit définitivement toute sympathie que Juliet aurait pu ressentir pour lui. Jusqu'à présent, il n'avait été à ses yeux qu'un marchand innocent qui s'était trouvé au mauvais endroit au mauvais moment. Mais maintenant...

– Allons-y, dit le Tunisien en prenant la jeune fille blonde par la taille.

Une idée qui n'avait aucune chance de compter parmi les dix meilleures de sa vie.

– Le geste à ne pas faire, monsieur Lacarpette !

En moins de temps qu'il n'en faut pour cligner de l'œil, Ahmed se retrouva entortillé dans un tapis et il n'y eut plus trace de Juliet. Personne ne comprit ce qui s'était passé jusqu'à ce que Kamal, le volailler, repasse au ralenti la scène qu'il venait de filmer avec son caméscope. Les marchands virent alors la jeune Eurasienne soulever Ahmed en le prenant par le cou et la ceinture puis le jeter sur un éventaire. Une prise que les marchands d'or connaissaient sous le nom de « Lance-pierre » et qui avait été rendue populaire par le célèbre catcheur américain Papa Goret. La foule se mit à rire si fort que l'on compta plusieurs cas de déshydratation. La scène allait devenir l'événement le plus drôle de l'année. Elle remporta même un prix à la télévision tunisienne dans l'émission « Les meilleurs moments de la vidéo ». Trois semaines plus tard, Ahmed déménageait pour aller s'installer en Égypte.

Pour en revenir à Juliet, l'apprentie garde du corps s'était mise à courir comme une championne de cent mètres, se faufilant parmi les marchands étonnés et tournant à angle droit dans l'allée qu'avait empruntée Mme Ko. Elle ne pouvait être allée bien loin. Juliet avait encore une chance de réussir sa mission.

La jeune fille était furieuse contre elle-même. C'était exactement le genre de piège contre lequel son frère l'avait mise en garde.

« Fais bien attention à Mme Ko, lui avait conseillé Butler aîné. On ne peut jamais savoir ce qu'elle mijote quand elle fait passer une épreuve de terrain. On m'a dit qu'un jour elle avait provoqué la panique dans un troupeau d'éléphants à Calcutta, simplement pour distraire un disciple. »

L'ennui, c'est qu'on n'était jamais sûr de rien. Il était possible que ce marchand de tapis soit au service de

Mme Ko, mais il pouvait tout aussi bien s'agir d'un simple citoyen innocent qui avait mis son nez là où il n'aurait pas dû.

L'allée se rétrécit, ne permettant plus le passage que sur une seule file. A hauteur des yeux zigzaguaient des cordes à linge de fortune auxquelles étaient suspendus des *gutras* et des *abayas* qui baignaient dans une chaleur étouffante. Juliet se pencha pour passer au-dessous, se glissant parmi les clients qui flânaient autour des étals. Des dindes affolées s'enfuyaient à petit pas aussi loin que le leur permettait la ficelle qui les retenait prisonnières.

Soudain, Juliet se retrouva sur une place sombre entourée de maisons à trois étages. Des hommes installés sur les balcons fumaient leurs narguilés aux arômes de fruits. Sous ses pieds, une mosaïque romaine écaillée d'une valeur inestimable montrait d'anciens Romains se baignant dans des thermes.

Au centre de la place, elle vit alors Mme Ko allongée sur le sol, les genoux relevés sur la poitrine. Elle était attaquée par trois hommes qui n'avaient rien à voir avec des vendeurs du marché. Tous trois étaient revêtus de combinaisons noires des forces spéciales d'intervention et portaient leurs coups avec la précision de professionnels bien entraînés. Cette fois, il ne s'agissait plus d'une simple épreuve d'examen. Ces hommes essayaient véritablement de tuer le *sensei*.

Juliet n'avait pas d'arme, c'était l'une des règles à respecter. Introduire des armes sur le continent africain était passible d'une peine automatique de prison à vie.

Heureusement, ses adversaires ne semblaient pas plus armés qu'elle, même si leurs mains et leurs pieds suffisaient sans nul doute à accomplir la tâche qu'ils s'étaient fixée.

Dans un cas comme celui-ci, savoir improviser était la clé de la survie. Inutile de tenter un assaut direct. Si ces trois-là avaient réussi à neutraliser Mme Ko, elle-même ne serait pas de taille à les affronter à la régulière. Il fallait trouver une solution qui s'écarte un peu de l'orthodoxie.

Sans cesser de courir, Juliet fit un bond, attrapant au passage une corde à linge. L'un des anneaux qui la retenait résista un bref instant puis fut arraché du mur de plâtre auquel il était fixé. La corde s'étira derrière elle, ployant sous le poids des tapis et des châles. Juliet vira à droite aussi loin que le permettait le deuxième anneau qui attachait la corde puis bifurqua en direction des trois hommes.

– Hé, les gars ! s'écria-t-elle, non par bravade, mais parce que son plan marcherait mieux en les attaquant de front.

Tous trois levèrent la tête juste à temps pour prendre en pleine figure des poils de chameaux trempés. Les lourds tapis, les vêtements épais, s'entortillèrent autour de leurs membres qui se débattaient vainement et la corde de nylon les cueillit au menton. En moins d'une seconde, ils se retrouvèrent projetés à terre. Juliet les empêcha de se relever en pinçant vigoureusement leurs terminaisons nerveuses, à la base du cou.

– Mme Ko ! s'exclama-t-elle, fouillant vêtements et tapis à la recherche de son *sensei*.

La vieille dame, tremblante dans sa robe vert olive, était allongée par terre, le visage recouvert d'un châle.

Juliet l'aida à se relever.

– Vous avez vu, madame, comment j'ai envoyé ces trois crétins au tapis ? Je suis sûre qu'ils ne s'attendaient pas à ça. L'improvisation. Butler dit toujours que c'est la clé. Je crois que la couleur de mes yeux les a distraits. Vert brillant. Ça ne rate jamais...

Juliet s'interrompit car elle avait à présent un couteau sous la gorge. L'arme était tenue par Mme Ko elle-même qui, en fait, n'était pas Mme Ko mais une autre vieille dame aux traits orientaux, vêtue elle aussi d'une robe vert olive. Un piège.

– Tu es morte, dit la vieille dame.

– En effet, approuva Mme Ko en sortant du coin d'ombre où elle s'était cachée. Et si tu es morte, ton principal est mort aussi. Tu as donc échoué.

Juliet s'inclina bien bas en joignant les mains.

– La ruse était très ingénieuse, madame, dit-elle d'un ton qu'elle s'efforça de rendre le plus respectueux possible.

Le *sensei* éclata de rire.

– Bien sûr. La vie aussi est très ingénieuse. Qu'attendais-tu donc ?

– Quand même, j'ai réussi à mettre ces trois tueurs sur le c... je veux dire, je les ai battus à plates coutures.

Mme Ko eut un geste de dédain.

– La chance. Heureusement pour toi, il ne s'agissait pas de tueurs mais de diplômés de l'académie. Qu'est-ce qui t'a pris d'utiliser cette stupide ficelle ?

– C'est un truc de catch, expliqua Juliet. On appelle ça le coup de la corde à linge.

– Impossible de s'y fier, dit la vieille Japonaise. Tu as réussi parce que la chance t'a souri. Mais la chance n'est pas suffisante dans notre métier.

– Ce n'était pas ma faute, protesta Juliet. Il y a eu un type au marché qui m'a empêchée de passer. J'ai été obligée de l'envoyer dormir un petit moment.

Mme Ko tapota le front de Juliet, entre les deux yeux.

– Du calme, jeune fille. Réfléchis pour une fois. Que fallait-il faire ?

Juliet s'inclina encore de quelques centimètres.

– Il fallait neutraliser immédiatement ce marchand.

– Exact. Sa vie n'a aucune valeur. Elle est insignifiante, comparée à la sécurité du principal.

– Je ne peux quand même pas tuer des innocents, objecta Juliet.

Mme Ko soupira.

– Je sais, mon enfant. Et c'est pourquoi tu n'es pas encore prête. Tu possèdes toutes les compétences nécessaires mais tu manques de concentration et de détermination. L'année prochaine peut-être.

Juliet sentit son cœur chavirer. Son frère avait reçu le diamant bleu à l'âge de dix-huit ans. Le plus jeune diplômé de toute l'histoire de l'académie. Elle avait espéré renouveler cet exploit. A présent, elle devrait recommencer dans douze mois. Il était inutile de discuter davantage, Mme Ko ne revenait jamais sur ses décisions.

Une jeune femme, revêtue de la robe des disciples, émergea d'une allée, une mallette à la main.

– Madame, dit-elle en s'inclinant. Vous avez un appel sur le téléphone satellite.

Mme Ko prit l'appareil qu'elle lui tendait et écouta attentivement pendant un long moment.

– Un message d'Artemis Fowl, dit-elle enfin.

Juliet, toujours inclinée très bas, éprouva une envie irrépressible de se redresser, mais Mme Ko ne lui aurait pas pardonné une telle violation du protocole.

– Oui, madame ?

– Voici le message : Domovoï a besoin de toi.

Juliet fronça les sourcils.

– Vous voulez dire que Butler a besoin de moi ?

– Non, répondit Mme Ko sans la moindre trace d'émotion. C'est Domovoï qui a besoin de toi. Je te répète simplement ce qui m'a été dit.

Soudain, Juliet sentit le soleil taper contre sa nuque, elle entendit les moustiques bourdonner à ses oreilles comme une roulette de dentiste et elle n'eut plus qu'une seule envie : se redresser et courir jusqu'à l'aéroport. Jamais Butler n'aurait révélé son prénom à Artemis. A moins que... Non, elle n'arrivait pas à y croire. Elle ne s'autorisait même pas à y penser.

Mme Ko se tapota le menton d'un air songeur.

– Tu n'es pas prête. Je ne devrais pas te laisser partir. Tu es trop émotive pour faire un garde du corps efficace.

– S'il vous plaît, madame, supplia Juliet.

Son *sensei* réfléchit pendant deux longues minutes.

– Très bien, dit-elle enfin. Vas-y.

L'écho de ses paroles n'avait pas eu le temps de retentir autour de la place que Juliet était déjà partie. Et seul le Ciel aurait pu venir en aide au marchand de tapis qui se serait mis en travers de son chemin.

CHAPITRE V

LE SINGE
ET LE QUINCAILLIER

TOUR SPIRO, CHICAGO, ILLINOIS, USA

Jon Spiro prit le Concorde à Heathrow à destination de l'aéroport international O'Hare de Chicago. Une longue limousine l'amena à la Tour Spiro, une gigantesque aiguille de verre et d'acier dont les quatre-vingt-six étages dominaient la ligne des gratte-ciel de la ville. La société Spiro Industries occupait la partie supérieure de l'immeuble, du cinquantième au quatre-vingt-cinquième étage. Le quatre-vingt-sixième étage, réservé aux appartements privés de Spiro, n'était accessible que par un ascenseur privé ou par hélicoptère.

Surexcité par le petit cube rangé dans sa mallette, Jon Spiro n'avait pas dormi de la journée. Le directeur de son équipe technique se montra tout aussi enthousiaste lorsque Spiro l'eut informé des capacités de cette modeste boîte d'apparence inoffensive et il se précipita aussitôt dans son laboratoire pour percer les secrets du

Cube C. Six heures plus tard il se précipitait à nouveau dans la salle de conférence pour participer à une réunion au sommet.

– Cet objet est totalement inutile, assura le chercheur qui répondait au nom de docteur Pearson.

Spiro fit tourner une olive dans son verre de Martini.

– Je ne suis pas de votre avis, Pearson, répliqua-t-il. En fait, je sais pertinemment que ce petit gadget est tout sauf inutile. Je crois plutôt qu'en la circonstance, c'est vous qui vous révélez inutile.

Spiro était d'une humeur massacrante. Arno Blunt venait de lui téléphoner pour l'informer qu'Artemis Fowl était toujours vivant. Lorsque Spiro était d'humeur maussade, certaines personnes préféraient disparaître de la surface de la planète, si cette chance leur était offerte.

Pearson sentait peser sur lui le regard insistant d'un troisième participant à la réunion. Il s'agissait d'une femme. Une femme avec laquelle il était fortement déconseillé de se trouver en mauvais termes. Pearson savait que si Jon Spiro décidait de le faire jeter par la fenêtre, cette femme signerait sans état d'âme un témoignage sous serment assurant qu'il avait sauté dans le vide de son plein gré. Il choisit donc ses mots avec le plus grand soin.

– Cet appareil... commença-t-il.

– Ça s'appelle un Cube C, coupa Spiro. Je vous l'ai déjà dit, alors désignez-le par son nom.

– Le Cube C a sans nul doute un énorme potentiel. Mais il est codé.

Spiro jeta l'olive de son verre à la tête de son chercheur en chef. Une expérience humiliante pour un lauréat du prix Nobel.

– Alors, découvrez le code. Pourquoi pensez-vous que je vous paie ?

Pearson sentit son rythme cardiaque s'accélérer.

– Ce n'est pas aussi simple. Ce code est impossible à percer.

– Soyons clairs, dit Spiro en s'enfonçant dans son fauteuil en cuir sang-de-bœuf. J'investis deux millions de dollars par an dans votre département et vous n'êtes même pas capable de déchiffrer un malheureux code inventé par un gamin ?

Pearson essaya de ne pas penser au son que produirait son corps en s'écrasant sur le trottoir. Les paroles qu'il allait prononcer à présent pouvaient le sauver ou le condamner.

– Le Cube est activé par une commande vocale et seule la voix d'Artemis Fowl peut le faire fonctionner. Personne n'est en mesure de forcer un tel code. C'est tout simplement impossible.

Spiro ne répondit pas. C'était le signal qu'il pouvait continuer.

– J'avais déjà entendu parler de ce genre de chose. Les scientifiques ont mené des recherches théoriques à ce sujet. C'est ce qu'on appelle un code éternité. Le code présente des milliers de possibilités de permutation et en plus, il repose sur un langage inconnu. Apparemment, ce garçon a créé son propre langage qu'il est le seul à pouvoir parler. Nous ne savons même pas quelles sont ses correspondances avec l'anglais. Un tel code n'a encore jamais existé. Si Fowl est mort, j'ai le regret de vous annoncer, Mister Spiro, que le Cube C est mort avec lui.

Jon Spiro planta un cigare au coin de ses lèvres, mais sans l'allumer. Les médecins le lui avaient interdit. Très poliment.

– Et si Fowl était toujours vivant ?

Pearson savait reconnaître une bouée de sauvetage lorsqu'on lui en lançait une.

– Si Fowl était vivant, il serait beaucoup plus facile de le faire parler lui que de faire parler son Cube.

– Très bien, Doc, répondit Spiro. Vous pouvez vous retirer. Je ne pense pas que vous ayez très envie de connaître la suite de notre conversation.

Pearson rassembla ses notes et se hâta en direction de la porte. Il s'efforça de ne pas regarder la femme assise à la table. S'il n'entendait rien de ce qui allait se dire, il pourrait toujours entretenir l'illusion d'être en paix avec sa conscience. Et s'il ne voyait pas le visage de cette femme, il serait bien en peine de la reconnaître si un jour la police lui mettait sa photo sous le nez.

– Il semblerait que nous ayons un problème, dit Spiro.

La femme approuva d'un signe de tête.

Tout ce qu'elle portait était noir. Tailleur noir, symbole de son pouvoir, corsage noir, chaussures noires à talons aiguille. Même la montre Rado qu'elle avait au poignet était noire.

– En effet, mais c'est le genre de problème qui me concerne, assura-t-elle.

Carla Frazetti était la filleule de Spatz Antonelli qui dirigeait le secteur du centre-ville pour le compte de la famille Berti, bien connue dans les milieux du crime organisé. Carla jouait le rôle d'agent de liaison entre Jon Spiro et Antonelli, sans doute les deux hommes les plus puissants de Chicago. Spiro avait appris très tôt au cours de sa carrière que les affaires étaient beaucoup plus florissantes lorsqu'on s'alliait à la pègre.

Carla examina ses ongles manucurés.

– Je crois que vous n'avez plus qu'une seule possibilité : enlever ce jeune Fowl et lui arracher son code.

Spiro réfléchit en tirant sur son cigare éteint.

– Ce n'est pas si simple. Le môme dirige une affaire bien organisée. Le manoir des Fowl est une vraie forteresse.

Carla eut un sourire.

– Le garçon dont nous parlons est âgé de treize ans, c'est bien cela ?

– Il en aura quatorze dans six mois, répliqua Spiro, sur la défensive. De toutes façons, il y a des complications.

– Par exemple ?

– Arno est blessé. Je ne sais pas comment il s'y est pris mais Fowl a réussi à lui casser toutes les dents.

– Aïe, dit Carla avec une grimace.

– Le moindre coup de vent lui fait mal, comment voulez-vous qu'il dirige une telle opération ?

– Quel dommage.

– En fait, ce gamin a mis mes meilleurs collaborateurs

hors course. Il doivent tous se faire refaire les dents. Ça va me coûter une fortune. Cette fois-ci, je vais avoir besoin d'une aide extérieure.

– Vous voulez nous confier le contrat ?

– Exactement. Mais il me faut des gens à la hauteur. L'Irlande est un pays à l'ancienne. Si vous envoyez là-bas des hommes de main style Chicago, ils se feront repérer à deux kilomètres. Je veux des types qu'on ne remarque pas et qui puissent convaincre un môme de les suivre jusqu'ici. C'est de l'argent facilement gagné.

Carla cligna des yeux.

– J'ai très bien compris, Mister Spiro.

– Vous avez ça ? Des garçons capables de faire du bon travail sans attirer l'attention ?

– Si je vous ai bien compris, vous avez besoin d'un singe et d'un quincaillier ?

Spiro acquiesça. Il connaissait le langage de la pègre et savait qu'on désignait sous le nom de « quincaillier » un homme armé et sous celui de « singe » quelqu'un capable de s'introduire dans les endroits les plus difficiles d'accès.

– Nous avons deux hommes de ce genre dans nos fichiers. Je peux vous garantir qu'ils ne se feront pas remarquer en Irlande. Mais ce sera cher.

– Ils sont vraiment compétents ? demanda Spiro.

Carla sourit. Une de ses canines était sertie d'un minuscule rubis.

– Très compétents, répondit-elle. Ce sont les meilleurs.

LE QUINCAILLIER
SALON DE TATOUAGE DE LA TACHE D'ENCRE,
CHICAGO, CENTRE-VILLE,
DEUX HEURES DE L'APRÈS-MIDI

Mocassin Mc Guire était en train de se faire tatouer. Le motif représentait une tête de mort en forme d'as de pique qu'il avait dessinée lui-même et dont il était très fier. Si fier même qu'il la voulait sur son cou. Burton « Tache d'Encre », le tatoueur, avait réussi à l'en dissuader en soulignant qu'un tatouage sur le cou était le meilleur moyen de se faire identifier par la police. Mocassin s'était finalement laissé convaincre.

– D'accord, avait-il dit, fais-le sur l'avant-bras.

Chaque fois qu'il terminait un travail, Mocassin s'offrait un tatouage. Sa peau ne comportait plus guère d'espace qui ait conservé sa couleur d'origine. C'est dire à quel point il était compétent dans sa profession.

Originaire de Kilkenny, en Irlande, ce dont il tirait grande fierté, Mocassin s'appelait en réalité Aloysius. Il s'était donné lui-même le surnom de « Mocassin » qui lui semblait mieux convenir à un membre de la pègre. Toute sa vie, Mocassin avait rêvé d'être un gangster semblable à ceux qu'on voit dans les films. Après avoir essayé en vain de créer une mafia celtique, il avait fini par déménager à Chicago.

La pègre de la ville l'avait accueilli à bras ouverts. Un homme de main s'était même risqué à le serrer contre lui avec une telle force que Mocassin l'avait aussitôt expédié à l'hôpital Notre-Dame de la Miséricorde en

compagnie de six de ses camarades. Pas mal pour quelqu'un qui mesurait un mètre cinquante. Huit heures après sa descente d'avion, Mocassin était engagé.

Deux ans plus tard, et plusieurs missions réussies à son actif, il était devenu le quincaillier en chef de Frazetti. Mocassin était spécialisé dans les vols à main armée et la récupération des sommes impayées. Le genre de tâches que l'on confie rarement à des gens d'un mètre cinquante. Mais Mocassin n'était pas un mètre cinquante ordinaire.

Il s'enfonça confortablement dans le fauteuil réglable du tatoueur.

– Comment trouves-tu mes chaussures, Tache d'Encre ?

Tache d'Encre cligna de l'œil pour chasser une goutte de sueur. Il fallait être prudent avec Mocassin. La plus innocente question pouvait cacher un piège. Une seule mauvaise réponse et c'était à saint Pierre qu'on allait présenter ses excuses.

– Je les trouve très bien. Qu'est-ce que c'est ?

– Des mocassins, répondit sèchement le minuscule gangster. Des mocassins, espèce d'idiot. C'est mon image de marque.

– Ah oui, bien sûr, des mocassins. J'avais oublié. Une image de marque, ça, c'est la vraie classe.

Mocassin regarda où en était son tatouage.

– Tu commences bientôt avec ton aiguille ?

– Je suis prêt, répondit Tache d'Encre. J'ai fini de dessiner le motif. Je n'ai plus qu'à prendre une aiguille neuve.

– Ça ne va pas faire mal ?

Bien sûr que si, crétin, pensa Tache d'Encre. Je vais te planter une aiguille dans la peau. A voix haute, il répondit :

– Pas trop. Je t'ai tamponné le bras avec un anesthésique.

– Il vaudrait mieux que ça ne fasse pas mal, avertit Mocassin. Sinon, c'est toi qui vas souffrir.

Personne ne se serait permis de menacer Tache d'Encre en dehors de Mocassin McGuire. Tache d'Encre était le tatoueur officiel de la pègre, le meilleur de toute la région.

Carla Frazetti poussa la porte et entra. L'élégance de son tailleur noir paraissait déplacée dans cet endroit miteux.

– Salut, les gars, dit-elle.

– Bonjour, Miss Carla, répondit Tache d'Encre, le teint soudain écarlate.

Les dames étaient rares dans son salon.

Mocassin se leva d'un bond. Même lui respectait la filleule du patron.

– Miss Frazetti, il suffisait de me passer un coup de fil. Pas besoin de venir me chercher dans ce trou.

– Pas le temps. C'est urgent. Vous partez tout de suite.

– Je pars ? Pour aller où ?

– En Irlande. Votre oncle Pat vient de tomber malade.

Mocassin fronça les sourcils.

– L'oncle Pat ? Je n'ai pas d'oncle Pat.

Carla tapota le sol du bout de sa chaussure à talon aiguille.

– Il est malade, Mocassin. Très malade, si vous voyez ce que je veux dire.

Mocassin finit par comprendre.

– Ah oui, d'accord. Il faut donc que j'aille le voir.

– Exactement. Sa maladie l'exige.

Mocassin prit un chiffon pour essuyer l'encre de son bras.

– Très bien. Je suis prêt. Nous allons directement à l'aéroport ?

Carla fixa le minuscule gangster.

– Pas tout de suite, Mocassin. Nous devons d'abord passer prendre votre frère.

– Je n'ai pas de frère, objecta Mocassin.

– Bien sûr que si. Rappelez-vous, celui qui a les clés de la maison de l'oncle Pat. Le brave petit singe.

– Ah, vous voulez dire ce frère-là ?

Carla et Mocassin montèrent dans la limousine qui les emmena vers l'est de la ville. Mocassin était toujours impressionné par la taille des gratte-ciel américains. A Kilkenny, aucune maison ne dépassait les cinq étages et lui-même avait longtemps vécu dans une maisonnette de banlieue. Il s'était bien gardé d'en parler à ses amis gangsters, préférant se présenter comme un orphelin qui avait passé sa jeunesse dans diverses prisons.

– Qui est le singe ? demanda-t-il.

Face au miroir d'un poudrier, Carla Frazetti arrangeait ses cheveux d'un noir brillant qu'elle portait courts et coiffés en arrière.

– Un nouveau. Il s'appelle Mo Digence et il est irlandais, comme vous. Donc, pas de visas, pas de papiers, et pas besoin d'histoire compliquée pour justifier votre présence. Vous serez simplement deux petits bonshommes en vacances.

Mocassin se hérissa.

– Ça veut dire quoi, ça, deux petits bonshommes ?

Carla referma son poudrier d'un coup sec.

– A qui parlez-vous, McGuire ? Sûrement pas à moi. Pas sur ce ton.

Mocassin pâlit, son existence défilant soudain devant lui, comme si sa dernière heure était arrivée.

– Désolé, Miss Frazetti. C'est à cause du « petit bonhomme ». Toute ma vie, j'ai entendu ça.

– Comment voulez-vous qu'on vous appelle ? Grande perche ? Vous êtes petit, Mocassin, il faut vous y faire. C'est précisément ce qui vous donne un avantage. Mon parrain dit toujours : il n'y a rien de plus dangereux qu'un petit homme qui a quelque chose à prouver. Voilà pourquoi vous avez un bon travail.

– Sans doute.

Carla lui tapota l'épaule.

– Consolez-vous, Mocassin : comparé à l'autre, vous êtes un véritable géant.

Mocassin sembla tout ragaillardi.

– Vraiment ? Il mesure combien, Mo Digence ?

– Il est petit, répondit Carla. J'ignore sa taille exacte mais s'il avait quelques centimètres de moins, je n'aurais plus qu'à lui acheter des couches et à le promener dans une poussette.

Mocassin eut un large sourire. Il sentait que ce travail allait lui plaire.

LE SINGE

Mo Digence avait connu des jours meilleurs. Moins de quatre mois plus tôt, il menait encore la grande vie dans un appartement luxueux de Los Angeles et disposait d'un compte en banque de plus d'un million de dollars. A présent, ses avoirs avaient été gelés par le Bureau des délits financiers et il travaillait au contrat pour la pègre de Chicago. Or, Spatz Antonelli n'était pas réputé pour sa générosité en matière de contrats. Bien sûr, Mo aurait pu quitter Chicago et retourner à Los Angeles, mais il y était attendu par une brigade spéciale de la police qui aurait été ravie de le voir revenir sur les lieux de ses crimes. A vrai dire, il n'y avait plus de havre pour Mo, ni sur terre, ni au-dessous, car Mo Digence s'appelait en réalité Mulch Diggums, le nain kleptomane activement recherché par les FAR.

Mulch était un nain de tunnel qui estimait que la vie de mineur n'était pas faite pour lui et qu'il valait mieux utiliser ses talents innés à d'autres fins. Plus précisément, il s'agissait pour lui de soulager les Hommes de Boue de leurs objets de valeur afin de les revendre au marché noir du Peuple des fées. Bien entendu, entrer dans la maison d'autrui sans autorisation entraînait la perte de ses pouvoirs magiques mais Mulch ne s'en sou-

ciait guère. De toute façon, les pouvoirs des nains étaient très limités et jeter des sorts lui avait toujours donné des nausées.

Les nains sont dotés de particularités physiques qui font d'eux de parfaits cambrioleurs. Ils sont ainsi capables de se décrocher la mâchoire pour ingérer plusieurs kilos de terre à la seconde. Après avoir été dépouillée de ses minéraux les plus nutritifs, cette terre est ensuite éjectée à l'autre extrémité du corps. Leur capacité de boire à travers les pores de leur peau, très utile en cas d'éboulement, leur permet en outre de transformer ces pores en ventouses vivantes, un outil précieux dans l'arsenal du monte-en-l'air. Enfin, les poils de nain constituent un véritable réseau d'antennes, semblables à des moustaches de félin, qui peuvent servir aussi bien à capturer des insectes qu'à projeter des ondes sur les parois d'un tunnel à la manière d'un sonar.

Mulch avait été une étoile montante dans la pègre des fées jusqu'à ce que le commandant Root s'occupe personnellement de son dossier. Depuis ce temps, il avait passé plus de trois cents ans à entrer en prison et à en sortir au gré des circonstances. Ces temps-ci, il était recherché pour avoir volé plusieurs lingots d'or de la rançon versée en échange de la libération de Holly Short. Il ne pouvait plus trouver refuge sous terre, même parmi ceux de son espèce. Aussi Mulch était-il obligé de se faire passer pour un humain et d'accepter n'importe quel travail que voulaient bien lui confier les gangsters de Chicago.

Vivre à la manière des hommes n'était pas sans danger. Bien entendu, sa taille attirait l'attention de quiconque baissait les yeux sur son passage et Mulch s'aperçut très vite que les Hommes de Boue trouvent toujours de bonnes raisons de se méfier des autres : taille, poids, couleur de la peau, religion, tous les prétextes sont bons. D'une certaine manière, il était parfois plus sûr d'être un peu différent.

Le soleil constituait son plus gros problème. Les nains sont extrêmement sensibles à la lumière et subissent des brûlures en l'espace de trois minutes. Heureusement, le travail qu'on lui confiait s'accomplissait généralement de nuit, mais lorsqu'il était contraint de s'aventurer au-dehors en plein jour, il prenait soin d'appliquer sur chaque centimètre carré de sa peau un écran total longue durée.

Mulch avait loué un appartement dans la cave d'une maisonnette construite au début du vingtième siècle. C'était le genre d'endroit « à rafraîchir », ce qui lui convenait très bien. Il avait d'abord démonté le plancher de la chambre puis versé deux tonnes de terre et d'engrais sur les fondations pourrissantes. L'humidité et les moisissures grimpaient déjà le long des murs, il n'avait donc rien eu à changer de ce côté-là. En quelques heures, des insectes s'étaient mis à grouiller dans la pièce. Mulch pouvait ainsi s'allonger dans sa fosse et attraper quelques cafards dans les poils de sa barbe. Doux foyer. L'appartement commençait à ressembler à une galerie de mine. Et en cas de visite intempestive des FAR, il pouvait se réfugier à cinquante mètres sous terre en un clin d'œil.

Dans les jours qui suivirent, Mulch en vint à regretter de ne pas l'avoir fait au moment où il avait entendu frapper à sa porte.

Quelqu'un frappa à la porte. Mulch s'extirpa de son lit-tunnel et regarda l'écran du portier électronique. Carla Frazetti arrangeait ses cheveux en observant son reflet dans le heurtoir de cuivre.

La filleule du boss ? En personne. Il devait s'agir d'un gros travail. Peut-être le montant du contrat lui permettrait-il d'aller s'installer dans un autre état ? Il était à Chicago depuis près de trois mois et il ne se passerait pas longtemps avant que les FAR retrouvent sa trace. Mulch ne quitterait jamais les États-Unis, cependant. S'il devait vivre à tout jamais à la surface de la terre, mieux valait que ce soit dans un endroit où il y avait le câble et beaucoup de gens riches à voler.

Il appuya sur le bouton de l'interphone.

– Une minute, Miss Frazetti, je m'habille.

– Dépêchez-vous, Mo, lança sèchement Carla, sa voix crachotant dans le haut-parleur bon marché. Je vais prendre racine.

Mulch enfila une robe de chambre qu'il avait taillée lui-même dans de vieux sacs de pommes de terre. La texture du tissu, qui rappelait les pyjamas portés par les pensionnaires du pénitencier de Haven-Ville, lui paraissait étrangement réconfortante. Il se peigna rapidement la barbe pour la débarrasser des insectes qui auraient pu y traîner et alla ouvrir la porte.

Carla Frazetti passa devant lui et entra dans le salon où elle s'installa dans l'unique fauteuil. Sur le seuil de la porte, une troisième personne était restée hors du champ de la caméra. Mulch se promit de modifier l'angle de l'objectif. Tel qu'il était dirigé, une fée n'aurait eu aucun mal à se glisser au-dessous sans être vue, même avec son bouclier désactivé.

L'homme plissa les yeux en regardant Mulch d'un air menaçant. Comportement typique des gangsters. Le fait que ces gens-là soient des tueurs ne les autorisait nullement à se montrer grossiers.

– Vous n'avez pas d'autre fauteuil ? demanda le petit homme en entrant à son tour dans le salon.

Mulch referma la porte.

– Je n'ai pas souvent de visiteurs. En fait, vous êtes les premiers. D'habitude, Bruno m'appelle et je vais le rejoindre au garage.

Bruno les Fromages était le chef local de la pègre. Il avait installé son bureau dans un garage spécialisé en voitures rapides. D'après la légende, il n'avait jamais pris un jour de vacances depuis quinze ans.

– Très agréable, comme décor, dit Mocassin d'un ton ironique. Pourriture et cloportes. J'aime beaucoup.

Mulch caressa d'un doigt affectueux une longue traînée humide.

– Cette moisissure se trouvait derrière le papier peint lorsque j'ai emménagé. Étonnant les trésors que les gens cachent chez eux.

Carla Frazetti prit dans son sac un flacon de parfum Pétales Blancs et en vaporisa autour d'elle.

– Bien, passons aux choses sérieuses. J'ai un travail très particulier pour vous, Mo.

Mulch se força à rester calme. Il sentait que sa grande chance était arrivée. Peut-être trouverait-il un bon petit taudis bien humide où s'installer pendant un moment.

– S'agit-il du genre de travail qui rapporte un joli paquet d'argent si on le fait bien ?

– Non, répliqua Carla. Il s'agit du genre de travail qui rapporte un joli paquet d'ennuis si on le fait mal.

Mulch soupira. Était-il donc devenu si difficile de demander les choses aimablement ?

– Alors pourquoi moi ?

Carla Frazetti eut un sourire, le rubis de sa canine étincelant dans l'obscurité.

– Je vais répondre à votre question, Mo. Bien que je n'aie pas pour habitude de donner des explications à mes employés. Surtout pas à un singe dans votre genre.

Mulch déglutit. Parfois, il lui arrivait d'oublier à quel point ces gens étaient brutaux. Mais la mémoire lui revenait vite.

– Nous avons décidé de vous confier cette mission en raison de l'excellent travail que vous avez accompli pour le Van Gogh.

Mulch eut un sourire modeste. Neutraliser le système d'alarme du musée avait été un jeu d'enfant. Et il n'y avait même pas de chiens.

– Mais aussi parce que vous avez un passeport irlandais.

Un gnome en fuite qui se cachait à New York lui avait fourni des papiers irlandais fabriqués à l'aide d'une photocopieuse volée aux FAR. Les Irlandais étaient depuis toujours les humains préférés de Mulch, aussi avait-il décidé de devenir l'un d'eux. Il aurait dû se douter que c'était le meilleur moyen de s'attirer des ennuis.

– Ce travail doit se faire en Irlande, ce qui pourrait poser des problèmes en règle générale. Mais pour vous deux, ce sera comme des vacances tous frais payés.

Mulch désigna Mocassin d'un signe de tête.

– Et le corniaud, qui est-ce ?

Les yeux de Mocassin se plissèrent. Mulch savait qu'il suffirait d'un mot de Carla Frazetti pour que l'homme le tue sur le champ.

– Le corniaud, c'est Mocassin McGuire, votre partenaire. Un quincaillier. Il s'agit d'un travail à deux étages. Vous ouvrez les portes et Mocassin escorte la cible jusqu'ici.

Escorter la cible. Mulch savait ce que l'expression signifiait et il ne voulait pas être associé à cela. Le vol était une chose, le kidnapping en était une autre. Mulch savait qu'il ne pouvait pas vraiment refuser cette mission. En revanche, il pouvait laisser tomber le quincaillier à la première occasion et filer dans un état du Sud. La Floride semblait pourvue de marécages très alléchants.

– Alors, qui est la cible ? demanda Mulch, feignant d'y attacher de l'importance.

– C'est utile à savoir, dit Mocassin. Mais pas pour tout le monde.

– Et si j'ai bien deviné, il est inutile que je le sache ?

Carla Frazetti tira une photo de la poche de sa veste.

– Moins vous en saurez, mieux ça vaudra pour votre conscience. Voici tout ce dont vous avez besoin. La maison. Cette photo est le seul document que nous ayons pour le moment, vous pourrez repérer les lieux lorsque vous serez sur place.

Mulch prit la photo. Ce qu'il vit lui fit l'effet d'une attaque au gaz. C'était le manoir des Fowl. Par conséquent, la cible ne pouvait être qu'Artemis. Ce petit psychopathe avait pour mission de kidnapper Artemis Fowl.

Frazetti remarqua son malaise.

– Quelque chose qui ne va pas, Mo ?

Ne rien laisser voir sur mon visage, pensa Mulch. Surtout, qu'ils ne se doutent de rien.

– Non, c'est... heu... ça ne va pas être facile. Je vois des alarmes partout et des projecteurs dans le parc. Ce ne sera pas du gâteau.

– Si c'était facile, je le ferais moi-même, dit Carla.

Mocassin avança d'un pas et baissa les yeux vers Mulch.

– Qu'est-ce qu'il y a, mon petit bonhomme ? C'est trop dur pour toi ?

Mulch devait réfléchir vite. Si Carla Frazetti pensait qu'il n'était pas à la hauteur de la tâche, ils la confieraient à quelqu'un d'autre. Quelqu'un qui n'éprouverait aucun scrupule à mener les gangsters jusqu'à la porte d'Artemis. Mulch se rendit compte avec une certaine surprise qu'il lui était impossible de laisser faire une chose pareille. Le jeune Irlandais lui avait sauvé la vie lors de la révolte des gobelins et c'était le seul être au monde qu'il pouvait presque considérer comme un ami. Une constatation navrante quand on y réfléchissait. Il fallait absolument qu'il se charge de ce travail, ne serait-ce que pour s'assurer qu'il ne se déroulerait pas selon le plan prévu.

– Rien à craindre de mon côté. Il n'existe pas encore d'endroit où Mo Digence ne puisse entrer. J'espère simplement que Mocassin est à la hauteur.

Mocassin attrapa le nain par son revers.

– Qu'est-ce que tu veux dire par là, Digence ?

D'une manière générale, Mulch évitait d'insulter les gens susceptibles de le tuer mais, dans l'immédiat, il pouvait être utile de faire apparaître Mocassin comme une tête brûlée. Surtout s'il voulait rejeter sur lui la responsabilité d'un échec futur.

– Être un tout petit singe, c'est une chose, mais un tout petit quincaillier ? Qu'est-ce qu'il vaut en combat rapproché ?

Mocassin laissa tomber le nain et ouvrit sa chemise, dévoilant un torse recouvert d'une tapisserie de tatouages.

– Voilà ce que je vaux. Compte les tatouages. Vas-y, compte-les.

Mulch adressa à Miss Frazetti un regard lourd. Un regard qui signifiait : et vous allez faire confiance à quelqu'un comme ça ?

– Ça suffit ! s'exclama Carla. Cette pièce commence à empester la testostérone pire encore que la moisissure.

Cette mission est très importante. Si vous ne pouvez vous en charger tous les deux, je prendrai une autre équipe.

Mocassin reboutonna sa chemise.

– Ne vous inquiétez pas, Miss Frazetti, nous sommes parfaitement capables de nous en charger nous-mêmes. C'est comme si c'était fait.

Carla se leva, chassant deux ou trois millepattes accrochés à l'ourlet de sa veste. Les insectes ne la dérangeaient pas outre mesure. Elle avait vu bien pire au cours de ses vingt-cinq années d'existence.

– Ravie de le savoir. Mo, habillez-vous et prenez votre matériel. Nous vous attendons dans la voiture.

Mocassin enfonça l'index dans la poitrine de Mulch.

– Cinq minutes, pas plus, dit-il. Après, c'est moi qui viens te chercher.

Mulch les regarda s'éloigner. C'était sa dernière chance de s'échapper. Il pouvait s'enfuir en dévorant un chemin sous sa chambre et attraper un train pour le Sud avant que Carla Frazetti s'aperçoive de sa disparition.

Il y songea sérieusement. Ce genre de situation était totalement contraire à sa nature. Mulch n'était pas un mauvais nain, mais il n'avait pas l'habitude d'aider les autres. A moins qu'il puisse en tirer profit. Or, se porter au secours d'Artemis Fowl constituait un acte complètement désintéressé. Il fut parcouru d'un frisson. Voilà qu'il se sentait naître une conscience, à présent ! Il n'avait vraiment pas besoin de ça. Bientôt, il finirait par vendre des petits gâteaux au profit des girl-scouts nécessiteuses.

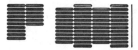

CHAPITRE VI

L'ATTAQUE DU MANOIR

EXTRAIT DU JOURNAL D'ARTEMIS FOWL, DISQUE 2, CRYPTÉ

Mon père avait fini par reprendre conscience. J'étais soulagé, bien sûr, mais je ne cessais de retourner dans ma tête les dernières paroles qu'il avait prononcées ce jour-là.

« L'or n'a pas si grande importance, Arty, avait-il dit. Ni le pouvoir. Nous avons déjà tout le nécessaire. Tous les trois. »

Était-il possible que la magie ait ainsi transformé mon père ? Il fallait que je le sache. Je voulais lui parler en tête-à-tête. Aussi, la nuit suivante, à trois heures du matin, je demandai à Butler de me ramener à l'Hôpital Universitaire d'Helsinki dans la Mercedes que nous avions louée.

Mon père était toujours éveillé. Il lisait *Guerre et Paix* à la lueur de sa lampe de chevet.

– On ne rit pas souvent avec ce livre, commenta-t-il.

Encore une plaisanterie. J'essayai de sourire mais mon visage n'était pas d'humeur à obéir.

Mon père referma le volume.

– Je t'attendais, Arty. Il faut que nous parlions. Le moment est venu d'éclaircir certaines choses.

Je restai debout au pied du lit, droit et raide.

– Oui, Papa. Je suis d'accord.

Le sourire de mon père était teinté de tristesse.

– Tu es si formaliste. Je me souviens que j'étais pareil avec mon propre père. Parfois, je me dis qu'il ne me connaissait pas du tout et j'ai bien peur qu'il nous arrive la même chose à tous les deux. C'est pour ça que je veux te parler, fils, et pas de comptes en banque, ni de portefeuille boursier, ni d'OPA. Bref, je ne veux pas te parler affaires, je veux te parler de toi.

Exactement ce que je craignais.

– Moi ? C'est plutôt toi qui es prioritaire, Papa.

– Peut-être, mais je ne pourrai pas être heureux tant que ta mère n'aura pas retrouvé sa tranquillité d'esprit.

– Sa tranquillité ? demandai-je, comme si j'ignorais où il voulait en venir.

– Ne fais pas l'innocent, Artemis. J'ai appelé quelques-unes de mes relations au sein de diverses polices d'Europe. Apparemment, tu t'es montré actif en mon absence. Très actif, même.

Je haussai les épaules, ne sachant s'il me parlait sur le ton de l'éloge ou de la réprobation.

– Il n'y a pas si longtemps encore, j'aurais été très impressionné par tes exploits. Une telle audace, chez un garçon si jeune. Mais maintenant, je m'adresse à toi

comme un père et je te le dis : il faut que les choses changent, Arty. Ton enfance doit reprendre ses droits. Je souhaite, et ta mère aussi, que tu retournes à l'école après les vacances et que tu me laisses le soin de m'occuper du patrimoine familial.

– Mais Papa !

– Fais-moi confiance, Arty. J'ai une expérience des affaires beaucoup plus longue que la tienne. Et j'ai promis à ta mère qu'à partir de maintenant, les Fowl rentreront dans le droit chemin. Tous les Fowl. Une deuxième chance m'a été donnée, je ne veux pas la gaspiller par cupidité. Nous sommes une famille, à présent. Une famille respectable. Dorénavant, le nom des Fowl sera synonyme d'honneur et d'honnêteté. D'accord ?

– D'accord, dis-je, en saisissant sa main.

Et mon rendez-vous avec Jon Spiro de Chicago ? Je décidai malgré tout de continuer selon le plan prévu. Une dernière aventure et les Fowl deviendraient une famille respectable. Après tout, j'aurais Butler à mes côtés. Alors, que pourrait-il arriver de fâcheux ?

MANOIR DES FOWL

Butler ouvrit les yeux. Il était à la maison. Artemis dormait dans le fauteuil, à côté du lit. On aurait dit qu'il avait cent ans. Ce n'était pas surprenant, après tout ce qu'il avait subi. Mais cette vie-là était terminée, à présent. Entièrement.

– Il y a quelqu'un ? demanda le serviteur.

Artemis se réveilla aussitôt.

– Butler, vous êtes de retour parmi nous.

Butler se redressa tant bien que mal sur les coudes. Il dut faire un effort considérable.

– C'est une surprise pour moi. Je ne m'attendais pas à jamais vous revoir, ni vous ni personne.

Artemis prit la cruche posée sur la table de chevet et remplit un verre d'eau.

– Tenez, vieux frère. Reposez-vous.

Butler but lentement. Il était fatigué mais il n'y avait pas que ça. Il lui était déjà arrivé de ressentir la fatigue du combat. Cette fois, il s'agissait de quelque chose de plus profond.

– Artemis, que s'est-il passé ? Normalement, je devrais être mort. Et si je dois admettre que je suis vivant, je devrais avoir très mal à l'heure qu'il est.

Artemis traversa la pièce en direction de la fenêtre et contempla le parc.

– Blunt vous a tiré dessus. C'était une blessure fatale et Holly n'était pas là pour vous aider, alors je vous ai congelé en attendant son arrivée.

Butler hocha la tête.

– La cryogénie ? Il n'y a qu'Artemis Fowl pour penser à ça. Vous vous êtes servi du congélateur à poissons, j'imagine ?

Artemis acquiesça.

– J'espère que je ne suis pas devenu à moitié truite ?

Lorsque Artemis se retourna vers son ami, il ne souriait pas.

– Il y a eu des complications.

– Des complications ?

Artemis respira profondément.

– La guérison a été difficile, impossible de prévoir ce qui en résulterait. Foaly m'avait prévenu que votre organisme ne tiendrait peut-être pas le choc, mais j'ai insisté pour que tout soit tenté.

Butler se redressa.

– Artemis. C'est très bien. Je suis vivant. Tout vaut mieux que le contraire.

Le jeune homme ne fut pas rassuré pour autant. Il alla chercher dans la commode un miroir au manche de nacre.

– Préparez-vous et regardez.

Butler prit une longue inspiration et regarda. Il avança la mâchoire puis pinça les poches qu'il avait sous les yeux.

– Combien de temps suis-je resté inconscient ? demanda-t-il.

BOEING 747, VOL TRANSATLANTIQUE

Mulch estimait que la meilleure façon de saboter la mission consistait à énerver Mocassin jusqu'à le rendre fou furieux. Il avait un don particulier pour mettre les gens en fureur, et regrettait de n'avoir pas plus souvent l'occasion de l'exercer.

Assis côte à côte dans un Boeing 747, les deux minuscules personnages regardaient les nuages défiler sous l'appareil. En première classe. L'un des avantages de travailler pour la famille Antonelli.

Mulch but délicatement une gorgée de champagne.

– Dis-moi, Pantoufle... commença-t-il.

– Pas Pantoufle, Mocassin.

– Ah oui, Mocassin. Qu'est-ce que c'est que cette histoire de tatouages ?

Mocassin remonta sa manche, dévoilant un serpent vert turquoise avec deux gouttes de sang en guise d'yeux. Encore un motif qu'il avait dessiné lui-même.

– Je m'en fais faire un chaque fois que j'ai fini un travail.

– Ah bon ? dit Mulch. Par exemple, quand tu repeins ta cuisine, tu te fais tatouer quelque chose ?

– Pas ce genre de travail, idiot.

– Quel genre, alors ?

Mocassin serra les dents.

– Tu veux que je te l'écrive noir sur blanc ?

Mulch prit une pincée de cacahuètes sur un plateau qui passait.

– Pas besoin. Je ne suis jamais allé à l'école. Il suffit de me le dire en anglais courant.

– Tu n'es quand même pas stupide à ce point-là ! Spatz Antonelli n'engage pas des crétins.

Mulch le regarda d'un petit air supérieur.

– Tu es sûr de ça ?

Mocassin tapota sa chemise, espérant y trouver une arme quelconque.

– Attends un peu qu'on ait fini ce boulot, gros malin. Après, on réglera nos comptes.

– Cause toujours, Bottine.

– Mocassin !

– Peu importe.

Mulch se cacha derrière le magazine mis à la disposition des passagers. C'était trop facile. Le gangster se trouvait déjà dans un bel état de fureur. Quelques heures de plus en compagnie de Mulch devraient suffire à le faire baver de rage.

AÉROPORT DE DUBLIN, IRLANDE

Mulch et Mocassin passèrent la douane irlandaise sans incident. Comme de simples citoyens revenus dans leur pays pour les vacances. Au moins, on était sûr qu'il ne s'agissait pas de membres de la pègre en train de préparer un mauvais coup. Des personnages d'aussi petite taille au service du crime organisé ? Qui aurait pu soupçonner une chose pareille ? Personne. Peut-être justement parce qu'ils étaient particulièrement doués.

Le contrôle des passeports fournit à Mulch une nouvelle occasion d'accroître la fureur de son complice. Le douanier s'efforçait de ne pas prêter attention à la taille de Mulch.

– Alors, Mr Digence, vous êtes venu voir votre famille ?

Mulch hocha la tête.

– Exactement. Ils habitent Killarney, du côté maternel.

– Et vous retournez dans la ville des origines ?

– Non, pas des O'Rigin, des O'Reilly. C'est le nom de jeune fille de ma mère.

– Très drôle, vous devriez faire du théâtre.

– C'est curieux que vous disiez ça.

Le douanier émit un grognement. Dans dix minutes, il aurait fini son service.

– Je plaisantais, bien sûr.

– Justement, reprit Mulch, figurez-vous que mon ami, Mister McGuire et moi devons jouer Blanche Neige dans un spectacle de Noël. Je fais le rôle de Prof et lui joue Simplet.

Le douanier se força à sourire.

– Très bien. Suivant.

Mulch prit soin de parler assez fort pour qu'on l'entende dans toute la queue.

– On ne peut pas trouver mieux que Mister McGuire pour incarner Simplet, si vous voyez ce que je veux dire.

Mocassin perdit son calme en plein milieu du terminal.

– Espèce de petit monstre ! s'écria-t-il. Je vais te tuer ! Tu seras mon prochain tatouage ! Mon prochain tatouage, tu m'entends ?

Mulch eut un petit soupir navré tandis que Mocassin disparaissait sous une demi-douzaine d'agents de la sécurité.

– Ah, les acteurs, dit-il. Toujours sur les nerfs.

Mocassin fut libéré trois heures plus tard après une fouille complète et plusieurs coups de téléphone au prêtre de sa paroisse. Mulch l'attendait dans la voiture

de location qu'ils avaient réservée, un modèle spéciale-ment aménagé avec des pédales d'accélérateur et de frein surélevées.

– Ton caractère menace sérieusement la réussite de notre mission, commenta le nain, le visage impassible. Si tu es incapable de te contrôler, il faudra que j'en avertisse Miss Frazetti.

– Conduis, dit le quincaillier d'une voix rauque. N'en parlons plus.

– D'accord. Mais c'est ta dernière chance. Encore une fantaisie comme celle-là et je serai obligé de te casser la tête à coups de dents.

Pour la première fois, Mocassin remarqua la denti-tion de son complice. Semblables à des pierres tom-bales émaillées, ses dents paraissaient beaucoup trop nombreuses pour une seule bouche. Digence était-il véritablement capable de mettre sa menace à exécu-tion ? Non, estima Mocassin. Son interrogatoire par le service des douanes l'avait simplement rendu un peu nerveux. Il y avait pourtant quelque chose d'inquiétant dans le sourire du nain. Un éclat qui laissait deviner des talents cachés, terrifiants. Des talents que le quincaillier préférait ne pas avoir à découvrir.

Mulch conduisit la voiture tandis que Mocassin pas-sait quelques coups de fil sur son téléphone portable. Il reprenait contact avec d'anciens associés pour se pro-curer une arme, un silencieux et des écouteurs avec micro qu'ils devaient laisser dans un sac, derrière le panneau indiquant la sortie vers le manoir des Fowl.

Les fournisseurs de Mocassin prenaient même les cartes de crédit, il était donc inutile de se livrer aux marchandages musclés qui accompagnent généralement les transactions clandestines.

Mocassin trouva le matériel à l'endroit indiqué. Il revint dans la voiture et vérifia le mécanisme et la mire du pistolet. Il se sentait à nouveau sûr de lui.

– Juste un mot, Mo, dit-il en pouffant comme s'il s'agissait de la plaisanterie la plus drôle qu'il ait jamais faite – et malheureusement, c'était vrai. Tu as un plan ?

Mulch ne quittait pas la route des yeux.

– Non. Je croyais que c'était toi le grand chef. Les plans, c'est ton rayon. Moi, je m'occupe des effractions.

– Exact, c'est moi le chef et crois-moi, le gamin va très vite s'en apercevoir.

– Le gamin ? dit Mulch d'un air innocent. Tu veux dire qu'on va kidnapper un enfant ?

– Pas n'importe quel enfant, révéla Mocassin, contrairement aux ordres qu'il avait reçus. Il s'agit d'Artemis Fowl, l'héritier de l'empire des Fowl, les célèbres escrocs. Il sait quelque chose que Miss Frazetti veut savoir aussi. On va donc flanquer la frousse à ce petit morveux pour lui faire comprendre qu'il a intérêt à nous suivre et à cracher le morceau.

Les mains de Mulch se crispèrent sur le volant. Il aurait dû agir avant, mais l'important n'était pas de neutraliser Mocassin, c'était de convaincre Carla Frazetti de ne pas envoyer une autre équipe.

Artemis saurait ce qu'il convenait de faire. Il fallait qu'il arrive à parler au jeune homme avant Mocassin. Il n'avait besoin que d'un portable et d'un détour par des toilettes. Dommage qu'il n'eût jamais pris la peine de s'acheter un téléphone. Il faut dire qu'il n'avait personne à appeler. Et puis la prudence s'imposait avec Foaly. Ce centaure aurait été capable de localiser les stridulations d'un grillon.

– On ferait bien d'acheter des provisions, dit Mocassin. Nous devrons peut-être passer plusieurs jours à repérer les lieux.

– Pas besoin, je les connais déjà. J'ai cambriolé cette maison dans ma jeunesse. C'est du gâteau.

– Et pourquoi tu n'as pas dit ça avant ?

Mulch adressa un geste obscène à un routier qui roulait à cheval sur deux files.

– Tu sais comment c'est. Je travaille au contrat et le montant du contrat est calculé en fonction de la difficulté de la tâche. Si j'ai le malheur de dire que j'ai déjà visité l'endroit, je perds dix mille dollars d'un coup.

Mocassin ne discuta pas. C'était vrai. On exagère toujours la difficulté d'une mission, histoire d'arracher quelques dollars de plus à son employeur.

– Alors, tu peux nous faire entrer là-dedans ?

– Je peux *me* faire entrer. Ensuite, je reviendrai te chercher.

Mocassin parut méfiant.

– Et pourquoi je ne viendrais pas avec toi ? Ce serait beaucoup plus simple que d'attendre dehors en plein jour.

– D'abord, je n'irai pas là-bas avant la tombée de la nuit, ensuite, je veux bien que tu viennes avec moi si ça

ne te dérange pas de traverser la fosse septique à la nage et de remonter le tuyau d'évacuation sur une hauteur de dix mètres.

A cette pensée, Mocassin ne put s'empêcher de baisser la vitre.

– D'accord, tu viens me chercher. Mais on reste en contact radio. Si quelque chose cloche, tu me préviens.

– Oui, monsieur le chef, dit Mulch en enfonçant un écouteur dans son oreille velue et en attachant le micro à son blouson. Je ne voudrais surtout pas que tu rates une si belle occasion de faire peur à un môme.

Le sarcasme passa par-dessus la tête de Mocassin avec un léger sifflement.

– Tu as raison, dit l'homme de Kilkenny, le chef, c'est moi. Et toi, tu n'as pas intérêt à me faire rater mon coup.

Mulch dut se concentrer pour empêcher les poils de sa barbe de se mettre en boule. Les poils de nain sont très sensibles, surtout à l'hostilité, et celle de Mocassin suintait par tous les pores de sa peau. Mulch n'avait jamais été trahi par sa barbe : il y avait tout à parier que cette petite association se terminerait très mal.

Mulch rangea la voiture à l'ombre du haut mur qui protégeait le domaine des Fowl.

– Tu es sûr que c'est ici ? demanda Mocassin.

Mulch pointa un index boudiné en direction de la grande grille de fer forgé aux motifs contournés.

– Tu vois ce qui est écrit là ? « Manoir des Fowl ».

– Oui.

– J'en conclus que ça doit être ici.

Même Mocassin ne pouvait ignorer une moquerie aussi manifeste.

– Je te conseille de me faire entrer là-dedans, Digence, sinon...

Mulch lui montra ses dents.

– Sinon ?

– Sinon, Miss Frazetti sera très contrariée, acheva Mocassin d'un air piteux, conscient qu'il perdait la bataille des mots.

Mais il se promit de donner une leçon à Mo Digence à la première occasion.

– Il ne faut surtout pas contrarier Miss Frazetti, dit Mulch.

Il descendit du siège surélevé et alla chercher son matériel dans le coffre de la voiture. Son sac contenait quelques outils insolites que lui avait fournis son gnome new yorkais. Il espérait cependant ne pas avoir à s'en servir, compte tenu de la méthode qu'il se proposait d'employer pour pénétrer dans le manoir.

Mulch alla frapper à la vitre, côté passager. Mocassin l'ouvrit en appuyant sur le bouton.

– Quoi ?

– Souviens-toi : tu restes ici jusqu'à ce que je vienne te chercher.

– On dirait un ordre. Tu me donnes des ordres, maintenant, Digence ?

– Moi ? répondit Mulch avec un sourire qui découvrit toute l'étendue de sa dentition. Te donner des ordres ? Je n'y songerais même pas.

Mocassin remonta la vitre.

– Il vaut mieux, répliqua-t-il, dès qu'il fut assuré que l'épaisseur du verre renforcé le séparait efficacement des dents du nain.

Dans le manoir des Fowl, Butler avait tout juste fini de se raser. Il commençait à retrouver sa bonne vieille tête. Plus vieille que jamais.

– Du Kevlar, dites-vous ? marmonna-t-il en examinant les taches sombres de sa poitrine.

Artemis acquiesça.

– Des fibres se sont prises dans la blessure et la magie les a multipliées par un phénomène de duplication. Selon Foaly, les nouveaux tissus vont limiter votre capacité respiratoire mais ils ne sont pas suffisamment denses pour vous protéger des balles, sauf celles de petit calibre.

Butler reboutonna sa chemise.

– Les choses ont changé, Artemis. Je ne pourrai plus assurer votre protection.

– Je n'aurai plus besoin d'être protégé. Holly avait raison. Mes savantes machinations ne parviennent qu'à faire du mal aux gens qui m'entourent. Dès que nous en aurons terminé avec Spiro, j'ai l'intention de me consacrer entièrement à mes études.

– Dès que nous en aurons terminé ? Vous en parlez comme si c'était gagné d'avance. Jon Spiro est un homme dangereux, Artemis. Je pensais que vous l'auriez compris.

– Je l'ai très bien compris, vieux frère. Croyez-moi, je ne le sous-estimerai plus. J'ai déjà commencé à établir un plan. Nous devrions pouvoir reprendre le Cube C et neutraliser Mister Spiro si Holly accepte de nous aider.

– Où est-elle ? Il faut que je la remercie. Une fois de plus.

Artemis jeta un coup d'œil par la fenêtre.

– Elle est allée accomplir le Rituel. Vous devinez où.

Butler hocha la tête. La première fois qu'ils avaient rencontré Holly, c'était dans un lieu sacré du Peuple des fées, au sud-est du pays. Elle s'y était rendue pour accomplir le Rituel destiné à renouveler ses pouvoirs magiques. « Rencontrer » n'est d'ailleurs pas le mot qu'aurait choisi Holly pour évoquer ce souvenir. « Enlever » était plus proche de la vérité.

– Elle devrait être de retour dans une heure. Je vous suggère de prendre un peu de repos en attendant.

Butler refusa d'un signe de tête.

– Je me reposerai plus tard. Pour l'instant, je dois vérifier s'il n'y a rien de suspect dans le domaine. Il est peu probable que Spiro ait déjà eu le temps d'envoyer une équipe, mais on ne sait jamais.

Le garde du corps s'avança vers un panneau du mur qui séparait sa chambre de la cabine de contrôle des systèmes de surveillance. Artemis remarqua que chaque pas qu'il faisait lui coûtait un effort. Avec les nouveaux tissus qui s'étaient incrustés dans sa poitrine, le simple fait de monter les escaliers ressemblait à un marathon.

Butler fractionna l'écran de son moniteur afin de voir simultanément tout ce que lui transmettaient les caméras de contrôle. L'une des images l'intéressa plus particulièrement et il l'agrandit plein cadre.

– Tiens, tiens, dit-il avec un petit rire. Regardez donc qui est venu nous dire bonjour.

Artemis s'approcha. Un individu minuscule adressait des gestes obscènes à la caméra située au-dessus de la porte de la cuisine.

– Mulch Diggums, dit Artemis. Le nain que j'avais le plus envie de voir ces temps-ci.

Butler transféra l'image de Mulch sur l'écran principal.

– Et lui, pourquoi donc a-t-il envie de vous voir ?

Toujours soucieux de ménager ses effets, le nain exigea un sandwich avant d'expliquer les raisons de sa présence. Malheureusement pour lui, ce fut Artemis qui se porta volontaire pour le préparer. Lorsqu'il revint de la cuisine, on aurait dit qu'une explosion s'était produite dans l'assiette qu'il apportait.

– C'est plus difficile qu'il n'y paraît, commenta-t-il.

Mulch ouvrit toutes grandes ses mâchoires massives et y versa d'un seul coup le contenu de l'assiette. Après avoir passé plusieurs minutes à mastiquer consciencieusement, il fourra sa main entière dans sa bouche et délogea d'entre deux dents un morceau de dinde rôtie.

– Un peu plus de moutarde la prochaine fois, dit-il en balayant des miettes tombées sur sa chemise.

Au passage, il brancha par inadvertance le micro fixé au revers de son blouson.

– Je n'y manquerai pas, assura Artemis.

– Vous devriez me remercier, Bonhomme de Boue, reprit Mulch. Je suis venu spécialement de Chicago pour vous sauver la vie. Ça vaut bien un minable petit sandwich. Et quand je dis sandwich, c'est au sens très large du terme.

– Chicago ? C'est Jon Spiro qui vous envoie ?

Le nain hocha la tête.

– Possible, mais pas directement. Je travaille pour la famille Antonelli. Bien entendu, ils ne se doutent pas le moins du monde que je suis un nain féerique, ils pensent simplement qu'il n'y a pas meilleur cambrioleur que moi sur le marché.

– Le procureur général de Chicago a établi des relations entre les Antonelli et Spiro dans le passé. Ou plutôt, il a essayé de les établir.

– Peu importe. En tout cas, le plan, c'était que je m'introduise ici puis que mon complice vienne vous convaincre de nous accompagner à Chicago.

Butler était penché sur la table.

– Et où se trouve votre complice, Mulch ?

– Devant les grilles du parc. Un petit bonhomme à l'air furieux. Au fait, ravi de vous voir vivant, mon grand. Dans la pègre, une rumeur disait que vous étiez mort.

– En effet, j'étais mort, répondit Butler, mais ça va mieux maintenant.

Mocassin prit dans sa poche un petit carnet à spirale. Il y avait consigné des répliques qui avaient fait leurs preuves dans certaines situations tendues. Des dialogues percutants qui constituaient l'image de marque de tout bon gangster, dans les films en tout cas. Il feuilleta les pages du carnet avec un sourire ému.

« C'est le moment de clôturer ton compte. Définitivement. » *Larry Ferrigamo. Banquier véreux. 9 août.*

« J'ai bien peur que ton disque dur soit complètement effacé. » *David Spinski. Pirate informatique. 23 septembre.*

« Je fais ça parce que j'ai besoin d'un peu de blé dans ma galette. » *Morty le Boulanger. 17 juillet.*

Du bon matériel. Il écrirait peut-être ses mémoires un jour.

Mocassin en pouffait encore lorsqu'il entendit la voix de Mo dans son écouteur. Tout d'abord, il crut que le singe avait quelque chose à lui dire mais il comprit bientôt que son prétendu complice était en train de se mettre à table devant leur gibier.

– Vous devriez me remercier, Bonhomme de Boue, disait Digence. Je suis venu spécialement de Chicago pour vous sauver la vie.

Lui sauver la vie ! Mo travaillait pour le camp d'en face et ce petit imbécile avait oublié de débrancher son micro.

Mocassin descendit de la voiture et prit soin de verrouiller les portières. Il perdrait la caution qu'il avait versée si la voiture de location était volée et Miss Frazetti la retiendrait sur son salaire. Il y avait une petite porte aménagée dans le mur, à côté du portail.

Mo digence l'avait laissée ouverte. Mocassin s'y glissa et se hâta le long de la grande allée en prenant soin de se cacher à l'ombre des arbres.

Dans son écouteur, il entendait Mo qui continuait de jacasser. Il détaillait tout leur plan au jeune Fowl sans même avoir été menacé de la moindre torture. Il parlait volontairement. En fait, Digence travaillait depuis le début pour le petit Irlandais. Et en plus, Mo n'était pas Mo, il s'appelait Mulch. Qu'est-ce que c'était que ce nom ? Il prétendait être un nain féerique. De plus en plus bizarre. Les nains féeriques étaient peut-être un nom de gang. Pas très impressionnant, comme nom. On imaginait mal les nains féeriques répandre la terreur dans la pègre.

Mocassin remonta rapidement l'allée, passant devant un ravissant bosquet de bouleaux argentés et un terrain de croquet du meilleur effet. Deux paons se pavanaient autour d'une pièce d'eau. Mocassin haussa les épaules d'un air dédaigneux. Une pièce d'eau ! A l'époque où on ne voyait pas encore de jardiniers pérorer à la télévision, on aurait appelé ça un bassin, tout simplement.

Mocassin se demandait où était l'entrée de service lorsqu'il vit un écriteau qui indiquait : « Livraisons à l'arrière de la maison ». Merci beaucoup. Il vérifia une fois de plus son chargeur et son silencieux, puis traversa sur la pointe des pieds l'allée recouverte de gravier.

Artemis renifla à plusieurs reprises.
– Qu'est-ce que c'est que cette odeur ?

Mulch passa la tête derrière la porte du réfrigérateur.

– Je crois bien que c'est moi, marmonna-t-il, en tournant et retournant dans sa bouche une invraisemblable quantité de nourriture. C'est à cause de la crème écran total. Dégoûtant, je sais mais je sentirais bien pire si je n'en avais pas mis. Imaginez des tranches de lard sur une pierre plate au beau milieu de la Vallée de la Mort.

– Charmante évocation.

– Les nains sont des créatures souterraines, expliqua Mulch. Nous avons toujours vécu sous terre même au temps des Frondelfe.

Les Frondelfe avaient constitué une ancienne dynastie de rois elfes. Durant le règne du premier d'entre eux, les fées et les humains partageaient encore la surface de la terre.

– Être photosensible ne facilite pas l'existence parmi les humains. A vrai dire, je commence à en avoir assez de cette vie.

– Tes désirs sont des ordres, répondit une voix.

C'était Mocassin. Il se tenait dans l'encadrement de la porte de la cuisine, un énorme pistolet à la main. Il faut reconnaître que Mulch ne mit pas longtemps à reprendre contenance.

– Je croyais t'avoir demandé d'attendre dehors.

– C'est vrai. Mais j'ai quand même décidé de venir. Et tu sais quoi ? Je n'ai pas eu besoin de traverser la fosse septique ni de remonter le tuyau d'évacuation. La porte de derrière est grande ouverte.

Mulch avait tendance à grincer des dents quand il réfléchissait. On aurait dit des ongles crissant sur un tableau noir.

– Ah, oui, c'est un coup de chance. J'en ai profité pour entrer mais malheureusement, j'ai été surpris par le gamin. J'avais réussi à gagner sa confiance quand tu as fait irruption.

– Ne te fatigue pas, répondit Mocassin. Ton micro est branché. J'ai tout entendu, Mo. Ou peut-être devrais-je dire Mulch, le « nain féerique » ?

Mulch avala son tas d'aliments à moitié mâchés. Une fois de plus, sa grande bouche lui avait attiré des ennuis. Mais peut-être pourrait-elle aussi le tirer d'affaire ? S'il décrochait sa mâchoire, il pourrait peut-être engloutir le minuscule tueur. Il en avait mangé de plus gros. Une décharge de gaz de nain devrait suffire à le projeter de l'autre côté de la cuisine. Il fallait simplement espérer que le pistolet ne partirait pas avant qu'il soit hors de portée. Mocassin saisit la lueur de son regard.

– C'est ça, petit bonhomme, dit-il en armant son pistolet. Tente le coup. On verra bien jusqu'où tu iras.

Artemis réfléchissait, lui aussi. Il savait qu'il ne risquait rien pour le moment. Le nouveau venu ne lui ferait pas de mal : c'était contraire aux ordres reçus. Mais le temps de Mulch était compté et personne ne pouvait le sauver. Même s'il avait été présent, Butler était trop faible pour intervenir. Holly n'avait pas fini d'accomplir son Rituel et Artemis lui-même n'était pas d'un grand secours dans les affrontements physiques. Il faudrait donc négocier.

– Je sais pourquoi vous êtes ici, commença-t-il. Vous venez chercher les secrets du Cube. Je veux bien vous les révéler mais sûrement pas si vous faites du mal à mon ami.

Mocassin le menaça du canon de son arme.

– Tu vas faire ce que je te dis, au moment où je te le dirai. Même si tu dois pleurer comme une fille. Ça arrive parfois.

– Très bien, je vous dirai tout ce que vous voulez savoir. Mais ne tirez pas.

Mocassin réprima un sourire.

– C'est d'accord. Dans ce cas, tu viens gentiment avec moi en silence et je ne ferai de mal à personne. Tu as ma parole.

Butler entra dans la cuisine. Son visage luisait de sueur et sa respiration était saccadée.

– J'ai regardé l'écran, dit-il. La voiture est vide, l'autre doit être...

– Ici, acheva Mocassin. Il faudrait suivre l'actualité, papy. Ne fais aucun mouvement brusque, ça t'évitera la crise cardiaque.

Artemis vit les yeux de Butler tourner en tous sens. Il cherchait un angle d'attaque. Un moyen de les sauver. Le Butler d'hier y serait peut-être parvenu mais celui d'aujourd'hui avait quinze ans de plus et n'était pas encore remis de sa séance de chirurgie magique. La situation était désespérée.

– Vous n'avez qu'à ligoter les autres, risqua Artemis. Ensuite, nous pourrons partir ensemble.

Mocassin se frappa le front.

– Quelle bonne idée ! Après, tu n'auras qu'à me proposer une autre façon de gagner du temps. Ça marchera peut-être, puisque tu me considères comme un parfait amateur.

Mocassin sentit une ombre surgir dans son dos. Il fit volte-face et vit une jeune fille qui se tenait dans l'encadrement de la porte. Un autre témoin. Carla Frazetti recevrait une facture supplémentaire pour tous ces imprévus. Ce travail avait été mal organisé dès le début.

– Très bien, Miss, dit Mocassin, viens donc te joindre aux autres. Et ne fais pas de bêtises.

La jeune fille rejeta ses cheveux par-dessus son épaule et cligna ses yeux d'un vert étincelant.

– Je ne fais jamais de bêtises, dit-elle.

D'un geste vif, elle tendit une main en frôlant le pistolet de Mocassin. Au passage, elle saisit la glissière de l'arme et la détacha habilement du canon. A présent, le pistolet ne pouvait plus servir qu'à enfoncer des clous.

Le gangster fit un saut en arrière.

– Hé, attention ! Je ne voudrais pas te blesser sans le vouloir. Ce pistolet part facilement.

Du moins en était-il convaincu.

Mocassin continua de brandir son morceau de métal inoffensif.

– Recule, fillette. Je ne le répéterai pas.

Juliet lui agita la glissière sous le nez.

– Sinon, quoi ? Vous allez me tirer dessus avec ce truc-là ?

Mocassin loucha sur le morceau de métal.

– Hé, on dirait que...

Juliet le frappa alors avec une telle force qu'il fut projeté contre le comptoir de la cuisine et le fracassa dans sa chute.

Mulch regarda alternativement le gangster inconscient et la jeune fille.

– Dites donc, Butler, je me trompe peut-être mais je jurerais que c'est votre sœur.

– Et vous auriez raison, répondit le serviteur en serrant Juliet contre lui. Comment avez-vous pu deviner ?

CHAPITRE VII

DES PLANS BIEN CONÇUS

MANOIR DES FOWL

Le moment était venu de se concerter. Ce soir-là, tout le monde se rassembla dans la salle de conférence du manoir, face à deux écrans que Juliet avait rapportés de la cabine de contrôlc. Foaly avait piraté la fréquence des monitcurs et diffusait en direct les images du commandant Root et de lui-même.

A sa grande contrariété, Mulch était toujours présent. Il avait essayé de soutirer une récompense à Artemis, mais Holly était revenue inopinément et l'avait aussitôt menotté à un fauteuil.

La fumée du cigare de Root voilait son écran.

– On dirait que le gang est au complet, lança-t-il dans un excellent anglais, mettant à profit le don des fées pour les langues étrangères. Et je vais vous dire une chose : j'ai horreur des gangs.

Holly avait placé son casque au milieu de la table de conférence pour que tout le monde soit entendu.

– Je peux tout expliquer, commandant, dit-elle.

– Oh, je n'en doute pas. Mais bizarrement, j'ai le sentiment que vos explications ne me feront ni chaud ni froid et que, dès la fin de votre service, votre badge sera définitivement rangé tout au fond de mon tiroir.

Artemis essaya d'intervenir.

– Je puis vous assurer, commandant, que si Holly, je veux dire le capitaine Short, se trouve ici, c'est uniquement parce que j'ai réussi à l'abuser.

– Voyez-vous ça ? Dans ce cas, vous allez sans doute m'expliquer pourquoi elle est toujours là ? Elle est peut-être restée dîner ?

– Ce n'est pas le moment de faire de l'humour, commandant. Nous sommes dans une situation très grave. Et potentiellement désastreuse.

Root exhala un nuage de fumée verdâtre.

– Ce que les humains s'infligent les uns aux autres ne nous regarde en aucune manière. Nous n'avons pas vocation à devenir votre police personnelle, Fowl.

Foaly s'éclaircit la gorge.

– Nous sommes dans le coup, que ça nous plaise ou non. A cause d'Artemis, nous avons été accrochés. Et ce n'est pas le pire, Julius.

Root jeta un regard au centaure. Foaly l'avait appelé par son prénom. Les choses devaient être graves, en effet.

– Très bien, capitaine, dit le commandant. Poursuivez votre compte-rendu.

Holly ouvrit un fichier sur son ordinateur de poche.

– Hier, je suis partie en mission à la suite d'une alerte

déclenchée par le système Sentinelle. Un appel avait été envoyé par Artemis Fowl, un Homme de Boue bien connu des FAR pour le rôle qu'il a joué lors du soulèvement du B'wa Kell. L'associé de Fowl, Butler, avait été mortellement blessé par un autre Homme de Boue, Jon Spiro, et Fowl demandait mon aide pour tenter une guérison.

– Ce que vous avez immédiatement refusé. Ensuite, vous avez réclamé une assistance technique pour procéder à un effacement de mémoire, conformément au règlement.

Holly aurait juré que l'écran chauffait.

– Non. Prenant en compte l'aide considérable que nous a apportée Butler lors de la révolte des gobelins, j'ai accompli la guérison et ramené Butler et Fowl à leur domicile.

– Ne me dites pas que vous les avez transportés par voie aérienne ?

– Il n'y avait pas d'autre solution. Je les ai enveloppés dans une feuille de camouflage.

Root se massa les tempes.

– Un pied. Il suffisait qu'un seul pied dépasse de la feuille pour que nous soyons tous sur Internet dès demain matin. Holly, pourquoi me faites-vous ça ?

Le capitaine Short ne répondit pas. Que pouvait-elle dire ?

– Il y a autre chose. Nous avons capturé l'un des employés de Spiro. Un personnage extrêmement déplaisant.

– Vous a-t-il vue ?

– Non, mais il a entendu Mulch dire qu'il était un nain féerique.

– Pas de problème, assura Foaly. Procédez à un effacement total de mémoire et expédiez-le chez lui.

– Ce n'est pas aussi simple. Cet homme est un tueur. Il pourrait être renvoyé ici pour achever le travail. Je pense qu'il vaut mieux le transplanter. Croyez-moi, personne ne le regrettera.

– D'accord, dit Foaly. Administrez-lui un narcotique, effacez sa mémoire et débarrassez-le de tout élément susceptible de déclencher des souvenirs. Ensuite, vous l'enverrez dans un endroit où il ne pourra faire aucun mal.

Le commandant tira longuement et à plusieurs reprises sur son cigare pour essayer de se calmer.

– O.K., dit-il. Maintenant, parlez-moi de la sonde qui nous a accrochés. Si c'est Fowl le responsable, l'alerte est-elle levée ?

– Non, l'homme d'affaires, Jon Spiro, a volé à Artemis du matériel technologique appartenant au Peuple des fées.

– Et qu'Artemis nous avait lui-même volé, fit remarquer Foaly.

– Ce Spiro est résolu à obtenir le secret de cette technologie et ne s'encombrera d'aucun scrupule pour y parvenir.

– Qui est le détenteur de ce secret ?

– Artemis est la seule personne qui puisse activer le Cube C.

– Est-ce que j'ai vraiment intérêt à savoir ce qu'est un Cube C ?

Foaly prit le relais.

– Artemis a bricolé un micro-ordinateur à partir d'une vieille technologie des FAR. Elle est complètement dépassée sous terre mais chez les humains, elle a environ cinquante ans d'avance sur les recherches les plus avancées.

– Et représente donc une fortune, conclut le commandant.

– Une fortune colossale, précisa Foaly.

Mulch dressa soudain l'oreille.

– Une fortune ? A combien estimez-vous cette fortune, exactement ?

Root fut soulagé de pouvoir hurler contre quelqu'un.

– Fermez-la, bagnard ! s'écria-t-il. Ce n'est pas votre affaire. Profitez plutôt des dernières bouffées d'air libre qu'il vous est donné de respirer. Demain à cette heure-ci vous ferez connaissance avec votre compagnon de cellule et j'espère bien qu'il s'agira d'un troll.

Mulch ne fut pas ébranlé pour autant.

– Arrêtez vos histoires, Julius. Chaque fois que nous sommes dans une de ces situations dont Fowl a le secret, c'est à moi que revient le douteux privilège de sauver votre lamentable peau. Je suis bien certain que le plan qui sortira du cerveau d'Artemis réservera un rôle déterminant à votre serviteur. Et nécessitera sans doute diverses acrobaties ridiculement dangereuses.

Le teint de Root passa du rose au rouge soutenu.

– Alors, Artemis ? Vous avez l'intention de vous servir du bagnard ?

– Ça dépendra.

– De quoi ?

– Si vous acceptez ou pas de me prêter Holly.

La tête de Root disparut derrière un brouillard de fumée qui ne laissait plus voir que le bout rougeoyant du cigare. On aurait dit un train à vapeur sortant d'un tunnel. Une partie de la fumée obscurcit l'écran de Foaly.

– Ça ne se présente pas très bien, commenta le centaure.

Root parvint à se calmer suffisamment pour retrouver l'usage de la parole.

– Vous prêter Holly ? Que la patience des dieux me vienne en aide ! Est-ce que vous avez une idée de toutes les formalités qu'exigerait normalement cette simple conférence et que je fais passer à l'as pour vous être agréable ?

– J'imagine que ça représenterait beaucoup de paperasse.

– Une véritable montagne, Artemis. Une montagne. Je ne pourrais même pas me permettre de vous parler s'il n'y avait pas eu l'affaire du B'wa Kell. Si quelqu'un apprenait le contenu de notre conversation, je ne tarderais pas à me retrouver directeur du retraitement des déchets au fin fond de l'Atlantide.

Mulch cligna de l'œil en direction de l'écran.

– Il aurait mieux valu que je n'entende pas ça, dit-il.

Le commandant ne lui prêta aucune attention.

– Vous avez trente secondes, Artemis, reprit-il. Essayez de me convaincre.

Artemis se leva pour faire face à l'écran.

– Spiro est en possession d'une technologie qui vous

appartient. Il est peu probable qu'il parvienne à en faire usage, mais elle risque fort de mettre ses chercheurs sur la piste des systèmes ioniques. Cet homme est un mégalomane qui ne respecte ni la vie ni l'environnement. Qui sait quelle machine infernale il peut construire en se servant de vos connaissances. Il y a même un risque qu'il découvre l'existence de Haven-Ville. Si une telle chose se produisait, toutes les créatures vivant sur ou sous terre seraient menacées.

Root fit rouler son fauteuil hors du champ de sa caméra et réapparut sur l'écran de Foaly. Il se pencha à l'oreille du centaure et lui murmura quelques mots inaudibles.

– Ça ne présage rien de bon, dit Holly. Je vais peut-être devoir rentrer par la prochaine navette.

Artemis pianotait sur la table. Il ne voyait pas très bien comment il pourrait affronter Spiro sans l'aide des fées. Au bout d'un long moment, le commandant revint sur son propre écran.

– La situation est grave, dit-il. Nous ne pouvons prendre le risque de laisser ce Spiro diriger à nouveau sur nous un faisceau de détection. Même si la probabilité est infime, elle existe quand même. Il faut que je constitue une équipe d'intervention. Un commando de Récupération au complet avec tout l'équipement.

– Au complet ? protesta Holly. Dans une zone urbaine ? Commandant vous connaissez les commandos de Récupération. On pourrait aboutir à un véritable désastre. Laissez-moi tenter quelque chose.

Root réfléchit.

– Il faut quarante-huit heures pour préparer l'opération. C'est le délai que je vous donne. Je peux vous couvrir pendant deux jours. Si Diggums veut vous apporter son aide, qu'il le fasse, c'est à lui de choisir. J'accepterai peut-être d'abandonner une ou deux accusations de cambriolage, mais il encourt quand même de cinq à dix ans pour le vol des lingots. C'est tout ce que je peux faire. Si vous échouez, les commandos de Récupération seront prêts à agir.

Artemis réfléchit à son tour.

– Très bien, dit-il.

Root prit une profonde inspiration.

– Il y a une condition.

– Je m'en doutais, répondit Artemis. Vous exigez de nous faire subir un effacement de mémoire, c'est ça ?

– Exact, Artemis. Vous devenez un sérieux fardeau pour le Peuple. Si nous vous apportons notre aide dans cette affaire, vous et vos collaborateurs devrez vous soumettre à cette opération.

– Et si je n'accepte pas ?

– Alors, nous passons directement au plan B et votre mémoire sera de toute façon effacée.

– Ne le prenez pas mal, commandant, je m'inquiète simplement de l'aspect technique...

Foaly intervint.

– Il y a deux sortes d'effacement, dit-il. Soit le gommage total qui fait tout disparaître dans la période considérée et dont Holly pourrait se charger elle-même. Soit un effacement affiné qui supprime seulement certains souvenirs bien précis. Dans ce dernier cas, il s'agit d'une procédure plus spécialisée qui com-

porte un moins grand risque de perte de QI. Nous vous appliquerons à tous la méthode affinée. Par ailleurs, je chargerai dans votre disque dur un ensemble de données qui effaceront automatiquement tous les fichiers liés au monde des fées. Il me faudra aussi la permission de scanner votre maison au cas où il resterait quelques objets féeriques susceptibles de vous rappeler ce passé. Le lendemain de cette opération, vous vous réveillerez sans aucun souvenir du Peuple des fées.

– Ce sont des souvenirs qui s'étalent sur deux ans.

– Ils ne vous manqueront pas. Votre cerveau en inventera d'autres pour combler les vides.

C'était une rude décision à prendre. D'un côté, la connaissance du Peuple jouait un rôle important dans la psychologie d'Artemis. De l'autre, il ne pouvait plus se permettre de mettre en danger la vie d'autrui.

– Très bien, dit l'adolescent. J'accepte votre offre.

Root expédia son cigare dans un incinérateur proche.

– O.K., marché conclu. Capitaine Short, restez branchée en permanence sur votre fréquence radio.

– Bien, commandant.

– Holly ?

– Commandant ?

– Faites bien attention, cette fois. Votre carrière ne survivrait pas à un nouveau coup dur.

– Compris, commandant.

– Au fait, bagnard, poursuivit Root.

Mulch soupira.

– Je suppose que c'est à moi que vous vous adressez, Julius ?

Root fronça les sourcils d'un air menaçant.

– C'est fini pour vous, Mulch. Vous ne vous échapperez plus, alors préparez-vous psychologiquement à manger froid et à vivre entre quatre murs infranchissables.

Mulch se leva et tourna le dos à l'écran. Le rabat postérieur de son pantalon spécialement conçu pour le percement des tunnels se releva soudain, offrant aux yeux du commandant une vue privilégiée de son arrière-train. Dans le monde des nains, montrer son postérieur représentait la pire des insultes, comme dans la plupart des cultures.

Le commandant interrompit la liaison. Il n'y avait plus rien à dire après un tel affront.

OUEST DE WAJIR, KENYA, AFRIQUE

Mocassin McGuire se réveilla en proie à un effroyable mal de tête. La migraine était si douloureuse qu'il éprouva le besoin d'inventer une image pour la décrire. C'était comme si, estima-t-il après un moment de réflexion, un hérisson furieux s'était faufilé à l'intérieur de son crâne. Sa trouvaille lui plaisait. Il faudrait qu'il la mette dans son livre.

Une pensée lui vint en tête : Qu'est-ce qu'un livre ? Puis une autre : Qui suis-je ? Des chaussures, je sais que j'ai quelque chose à voir avec des chaussures.

C'était toujours comme ça lorsque les sujets soumis à un effacement de mémoire avec implants de faux souvenirs reprenaient conscience. Leur ancienne identité

s'attardait encore un peu, essayant de reprendre ses droits jusqu'à ce que les stimuli extérieurs la balayent à jamais.

Mocassin se redressa et le hérisson fut saisi de fureur, plantant ses piquants dans chaque centimètre carré de son cerveau.

– Oh, là, là, grogna Mocassin en se prenant la tête entre les mains.

Qu'est-ce que tout cela pouvait bien signifier ? Où était-il ? Et comment y était-il arrivé ?

Mocassin regarda ses bras. Pendant un instant, son esprit projeta des tatouages sur sa peau mais les images disparurent très vite. Ses bras ne comportaient pas le moindre motif. Le soleil les baignait d'une lumière semblable à un éclair blanc.

Autour de lui, il n'y avait de tous côtés qu'une vaste étendue de brousse. Le sol aux teintes ocres s'étirait jusqu'aux collines bleu indigo qu'on distinguait au loin. Un soleil d'or vif craquelait la terre sous un scintillement de chaleur. Deux silhouettes couraient dans l'atmosphère brûlante avec l'élégance d'un guépard.

Les deux hommes étaient de véritables géants qui devaient mesurer plus de deux mètres. Ils avaient chacun un bouclier de cuir ovale, une longue lance et un téléphone portable. Leurs cheveux, leur cou, leurs oreilles étaient ornés de perles multicolores.

Mocassin se releva d'un bond et remarqua que ses pieds étaient chaussés de sandales en cuir. Les deux hommes, eux, portaient des Nike.

– Au secours ! s'écria-t-il. Aidez-moi !

Les géants coururent aussitôt vers le gangster désemparé.

– *Jambo,* mon frère. Tu es perdu ? demanda l'un.

– Désolé, dit Mocassin dans un swahili parfait. Je ne parle pas swahili.

L'homme jeta un regard à son compagnon.

– Je vois, dit-il. Et comment t'appelles-tu ?

Mocassin, répondit le cerveau de Mocassin.

– Nuru, répondit sa bouche.

– Très bien, Nuru. *Unatoka Wapi* ? D'où viens-tu ?

Les mots sortirent d'entre ses lèvres avant que Mocassin ait pu les retenir.

– Je voudrais vous suivre jusqu'à votre village. C'est là que j'ai envie de vivre.

Les guerriers kénians regardèrent le minuscule étranger. Il n'avait pas la bonne couleur, bien sûr, mais il paraissait sain d'esprit.

Le plus grand des deux hommes prit le téléphone portable accroché à sa ceinture en peau de léopard et appela le numéro du chef du village.

– *Jambo,* chef, c'est Bobby. Les esprits de la terre nous en ont envoyé un autre.

Bobby éclata de rire en toisant Mocassin.

– Oui, il est tout petit mais robuste, et avec un sourire plus large qu'une banane.

Mocassin étira un peu plus son sourire, au cas où il aurait pu influencer leur décision. Pour une raison qui lui échappait, il n'avait plus qu'un seul désir au monde : aller vivre dans leur village et s'y montrer utile.

– D'accord, chef, je l'emmène. Il n'aura qu'à s'installer dans l'ancienne hutte du missionnaire.

Bobby remit son téléphone dans sa ceinture.

– Et voilà, frère Nuru, c'est d'accord. Viens avec nous et essaye de suivre la cadence.

Les guerriers repartirent d'un pas vif. Mocassin, qui s'appellerait désormais Nuru, courut derrière eux, la semelle de ses sandales claquant contre la plante de ses pieds. Il faudrait absolument qu'il se procure une paire de baskets.

A cinquante mètres au-dessus d'eux, le capitaine Holly Short, rendue invisible par son bouclier, se maintenait en vol stationnaire pour filmer la scène.

– Transplantation réussie, annonça-t-elle dans le micro de son casque. Le sujet a été adopté. Aucune manifestation de sa personnalité antérieure. Mais il faudra continuer à l'observer une fois par mois, pour être vraiment sûr.

– Bravo, capitaine, répondit Foaly à l'autre bout du fil. Retournez immédiatement au terminal E77. Si vous mettez les gaz, vous aurez une chance d'attraper la navette du soir. Nous pourrons alors vous ramener en Irlande dans deux heures environ.

Holly n'eut pas à se le faire dire deux fois. Ce n'était pas souvent qu'on avait droit à des pointes de vitesse. Elle activa son radar au cas où il y aurait des busards sur son chemin puis elle afficha le chronomètre sur sa visière.

– Et maintenant, dit-elle, voyons si on peut battre le record de vitesse en vol.

Un record qui avait été établi quatre-vingts ans plus tôt par Julius Root.

DEUXIÈME PARTIE

CONTRE-ATTAQUE

CHAPITRE VIII

JUSQU'À
LA DERNIÈRE GOUTTE

**EXTRAIT DU JOURNAL D'ARTEMIS FOWL,
DISQUE 2, CRYPTÉ**

Aujourd'hui, on a pris les mesures de mon père pour la prothèse de sa jambe. Il en a plaisanté comme s'il était allé se faire faire un nouveau costume dans une boutique de Grafton Street. Je dois dire que sa bonne humeur était contagieuse. A tel point que j'ai trouvé une excuse pour rester assis dans un coin de la chambre et profiter de ses bonnes dispositions.

Il n'en a pas toujours été ainsi. Dans le passé, il fallait une bonne raison pour avoir le droit de rendre visite à mon père. Généralement, il n'était pas disponible et même quand il l'était, il n'accordait que peu de temps à ses interlocuteurs. Personne ne pouvait faire irruption dans le bureau des Fowl sans un motif légitime. Mais à présent, je sens que je suis le bienvenu auprès de lui. Et c'est un sentiment très agréable.

197

Mon père a toujours aimé prodiguer ses conseils, mais maintenant, ils sont d'ordre philosophique plus que financier. Avant, il me montrait les cours de la bourse dans les pages du *Financial Times*.

– Regarde, Artemis, disait-il. Toutes les valeurs s'effondrent, seul l'or reste stable. C'est parce qu'il n'y en a jamais suffisamment. Et qu'il n'y en aura jamais assez. Achète de l'or et mets-le bien à l'abri.

J'aimais écouter ces perles de sagesse, mais celles qu'il dispense aujourd'hui sont plus difficiles à comprendre.

Trois jours après qu'il eut repris conscience, je m'étais endormi sur son lit d'hôpital tandis qu'il faisait ses exercices de rééducation. Lorsque je me réveillai, je le vis penché sur moi, le regard songeur.

– Est-ce que je peux te dire quelque chose, Arty ? demanda-t-il.

Je hochai la tête, ne sachant ce qui m'attendait.

– Pendant que j'étais prisonnier des Russes, j'ai réfléchi à mon existence, à la façon dont je l'avais gâchée en amassant des richesses sans me soucier des conséquences pour ma famille et mes amis. Dans la vie, on n'a pas souvent l'occasion de se montrer différent des autres. De faire ce qu'il faut au moment où il le faut. D'être un héros, si tu préfères. Maintenant, tous mes efforts tendront vers ce but.

Ce n'était pas du tout le genre de philosophie à laquelle mon père m'avait habitué. Était-ce sa véritable personnalité qui se manifestait ainsi ou s'agissait-il d'un effet de la magie des fées ? Ou bien d'une combinaison des deux ?

– Jusqu'à présent, je ne m'étais jamais engagé, poursuivit-il. J'avais toujours pensé qu'il était impossible de changer le monde.

Le regard de mon père, d'une grande intensité, semblait brûler d'une passion nouvelle.

– Mais aujourd'hui, les choses sont différentes. Mes préoccupations ont changé. Je veux profiter de chaque jour qui passe. Et devenir le héros que tous les pères devraient être.

Il vint s'asseoir sur le lit, à côté de moi.

– Et toi, Arty ? Est-ce que tu veux entreprendre ce voyage avec moi ? Lorsque le moment sera venu, saisiras-tu la chance de devenir un héros ?

Je fus incapable de parler. J'ignorais la réponse. je l'ignore toujours.

MANOIR DES FOWL

Pendant deux heures, Artemis s'enferma dans son bureau, assis en tailleur dans la position de méditation que lui avait enseignée Butler.

De temps à autre, il formulait à haute voix une idée qui était enregistrée par un magnétophone à commande vocale posé devant lui sur le tapis. Butler et Juliet savaient qu'il ne fallait surtout pas interrompre le cours de ses pensées. Cette étape était essentielle pour la réussite de leur mission. Artemis possédait une faculté exceptionnelle de se représenter des situations hypothétiques et d'en prévoir toutes les issues pos-

sibles. Il entrait alors dans un état semblable à la transe et tout élément perturbateur risquait de rompre le fil de ses idées.

Artemis sortit enfin de la pièce, fatigué mais satisfait. Il distribua trois CD aux membres de son équipe.

– Vous allez étudier ces fichiers, dit-il. Ils contiennent le détail de vos instructions. Lorsque vous aurez tout appris par cœur, détruisez les disques.

Holly prit les CD.

– Bizarre, ces disques laser, commenta-t-elle. Chez nous, il n'y en a plus que dans les musées.

– Vous trouverez plusieurs ordinateurs dans le bureau, poursuivit Artemis. Prenez celui que vous voudrez.

Butler avait les mains vides.

– Rien pour moi, Artemis ?

Le jeune homme attendit que les autres soient partis.

– Je voulais vous donner vos indications oralement. Il ne faut pas que Foaly puisse les capter à partir des ordinateurs.

Butler poussa un profond soupir et se laissa tomber dans un fauteuil de cuir, devant la cheminée.

– Je ne viens pas avec vous, c'est ça ?

Artemis s'assit sur le bras du fauteuil.

– Non, vieux frère. Mais j'ai une tâche importante à vous confier.

– Vraiment ? Vous savez, Artemis, je suis passé directement de la jeunesse à l'âge mûr sans connaître les affres du vieillissement. Alors, vous n'avez pas besoin de me donner un travail simplement pour me persuader que je suis encore utile.

– Ce n'est pas du tout le cas, Butler. Ce que vous allez faire est d'une importance vitale. Il s'agit des effacements de mémoire. Si mon plan réussit, nous devrons nous y soumettre. Je n'ai trouvé aucun moyen de saboter le processus lui-même, je dois donc m'assurer que quelque chose échappera à Foaly lorsqu'il passera la maison au peigne fin. Quelque chose qui nous rappellera des souvenirs du Peuple. Foaly m'a dit un jour qu'un puissant stimulus peut provoquer un retour intégral de la mémoire.

Avec une grimace, Butler changea de position dans son fauteuil. Sa poitrine continuait à lui faire mal. Ce qui n'avait rien d'étonnant. Il n'était revenu à la vie que depuis un peu moins de deux jours.

– Vous avez eu des idées ?

– Nous devrons préparer une ou deux fausses pistes. Foaly s'y attend.

– Bien sûr. Un fichier caché dans l'ordinateur, par exemple. Je pourrais envoyer un e-mail à notre propre adresse et ne pas l'ouvrir. Ainsi, lorsque nous prendrions nos messages, les informations qu'il contiendrait nous seraient immédiatement communiquées.

Artemis tendit à son garde du corps une feuille de papier pliée en deux.

– Nous subirons sûrement un interrogatoire sous mesmer. Dans le passé, nous avons réussi à échapper au mesmer grâce à des lunettes de soleil réfléchissantes. Cette fois-ci, nous ne nous en tirerons pas aussi facilement. Il faut donc trouver autre chose. Voici vos instructions.

Butler étudia le plan d'Artemis.

– C'est possible. Je connais quelqu'un à Limerick. Le meilleur spécialiste pour ce genre de travail.

– Parfait, dit Artemis. Ensuite, vous devrez consigner tout ce que nous savons du Peuple sur un disque. Tous les documents, les vidéos, les graphiques. Absolument tout. Et n'oubliez pas mon journal. L'histoire y est racontée depuis le début.

– Où cacherons-nous ce disque ? demanda l'ex-garde du corps.

Artemis détacha de son cou le pendentif que Holly lui avait offert.

– Cet objet doit être à peu près de la même taille qu'un minidisque laser, vous ne croyez pas ?

Butler glissa le médaillon dans la poche de sa veste.

– Il le sera bientôt, assura-t-il.

Butler leur prépara de quoi manger. Rien de bien extraordinaire. Des rouleaux de printemps végétariens suivis d'un risotto aux champignons et d'une crème au caramel. Mulch préféra un seau de vers de terre et de scarabées coupés en dés, mijotés dans de l'eau de pluie avec une vinaigrette de moisissures.

– Chacun a étudié son fichier ? demanda Artemis lorsqu'ils furent passés dans la bibliothèque.

– Oui, répondit Holly. Mais il me manque quelques éléments clés.

– Personne n'a le plan dans son entier. Simplement la partie qui le concerne. Je pense que c'est plus sûr. Disposons-nous de l'équipement indiqué ?

Holly vida sur le tapis le contenu de son sac.

— Un kit de surveillance complet, modèle agréé par les FAR, avec feuille de camouflage, micros, caméras miniatures et trousse de premiers secours.

— Il nous reste également deux casques intacts et trois pistolets lasers abandonnés par les FAR après le siège du manoir, ajouta Butler. Et bien sûr l'autre prototype du Cube dans le laboratoire.

Artemis passa à Mulch le téléphone sans fil.

— Très bien, dit-il. Dans ce cas, nous pouvons commencer.

TOUR SPIRO, CHICAGO

Assis dans son luxueux bureau, Jon Spiro contemplait d'un air morose le Cube C posé sur la table. Les gens croyaient qu'il était facile d'être un homme comme lui. Les ignorants ! Plus on a d'argent, plus la pression à laquelle on est soumis est écrasante. Dans ce seul immeuble, il avait huit cents employés qui comptaient sur lui pour leur chèque de fin de mois. Ils exigeaient des augmentations annuelles de salaire, la sécurité sociale, des crèches, des pauses-café régulières, des heures supplémentaires payées double et même des stock-options. Et puis quoi encore ? Spiro en venait parfois à regretter l'époque où l'on pouvait se débarrasser d'un employé récalcitrant en le jetant par la fenêtre. De nos jours, quand on jetait quelqu'un par la fenêtre, il appelait son avocat avant même d'avoir touché le sol.

Mais ce Cube allait peut-être répondre à tous ses vœux. C'était la chance de sa vie, la poule aux œufs d'or. S'il parvenait à faire fonctionner ce drôle de petit appareil, son empire n'aurait plus que le ciel pour limite. Au sens propre du terme. Tous les satellites du monde seraient à sa merci. Il exercerait un contrôle total sur les satellites espions, les lasers à usage militaire, les réseaux de communication et, plus important que tout, les stations de télévision. Il pourrait tout simplement devenir le maître du monde.

Sa secrétaire l'appela par l'interphone.

– Mister Blunt désire vous voir, monsieur.

Spiro appuya d'un coup sec sur le bouton du micro.

– O.K., Marlene, envoyez-le moi. Et dites-lui qu'il a tout intérêt à garder la tête basse.

Blunt avait en effet la tête basse lorsqu'il poussa la double porte du bureau. Des portes qui, à elles seules, suffisaient à imposer le respect. C'étaient celles de la salle de bal du Titanic. Spiro les avait fait voler au fond de la mer. Un parfait exemple de la folie du pouvoir.

Arno Blunt paraissait beaucoup moins fier que dans le restaurant de Londres. Il faut dire qu'on peut difficilement se montrer arrogant lorsqu'on a un front couvert de bleus et une bouche qui ne contient plus que des gencives.

Spiro fit une grimace en voyant ses joues creusées par l'absence de dents.

– Tu as perdu combien de dents ?

Blunt se caressa les mâchoires avec précaution.

– Les ai 'ou'es per'ues. Le 'en'ish' 'it gue les rachines on' é'é ré'ui'es en charpie.

– Ça t'apprendra, dit Spiro d'un ton indifférent. Que faut-il donc que je fasse, Arno ? Je te livre Artemis Fowl sur un plateau et tu rates ton coup. Raconte-moi ce qui s'est passé. Et je te préviens, inutile de me parler de tremblement de terre. Je veux la vérité.

Blunt essuya une goutte de salive au coin de ses lèvres.

– Je chais pas che gui sh'est passhé. Guelgue choje a egchplojé. Une shorte de grena'e shonore. Mais au moins, Bu'ler est mort. Je lui ai 'iré en plein gœur. N'a pas pu she rele'er après cha.

– Tais-toi, répliqua sèchement Spiro. Tu me donnes mal à la tête. Plus vite tu te feras faire un dentier, mieux ça vaudra.

– Ched après-mi'i, mes genchi'es sheront achez chigatrijées pour gue...

– Je croyais t'avoir dit de te taire !

– 'Shcujez-moi, Bosh.

– Tu m'as mis dans le pétrin, Arno. A cause de ton incompétence, j'ai été obligé de demander aux Antonelli de me fournir une équipe. Carla est une fille intelligente, elle pourrait exiger un pourcentage. Ce qui me coûterait des milliards.

Arno fit de son mieux pour paraître contrit.

– Et ne prends pas cet air de chien battu, Blunt. Ça ne m'émeut pas le moins du monde. Si cette histoire se termine mal, tu perdras beaucoup plus que tes dents.

Arno estima préférable de changer de sujet.

– Est-che que 'os sha'ants ont réushi à 'aire marcher le Gube ?

– Non, répondit Spiro en triturant sa gourmette en or. Fowl l'a crypté à mort. Un code éternité ou quelque chose dans ce genre-là. Cet idiot de Pearson n'a pas réussi à en tirer le moindre bip.

Ce fut à cet instant précis, bien choisi pour son intensité dramatique, qu'une voix s'éleva du mini haut-parleur intégré dans le Cube C.

– Mister Spiro ? dit la voix. Ici, l'Irlande. Vous m'entendez, Mister Spiro ?

Jon Spiro n'était pas homme à se laisser facilement effrayer. Il n'avait encore jamais vu de film d'horreur qui l'ait fait sursauter dans son fauteuil, mais la voix qui sortait de ce haut-parleur faillit le faire tomber par terre. La qualité sonore était incroyable. En fermant les yeux, on aurait juré que la personne qui parlait se tenait face à vous.

– 'Ous 'oulez gue je répon'e à cha ?

– Je t'ai dit de te taire ! D'ailleurs, je ne sais pas comment répondre.

– Je vous entends très bien, Mister Spiro, reprit la voix. Vous n'avez pas besoin de faire quoi que ce soit. Contentez-vous de parler. Il paraît que la boîte se chargera du reste.

Spiro vit apparaître sur l'écran du Cube un oscilloscope numérique qui réagissait au son de sa voix.

– Très bien, la communication est établie.

Maintenant, au nom de l'enfer, qui êtes-vous ? Et comment avez-vous fait pour activer cet engin ?

– Je m'appelle Mo Digence, Mister Spiro. Je suis le singe de l'équipe de Carla Frazetti. Je ne sais pas quel genre de boîte vous avez, mais moi, je vous parle dans un simple téléphone modèle classique.

– Alors, qui a composé le numéro ?

– Un gamin que je tiens par la peau du cou. J'ai réussi à le persuader que je devais absolument vous parler.

– Et comment avez-vous su que c'était à moi qu'il fallait parler ? Qui vous a donné mon nom ?

– Toujours le gamin. Il avait hâte de tout me raconter après avoir vu ce que j'ai fait au quincaillier.

Spiro soupira. Si le quincaillier était en mauvais état, il devrait payer une amende à Antonelli.

– Et qu'est-ce que vous lui avez fait, au quincaillier ?

– Rien de définitif. Mais il ne remettra pas de sitôt son pistolet sous le nez d'un môme.

– Et pourquoi avez-vous estimé nécessaire de malmener votre partenaire, Digence ?

Il y eut un silence, tandis que Mulch se préparait à raconter le cours des prétendus événements.

– Voilà ce qui s'est passé, Mister Spiro. Nous avions pour instructions de ramener le gamin aux États-Unis. Mais Mocassin est devenu fou et s'est mis à agiter son pistolet à tort et à travers. Je me suis dit que ce n'était pas la bonne méthode, alors je l'ai empêché de continuer. Par la force. En tout cas, le môme a eu si peur

qu'il me dit tout ce que j'ai envie de savoir. Et maintenant, c'est moi qui vous dis tout, Mister Spiro.

Spiro frotta ses paumes l'une contre l'autre.

– Vous avez bien fait, Digence. Vous aurez une prime
pour ça. je m'en occuperai personnellement.

– Merci, Mister Spiro. Croyez-moi, c'était un plaisir.

– Le jeune Fowl est avec vous ?

– Juste à côté. Un peu pâle, mais sans une égrati-
gnure.

– Passez-le moi, ordonna Spiro, qui ne manifestait
plus le moindre signe de découragement.

– Spiro, c'est moi.

Le ton d'Artemis était distant, mais il ne faisait aucun
doute que sa voix tremblait.

Spiro serra le poing, comme s'il avait tenu Artemis
par le cou.

– Alors, le môme, on fait moins son malin, maintenant ? Tu te souviens de ce que je t'ai dit ? Tu n'arriveras jamais à rien dans ce métier parce que tu n'as rien
dans le ventre. Mais moi, si je n'obtiens pas ce que je
veux, je demanderai à Mo de te rayer de la liste de mes
soucis. On s'est bien compris ?

– Oh oui, c'est très clair.

– Parfait, dit Spiro en plantant un énorme cigare
cubain entre ses dents.

Il le mâcherait jusqu'à le réduire en charpie mais ne
l'allumerait pas.

– Maintenant, à toi de parler, poursuivit-il. Comment
fait-on fonctionner ce Cube ?

La voix d'Artemis trembla plus que jamais.

– Ce n'est pas si simple, Mister Spiro. Comme je vous l'ai expliqué, le Cube C est codé. A l'aide d'un système qu'on appelle un code éternité. Je peux activer à distance certaines fonctions de base : le téléphone ou le lecteur MP3, par exemple, mais pour neutraliser le code et libérer le potentiel du Cube, il faut que je l'aie devant moi. Si vous pouviez me l'apporter ici...

Spiro cracha son cigare.

– Dis donc, Fowl, tu me prends pour un imbécile, ou quoi ? Tu crois que je vais rapporter ce matériel inestimable en Europe ? Sûrement pas ! C'est toi qui vas venir ici pour faire fonctionner ce truc. Dans la tour Spiro !

– Mais il me faut mes outils, mon laboratoire.

– J'ai tous les outils que tu voudras. Et mon laboratoire est le meilleur du monde. Tu feras ça ici.

– Très bien, comme vous voudrez.

– Exactement, gamin. Comme je voudrai. Alors, écoute moi bien : puisqu'il paraît que tu possèdes un Lear jet, je veux que tu fasses le plein et que tu traverses très vite l'Atlantique jusqu'à l'aéroport de Chicago. J'enverrai un hélicoptère te prendre là-bas.

– J'imagine que je ne peux pas refuser ?

– Exactement, gamin. Tu ne peux pas. Mais si tu m'obéis, je te laisserai peut-être repartir tranquille. Vous avez entendu ce que je viens de dire, Digence ?

– Reçu cinq sur cinq, Mister Spiro.

– Bien. Je compte sur vous pour m'amener le môme ici.

– C'est comme si c'était fait.

La ligne fut coupée.

Spiro eut un petit rire.

– Je crois que je vais fêter ça, dit-il en appuyant sur le bouton de l'interphone. Marlene, apportez-moi une grande tasse de café et surtout pas de décaféiné, j'en veux du vrai.

– Mais, Mister Spiro, vos médecins ont dit...

Spiro attendit que sa secrétaire se rappelle à qui elle s'adressait ainsi.

– Je vous prie de m'excuser, monsieur, dit-elle enfin. Tout de suite, monsieur.

Jon Spiro se laissa aller contre le dossier de son fauteuil et croisa les doigts derrière sa tête.

– Tu vois, Blunt, tout va très bien s'arranger, malgré ton incompétence. Ce môme va faire exactement ce que je lui dirai.

– Oui, monshieur. Shuperbe, monshieur.

Spiro éclata de rire.

– Tais-toi, espèce de clown. Tu parles comme un personnage de dessin animé.

– Ch'est 'rai. Egchellen'e plaijan'rie, monshieur.

Spiro se passa la langue sur les lèvres en pensant au café qu'il allait savourer.

– Pour un soi-disant génie, ce gamin est bien naïf. « Si tu m'obéis, je te laisserai peut-être repartir tranquille. » Il a tout avalé jusqu'à la dernière goutte.

Blunt s'efforça de sourire, offrant un spectacle peu ragoûtant.

– Oui, monshieur Shpiro. Jushgu'à la 'ernière gou"e.

MANOIR DES FOWL

Artemis raccrocha le téléphone, le visage rouge d'excitation.

– Qu'est-ce que vous en pensez ? demanda-t-il.

– Je crois qu'il a tout avalé, répondit Butler.

– Jusqu'à la dernière goutte, ajouta Mulch. Vous avez un jet privé ? J'imagine qu'il y a une cuisine à bord ?

Butler les conduisit à l'aéroport de Dublin dans la Bentley. Ce devait être sa dernière contribution à l'ensemble de l'opération. Holly et Mulch s'étaient blottis à l'arrière, soulagés que la voiture soit équipée de vitres teintées.

Tous deux vêtus de costumes noirs assortis signés Armani, le frère et la sœur Butler étaient assis côte à côte sur la banquette avant. Juliet avait égayé sa tenue à l'aide d'une cravate rose et d'un maquillage resplendissant. La ressemblance familiale était frappante : même nez étroit, mêmes lèvres charnues, mêmes yeux qui s'agitaient dans leurs orbites comme la boule d'une roulette. A l'affût, sans cesse à l'affût.

– Tu n'auras pas besoin d'arme classique pour ce voyage, dit Butler à sa sœur. Sers-toi d'un pistolet des FAR. Il est inutile de les recharger, ils tirent aussi longtemps qu'on veut et sans tuer. J'en ai donné deux à Holly. Ils viennent de ma réserve personnelle.

– Compris, Dom.

Butler s'engagea sur la bretelle qui menait à l'aéroport.

– Dom. Il y a tellement longtemps qu'on ne m'a plus appelé ainsi. Ce métier de garde du corps devient un monde à lui tout seul. On finit par oublier qu'on a aussi sa propre vie. Tu es vraiment sûre de vouloir faire ça, Juliet?

Juliet tressait ses cheveux en une natte serrée à l'extrémité de laquelle elle attacha un anneau de jade en guise d'ornement. Un ornement redoutable.

– Je ne vois pas d'autre métier dans lequel je pourrais faire des prises de catch à plein de gens sans avoir besoin de monter sur un ring. Pour le moment, garde du corps, ça me va comme un gant.

Butler baissa la voix.

– Bien entendu, il est totalement contraire aux règles qu'Artemis devienne ton principal. Il connaît déjà ton prénom et je crois bien qu'il est un peu amoureux de toi.

Juliet saisit sa natte et se frappa la paume de la main avec l'anneau de jade.

– C'est à titre temporaire, dit-elle. Je ne suis le garde du corps de personne pour l'instant. Mme Ko n'aime pas mon style.

– Ça ne m'étonne pas, fit remarquer Butler en montrant du doigt l'anneau de jade. Où as-tu trouvé ça?

Juliet sourit.

– Une idée à moi. Une jolie petite surprise pour ceux qui ont tendance à sous-estimer les femmes.

Butler se dirigea vers la zone des départs.

– Écoute-moi, Juliet, dit-il en prenant la main de sa sœur. Spiro est dangereux. Regarde ce qui m'est arrivé

et pourtant, en toute modestie, j'étais le meilleur. Si cette mission n'était pas vitale pour les humains et les fées, je ne te laisserais pas partir là-bas.

Juliet caressa le visage de son frère.

– Je serai prudente.

Ils descendirent sur le trottoir. Holly, rendue invisible par son bouclier, volait à quelques mètres au-dessus des hommes d'affaires en voyage et des touristes en vacances. Mulch s'était enduit d'une nouvelle couche de crème écran total dont l'odeur nauséabonde repoussait les humains comme un pôle négatif.

Butler posa une main sur l'épaule d'Artemis.

– Vous pensez que ça ira ?

– Honnêtement, je n'en sais rien. Sans vous à mes côtés, j'ai l'impression d'avoir été amputé d'un membre.

– Juliet veillera sur vous. Son style est inhabituel mais c'est quand même une Butler.

– Il s'agit d'une seule mission, vieux frère. Ensuite, il n'y aura plus besoin de gardes du corps.

– Dommage que Holly n'ait pas pu mesmeriser Spiro par l'intermédiaire du Cube.

Artemis hocha la tête.

– Ça n'aurait pas marché. Même si nous avions pu établir le contact, une fée a besoin d'un regard direct pour mesmeriser un esprit aussi fort que celui de Spiro. Je ne veux prendre aucun risque avec cet homme. Il faut absolument l'éliminer. Même si les fées le transplantaient ailleurs, il pourrait encore faire des dégâts.

– D'après ce que vous m'en avez dit, votre plan m'a paru bien alambiqué, fit remarquer Butler. Vous êtes sûr qu'il va marcher ?

Artemis lui adressa un clin d'œil, une marque de frivolité très inhabituelle chez lui.

– Absolument sûr, répondit-il. Faites-moi confiance. Je suis un génie.

*

Juliet pilotait le Lear jet au-dessus de l'Atlantique. Holly, assise dans le siège du copilote, admirait l'équipement de l'appareil.

– Bel oiseau, commenta-t-elle.

– Pas mal, madame la fée, répondit Juliet en branchant le pilote automatique. Mais j'imagine que ça ne fait pas d'ombre à vos propres engins ?

– Les FAR ne s'intéressent pas au confort, dit Holly. Dans nos navettes, il y a à peine assez de place pour accrocher un ver gluant.

– On peut se passer de ver gluant dans une cabine de pilotage.

– Exact.

Holly observa Juliet.

– Vous avez beaucoup grandi en deux ans. La dernière fois que je vous ai vue, vous étiez encore une petite fille.

Juliet sourit.

– Il s'est passé beaucoup de choses pendant ces deux ans. J'ai consacré la plus grande partie de mon temps à

me battre avec de grosses brutes poilues sur des rings de catch.

– Vous devriez voir les combats de lutte chez les fées. Deux gnomes aux muscles d'acier qui règlent leurs comptes dans une salle à gravité zéro. Pas très beau à voir. Je vous enverrai une vidéo.

– Non, vous ne m'enverrez rien du tout.

Holly se souvint des effacements de mémoire.

– Vous avez raison, dit-elle. Je n'enverrai rien.

Dans la cabine passagers du Lear jet, Mulch évoquait ses heures de gloire.

– Hé, Artemis, dit-il, la bouche pleine de caviar. Vous vous souvenez du jour où j'ai failli arracher la tête de Butler à coups de gaz de nain ?

Artemis ne sourit pas.

– Je m'en souviens très bien, Mulch. Vous avez été le grain de sable dans un mécanisme qui, sans vous, aurait été parfaitement huilé.

– Pour tout vous dire, c'était un accident. J'étais un peu nerveux. Je n'avais même pas vu que le grand homme se trouvait derrière moi.

– Ça me console. Il aura été victime d'un simple problème intestinal.

– Et quand je vous ai sauvé la mise dans les laboratoires Koboï, vous vous en souvenez ? Si je n'avais pas été là, vous seriez bouclé au Mont des Soupirs à l'heure qu'il est. Vous ne pouvez donc rien faire sans moi ?

Artemis but une gorgée d'eau dans une flûte de cristal.

– Apparemment pas, poursuivit-il, mais il y a un début à tout.

Holly revint vers eux.

– Vous feriez bien de vous équiper, Artemis. Nous allons atterrir dans une demi-heure.

– Bonne idée.

Holly vida son sac sur la table centrale.

– Voyons, de quoi allons-nous avoir besoin ? Un micro invisible et une caméra-iris.

Le capitaine des FAR prit dans le tas d'objets un petit bandage adhésif de forme circulaire. Après l'avoir débarrassé de son film protecteur, elle le colla sur le cou d'Artemis. Le bandage prit aussitôt la couleur de sa peau.

– Latex à mémoire, expliqua Holly. Pratiquement invisible. Une fourmi qui vous monterait le long de la gorge le remarquerait peut-être, mais à part ça... En plus, c'est une matière insensible aux rayons X, ce qui la rend indétectable. Le micro capte tout ce qui se dit dans un rayon de dix mètres. Je reçois le son dans mon casque et je l'enregistre sur une puce électronique. Malheureusement, nous devrons nous passer d'écouteur. Trop visible. Nous pourrons donc vous entendre, mais vous, vous ne nous entendrez pas.

Artemis déglutit et sentit le micro épouser le mouvement de sa pomme d'Adam.

– Et la caméra ?

– La voilà.

Holly prit une lentille de contact conservée dans un flacon rempli de liquide.

– Cette petit chose est une vraie merveille. Haute résolution, qualité numérique, image enregistrable avec divers filtres en option, notamment agrandissement et sensibilité thermique.

Mulch rongea un os de poulet sur lequel il ne laissa rien.

– Vous commencez à parler comme Foaly.

Artemis regarda la lentille.

– C'est peut-être une merveille technologique, mais elle est couleur noisette.

– Bien sûr. Moi aussi, j'ai les yeux couleur noisette.

– Content de le savoir, Holly. Mais les miens sont bleus, comme vous le savez sans doute. Cette caméra ne m'ira pas.

– Ne me regardez pas comme ça, Bonhomme de Boue, c'est vous le génie.

– Je ne peux pas aller là-bas avec un œil bleu et l'autre marron. Spiro s'en apercevra.

– Vous auriez dû penser à ça pendant votre séance de méditation. Il est un peu tard, maintenant.

Artemis se pinça l'arête du nez.

– Vous avez raison. Je suis la tête pensante, c'est à moi qu'il appartient de réfléchir.

Holly plissa les yeux d'un air soupçonneux.

– C'était une insulte, Bonhomme de Boue ?

Mulch cracha l'os de poulet dans une poubelle proche.

– Je dois vous avouer, Arty, que si vous faites déjà une bourde avant même d'avoir commencé l'opération, je ne vais pas me sentir en confiance. J'espère au moins

que vous êtes aussi intelligent que vous le répétez à qui veut l'entendre.

– Je ne dis jamais à quel point je suis intelligent. Les gens auraient trop peur. Très bien, nous prendrons le risque de la caméra couleur noisette. Avec un peu de chance, Spiro ne remarquera rien. Sinon, j'inventerai une explication.

Holly posa la lentille au bout de son doigt et la glissa sous la paupière d'Artemis.

– C'est vous qui décidez, dit-elle. Il reste à espérer que vous n'avez pas trouvé votre maître en la personne de Jon Spiro.

AÉROPORT O'HARE, CHICAGO, 23 HEURES

Spiro les attendait devant le hangar des avions privés. Il portait un manteau à col de fourrure par-dessus l'habituel costume blanc qui constituait son image de marque. Des lampes à halogène éclairaient le tarmac d'une lumière crue et le vent soufflé par les pales de l'hélicoptère agitait les basques de son manteau. On aurait dit une scène de film.

« Il ne manque plus qu'une musique de fond », songea Artemis en descendant les marches escamotables du Lear jet.

Conformément aux instructions reçues, Mulch jouait les gangsters.

– Dépêche-toi, le môme, grogna-t-il d'un ton parfaite-

ment convaincant. On ne fait pas attendre Mister Spiro. Artemis était sur le point de répliquer lorsqu'il se souvint qu'il devait tenir le rôle du « gamin terrifié ». Ce ne serait pas facile. Avoir l'air humble représentait un véritable problème pour Artemis Fowl.

– J'ai dit, dépêche-toi ! répéta le nain en accompagnant son ordre d'une solide bourrade.

Artemis trébucha en descendant les dernières marches et faillit se cogner contre Arno Blunt qui souriait largement. Ce n'était pas un sourire ordinaire. Blunt arborait de nouvelles dents en porcelaine dont les extrémités avaient été taillées en pointe. On aurait dit un hybride d'homme et de requin.

Blunt croisa le regard d'Artemis.

– Elles te plaisent ? J'en ai d'autres toutes plates qui permettent de réduire des tas de choses en bouillie.

Un rictus moqueur commença à se former sur la bouche d'Artemis. Il se rappela son rôle juste à temps et transforma le rictus en un tremblement des lèvres. Il s'efforçait d'imiter les expressions qu'inspirait généralement aux gens la présence de Butler.

Spiro ne se laissa pas impressionner.

– Belle performance, fiston. Mais je doute que le grand Artemis Fowl se laisse démonter aussi facilement. Arno, va fouiller l'avion.

Blunt fit un bref signe de tête et s'engouffra dans le jet privé. Juliet, revêtue d'un uniforme d'hôtesse, était en train de retaper les appuie-tête des sièges. Malgré son entraînement d'athlète, elle avait du mal à ne pas tomber de ses hauts talons.

– Il est où, le pilote ? gronda Blunt, fidèle à sa réputation de brusquerie.

– C'est M. Artemis qui pilote l'avion, répondit Juliet. Depuis l'âge de onze ans.

– Ah bon ? Et c'est légal, ça ?

Juliet afficha son expression la plus innocente.

– Je ne connais pas la loi, monsieur. Je me contente de servir à boire.

Blunt, toujours charmant, émit un grognement féroce et fouilla rapidement le jet. Il finit par admettre que la prétendue hôtesse devait dire vrai. Heureusement pour lui, car si l'idée lui était venue de discuter, il aurait dû affronter deux inconvénients majeurs. D'abord, Juliet lui aurait martelé la tête avec son anneau de jade et ensuite, Holly, cachée dans un compartiment à bagages, l'aurait assommé d'un tir de Neutrino 2000. Bien entendu, elle aurait pu se contenter de le mesmeriser mais, après ce qu'il avait fait à Butler, une décharge de pistolet laser semblait plus appropriée.

Blunt passa la tête par la porte du jet.

– Il n'y a personne là-dedans, à part une hôtesse idiote.

Spiro ne se montra pas étonné.

– Je m'en doutais, mais ils doivent être quelque part dans les environs. Croyez-le ou non, Digence, mais Artemis Fowl ne s'est sûrement pas laissé avoir par un voyou de votre espèce. S'il est venu jusqu'ici, c'est parce qu'il le voulait bien.

Artemis ne fut pas surpris de sa réaction. Il était parfaitement normal que Spiro se montre soupçonneux.

– Je ne vois pas ce que vous voulez dire, répliqua-t-il. Si je suis ici, c'est parce que cet ignoble petit individu a menacé de me broyer le crâne entre ses dents. Sinon, pourquoi serais-je venu ? Le Cube C ne peut vous être d'aucune utilité et il me serait facile d'en fabriquer un autre.

Spiro n'écoutait même pas.

– C'est ça, cause toujours, petit. Mais je vais te dire une chose : tu t'es attaqué à trop forte partie en acceptant de venir ici. La tour Spiro dispose des meilleurs systèmes de sécurité de la planète. Nous avons des trucs que même les militaires ignorent. Une fois que les portes se seront refermées sur toi, tu te retrouveras tout seul. Personne ne pourra t'aider. Personne. Tu comprends ?

Artemis acquiesça. Il comprenait parfaitement. Ce qui ne signifiait pas qu'il était d'accord. Spiro avait peut-être des « trucs » que les militaires ignoraient mais Artemis Fowl, lui, avait des « trucs » que les humains eux-mêmes n'avaient jamais vus.

Un hélicoptère Sikorsky les emmena rapidement jusqu'au centre-ville où se dressait la tour Spiro et atterrit sur le toit du gratte-ciel. Artemis était un connaisseur en matière d'hélicoptères et il savait à quel point il était difficile d'atterrir dans les rafales de la Ville du Vent, le surnom de Chicago.

– Le vent doit être redoutable à cette altitude, remarqua-t-il d'un ton dégagé.

Holly enregistra l'information dans son casque.

– Ne m'en parlez pas, cria le pilote pour couvrir le vacarme du moteur. On a des rafales de 100 km/h au sommet de la tour. Quand les conditions sont mauvaises, l'oscillation de la plateforme peut aller jusqu'à dix mètres.

Avec un grognement, Spiro fit un signe de tête à Blunt. Le garde du corps tendit le bras et donna un coup sur le casque du pilote.

– Tais-toi, espèce de crétin, lança Spiro. Tu ne veux pas lui donner les plans de l'immeuble pendant que tu y es ?

Il se tourna vers Artemis.

– Et au cas où tu te poserais la question, Arty, il n'y a aucun plan disponible. Si quelqu'un voulait consulter le cadastre à la mairie, il s'apercevrait que le dossier a mystérieusement disparu. C'est moi qui en possède l'unique exemplaire, alors inutile de lancer tes associés dans une recherche Internet.

Rien de surprenant. Artemis avait déjà procédé lui-même à plusieurs recherches de ce type, tout en sachant que Spiro n'aurait jamais commis l'erreur de laisser traîner un tel document.

Ils descendirent du Sikorsky. Artemis prit soin de pointer sa caméra-iris sur tous les systèmes de sécurité qui pourraient lui être utiles par la suite. Butler lui avait souvent dit que même le détail le plus insignifiant en apparence, comme le nombre de marches d'un escalier, pouvait se révéler vital pour préparer une opération.

Un ascenseur les fit descendre de l'hélistation jusqu'à une porte verrouillée munie d'un code. Des caméras de

surveillance stratégiquement placées balayaient l'ensemble du toit. Spiro s'avança vers le clavier de la porte. Artemis ressentit à l'œil une douleur aiguë et la caméra-iris mutiplia par quatre son champ de vision. Malgré la distance et la pénombre, il put lire facilement le code composé par Spiro.

– J'espère que vous avez bien noté, marmonna-t-il en sentant le micro vibrer contre sa gorge.

Arno Blunt fléchit les genoux jusqu'à ce que son extraordinaire dentier ne soit plus qu'à deux centimètres du nez d'Artemis.

– A qui tu parles, toi ?

– Moi ? répondit le jeune homme. A qui voudriez-vous que je parle ? Nous sommes à plus de quatre-vingts étages de hauteur au cas où vous ne l'auriez pas remarqué.

Blunt l'attrapa par son revers et le souleva du sol.

– Peut-être que tu as un émetteur. Peut-être que quelqu'un de ta bande entend tout ce qu'on dit.

– Et comment pourrais-je avoir un émetteur, espèce de grande nouille ? Votre petit tueur ne m'a pas quitté des yeux de toute la journée. Il m'a même accompagné aux toilettes.

Spiro s'éclaircit bruyamment la gorge.

– Dis donc, monsieur J'ai-toujours-raison, si jamais le môme passe par-dessus bord, tu peux te jeter dans le vide avec lui parce que, pour moi, il est beaucoup plus précieux que toute une armée de gardes du corps.

Blunt reposa Artemis par terre.

– Tu ne seras pas toujours aussi précieux, Fowl, murmura-t-il d'un air menaçant. Et quand ta cote tombera, je serai là à t'attendre.

Ils prirent un ascenseur aux parois couvertes de miroirs et descendirent jusqu'au quatre-vingt-cinquième étage où le docteur Pearson les attendait en compagnie de deux autres gros bras. En voyant leur regard, Artemis comprit très vite qu'il n'avait pas affaire à des puits de science. On aurait dit deux rottweilers dressés sur leurs pattes de derrière. Mais ils n'avaient sûrement pas leur pareil pour tout casser sans poser de questions. Spiro fit signe à l'un d'eux d'approcher.

– Pex, tu sais combien Antonelli demande d'indemnités quand on perd un de ses hommes ?

Pex dut réfléchir un bon moment. Ses lèvres remuaient tandis qu'il faisait ses calculs.

– Ça y est, j'y suis, dit-il enfin. Ça coûte vingt mille dollars pour un quincaillier et quinze mille pour un singe.

– S'ils sont morts, c'est ça ?

– Morts ou s'ils ont une inpac... incapi... incapa... enfin bref, s'ils sont en morceaux.

– D'accord, dit Spiro. Je veux que toi et Chips, vous alliez dire à Carla Frazetti que je lui dois trente-cinq mille dollars pour son équipe. Je les ferai virer sur son compte des îles Cayman dès demain matin.

Mulch fut saisi d'une curiosité légitime qui dissimulait mal son appréhension.

– Pardon ? Trente-cinq mille ? Mais je suis toujours vivant. Vous ne devez que vingt mille dollars pour

Mocassin, à moins que les quinze mille supplémentaires représentent une prime pour moi ?

Spiro poussa un profond soupir avec un air de regret qui paraissait presque sincère.

– C'est comme ça, Mo, répondit-il en lui donnant une tape amicale sur l'épaule. Cette affaire est énorme. Colossale. Les sommes en jeu comportent autant de chiffres qu'un numéro de téléphone. Je ne peux pas me permettre de laisser des traces. Tu sais peut-être quelque chose, ou peut-être pas. Mais je ne vais pas prendre le risque que tu ailles tout raconter chez Phonetix ou un autre de mes concurrents. Je suis sûr que tu me comprends.

Mulch retroussa ses lèvres, découvrant deux rangées de dents en forme de pierres tombales.

– Je comprends très bien, Spiro. Tu es un serpent à sonnettes. Tu sais, le môme m'a offert deux millions de dollars pour le libérer.

– Tu aurais dû prendre le fric, dit Arno Blunt en propulsant Mulch dans les bras gigantesques de Pex.

Le nain continua de hurler tandis qu'on le traînait de force dans le couloir.

– Il faudra que tu m'enterres très profondément, Spiro ! Très profondément !

Les yeux de Jon Spiro se rétrécirent en deux fentes minces.

– Vous avez entendu ce qu'il a dit, les gars ? Avant d'aller voir Frazetti, enterrez-le tout au fond d'un grand trou.

Le docteur Pearson conduisit le groupe vers la chambre forte. Ils durent franchir un petit vestibule avant de pénétrer dans la zone de sécurité.

– Vous allez passer sur ce détecteur, s'il vous plaît, annonça Pearson. On ne veut ni mouches ni mouchards, là-dedans. Surtout s'ils sont électroniques.

Artemis s'avança sur un petit tapis rectangulaire qui s'enfonça sous ses pieds à la manière d'un tissu éponge en projetant des giclées de mousse sur ses chaussures.

– Mousse antiseptique, expliqua Pearson. Elle tue tous les virus et insectes que vous pourriez transporter. Nous procédons à des expérimentations de bio-technologie dans la chambre forte. Très sensibles aux maladies. La mousse a également l'avantage de neutraliser tout appareil de surveillance qui pourrait se trouver dans vos chaussures.

Au-dessus, un scanner mobile baigna Artemis d'une lumière violette.

– Une de mes inventions, expliqua Pearson. Un scanner multifonctions avec capteur thermique, rayons X et détecteur de métal. Le faisceau analyse tous les éléments de votre corps et les expose sur cet écran.

Artemis vit une image de lui-même en trois dimensions se dessiner sur le petit écran à plasma. Il retint son souffle en priant le ciel que le matériel de Foaly se révèle aussi efficace que le centaure le prétendait.

Une petite lumière clignota sur la poitrine de la silhouette représentée par l'appareil.

– Tiens, tiens, dit le docteur Pearson en arrachant un

bouton de la veste d'Artemis. Qu'est-ce qu'il y a là-dedans ?

Il écrasa le bouton, révélant une puce minuscule, un micro et une pile.

– Très astucieux. Un minimicrophone. Notre jeune ami avait l'intention de nous espionner, Mister Spiro.

Jon Spiro ne manifesta aucune colère. Bien au contraire, il jubilait.

– Tu vois mon bonhomme, dit-il, tu es peut-être un génie, mais l'espionnage, c'est mon domaine. Tu ne pourras jamais rien passer à mon insu. Et plus vite tu t'y résigneras, plus vite nous pourrons en finir.

Artemis avança d'un pas. Le leurre avait fonctionné. En revanche, ni le véritable micro ni la caméra-iris n'avaient déclenché le moindre bip. Pearson était intelligent mais Foaly l'était encore plus.

Artemis regarda soigneusement autour de lui. Chaque centimètre carré des cloisons métalliques du vestibule comportait un appareil de surveillance. Une fourmi invisible aurait eu du mal à s'introduire dans les lieux. Sans parler de deux humains, d'un elfe et d'un nain. En admettant que le nain survive au traitement infligé par Pex et Chips.

La chambre forte elle-même était impressionnante. Dans la plupart des grandes entreprises, ce genre de lieu paraissait toujours imposant, rempli de chromes et de claviers numériques, mais c'était uniquement pour éblouir les actionnaires. Dans le sanctuaire de Spiro, il n'y avait pas une dent d'engrenage qui ne fût à sa place. Artemis repéra une serrure électronique dernier

modèle sur les doubles portes en titane. Spiro tapa un autre code compliqué et les portes d'un mètre d'épaisseur s'escamotèrent pour révéler une porte secondaire.

– Imagine que tu sois un voleur, dit Spiro, à la manière d'un acteur présentant une pièce de théâtre. Tu t'es débrouillé pour pénétrer dans l'immeuble en déjouant les capteurs électroniques et les serrures des portes. Imagine encore que tu aies réussi à passer le détecteur du vestibule et à ouvrir la première porte de la chambre forte, ce qui paraît complètement impossible. Supposons que tu aies neutralisé la demi-douzaine de caméras rencontrées sur ton chemin. Même si on admet toutes ces invraisemblances, serais-tu également capable de faire ceci ?

Spiro se planta sur un petit point rouge tracé au sol, devant la deuxième porte. Il pressa son pouce sur un scanner à gel, ouvrit grand l'œil gauche et articula clairement :

– Jon Spiro. Je suis le patron, alors ouvre-moi vite.

Quatre opérations se déroulèrent aussitôt. Un scanner à balayage rétinien filma son œil gauche puis entra l'image obtenue dans l'ordinateur. Une plaque d'impression scruta son pouce droit et un analyseur vocal enregistra l'accent de Spiro, le timbre et les intonations de sa voix. Lorsque l'ordinateur eut vérifié toutes les informations fournies, les alarmes furent désactivées et la porte secondaire s'ouvrit en coulissant pour donner accès à une immense chambre forte.

Au milieu de la salle se dressait une colonne d'acier sur laquelle était posé le Cube C, enfermé

dans une vitrine de plexiglas entourée d'au moins six caméras de surveillance. Deux gardes à la silhouette massive se tenaient dos à dos, formant une barrière humaine qui protégeait ce joyau de la technologie des fées.

Spiro ne put s'empêcher de lancer une plaisanterie.

– Contrairement à toi, dit-il à Artemis, je veille sur mon matériel. C'est l'unique chambre forte de ce type qui existe au monde.

– Deux gardiens dans une salle sans aucune aération. Intéressant.

– Ils sont tous habitués à vivre à haute altitude. La relève est assurée toutes les heures et ils ont des bouteilles à oxygène pour leur permettre de tenir le coup. Qu'est-ce que tu crois ? Que j'allais installer des conduits d'aération dans une chambre forte ?

Artemis fronça les sourcils.

– Pas besoin de vous vanter, Spiro. Je suis là, vous avez gagné. On peut se mettre au travail ?

Spiro tapa une dernière série de chiffres sur le clavier numérique de la colonne et les panneaux de plexiglas s'escamotèrent. Il prit alors le Cube posé au creux d'un nid de mousse.

– Vous ne croyez pas que vous en faites un peu trop ? commenta Artemis. Tout cela n'est pas vraiment nécessaire.

– On ne sait jamais. Un homme d'affaires véreux pourrait tenter de m'arracher mon trophée.

Spiro se tourna vers un minuscule micro encastré dans la colonne d'acier.

Artemis risqua une plaisanterie soigneusement calculée.

– Vraiment, Spiro, vous croyez que j'allais tenter un cambriolage ? Vous pensiez peut-être que je volerais jusqu'ici avec mes amies les fées et que je subtiliserais votre boîte par magie ?

Spiro éclata de rire.

– Tu peux amener toutes les fées que tu voudras, Arty, ça ne changera rien. A moins d'un miracle, ce Cube ne sortira pas de cette salle.

Juliet était citoyenne américaine par naissance, bien que son frère ait vu le jour de l'autre côté du monde, et elle était heureuse de retourner dans son pays d'origine. La cacophonie de la circulation dans les rues de Chicago et le chœur ininterrompu des accents venus de toutes les cultures du monde lui donnaient le sentiment d'être chez elle. Elle aimait les gratte-ciel, les panaches de vapeur qui s'échappaient des grilles d'aération et la gouaille bon enfant des camelots. Si un jour l'occasion lui était donnée de s'installer définitivement quelque part, ce serait aux États-Unis. Mais plutôt sur la côte ouest, à cause du soleil.

Dans leur fourgon aux vitres teintées, Juliet et Holly tournaient autour de l'immeuble Spiro à la recherche d'une place de stationnement. Holly, assise à l'arrière, regardait les images transmises dans la visière de son casque par la caméra-iris d'Artemis.

Soudain, elle donna un coup de poing dans le vide, en signe de triomphe.

Juliet s'arrêta à un feu rouge.

– Comment ça se passe ? demanda-t-elle.

– Pas trop mal, répondit la fée en relevant sa visière. Ils ont emmené Mulch pour l'enterrer.

– Parfait. Exactement comme l'avait prévu Artemis.

– Et Spiro vient d'inviter les amies fées d'Artemis à entrer dans la tour.

C'était là un point essentiel. Le Livre interdisait aux fées de pénétrer dans une habitation humaine sans y avoir été invitées. A présent, Holly était libre de s'introduire dans la tour et d'y faire tous les dégâts possibles sans violer le code des fées.

– Excellent, dit Juliet. Allons-y. J'ai une petite leçon de catch à donner au type qui a tiré sur mon frère.

– Pas si vite. Cet immeuble possède les systèmes de sécurité les plus perfectionnés que j'aie jamais vus chez les Hommes de Boue. Spiro dispose de quelques gadgets dont j'ignorais l'existence.

Juliet finit par trouver une place face à la porte à tambour qui donnait accès au gratte-ciel.

– J'imagine que ça ne doit pas poser de problèmes au petit cheval ?

– Non, mais Foaly n'est pas censé nous aider.

Juliet observa l'entrée de la tour à l'aide d'une paire de jumelles.

– Je sais, mais tout dépend de la façon dont on le demande. Un type aussi intelligent que Foaly, ce qu'il lui faut, c'est un défi à relever.

Trois silhouettes émergèrent de la tour. Deux hommes de haute taille, vêtus de noir, et un troisième,

plus petit et visiblement nerveux. Les pieds de Mulch battaient l'air avec tant de force qu'il semblait danser une gigue irlandaise. Il n'avait pourtant aucun espoir de s'échapper. Pex et Chips l'encadraient plus étroitement que deux blaireaux se disputant un os.

– Voilà Mulch. On ferait bien de le surveiller. Au cas où.

Holly attacha à ses épaules le harnais de ses ailes mécaniques qu'elle déploya en appuyant sur un bouton.

– Je vais les suivre en volant derrière eux. Vous, ne perdez pas Artemis de vue.

Juliet régla l'ordinateur d'un des casques de réserve en mode vidéo. Le champ de vision d'Artemis apparut aussitôt sur l'écran.

– Vous croyez vraiment que Mulch a besoin d'aide ? demanda Juliet.

Dans un bourdonnement, Holly actionna son bouclier et devint aussitôt invisible.

– D'aide ? Je veux simplement m'assurer qu'il ne fera pas de mal à ces deux Hommes de Boue.

A l'intérieur de la chambre forte, Spiro en avait fini avec les bonnes manières.

– Je vais te raconter une petite histoire, Arty, dit-il en caressant affectueusement le Cube C. Il était une fois un gamin irlandais qui avait envie de ramasser une grosse galette. Il pensait y arriver en essayant de berner un homme d'affaires de grande envergure.

« Ne m'appelle pas Arty, pensa Artemis. C'est mon père qui m'appelle Arty. »

– Mais l'homme d'affaires n'aimait pas du tout qu'on essaye de le berner, alors c'est lui qui a berné le gamin. Et le petit Irlandais a eu beau hurler et donner des coups de pieds partout, il a été traîné de force dans le monde réel. Maintenant, nous sommes arrivés à la fin de l'histoire et le gamin doit choisir : ou bien il dit à l'homme d'affaires ce qu'il veut savoir ou bien il s'expose lui-même et toute sa famille à un danger mortel. Qu'est-ce que tu choisis, Arty ?

Spiro commettait une grave erreur en jouant ainsi avec Artemis. Les adultes avaient du mal à croire que cet adolescent au teint pâle pouvait représenter une véritable menace. Artemis s'était efforcé de tirer le meilleur parti de ce malentendu en revêtant une tenue sportive plutôt que de porter son habituel costume taillé par un grand couturier. Il s'était également entraîné, pendant la traversée de l'Atlantique, à prendre un air naïf en ouvrant grand les yeux. Mais ouvrir grand les yeux n'était guère souhaitable quand on n'avait pas les deux iris de la même couleur.

Blunt donna à Artemis une bourrade entre les deux omoplates.

– Mister Spiro t'a posé une question.

Ses nouvelles dents cliquetaient quand il parlait.

– Je suis là, non ? répondit Artemis. Je ferai donc ce que vous voudrez.

Spiro posa le Cube sur une longue table d'acier, au centre de la chambre forte.

– Ce que je veux, c'est que tu neutralises ton code

éternité et que tu fasses fonctionner ce Cube immédia-tement.

Artemis aurait aimé se forcer à transpirer pour avoir l'air encore plus angoissé.

– Immédiatement ? Ce n'est pas si simple.

Spiro le saisit par les épaules et le regarda droit dans les yeux.

– Et pourquoi ce n'est pas si simple ? Tu prononces le mot de passe et on y va.

Artemis baissa les yeux pour cacher leur différence de couleur.

– Il ne suffit pas d'un seul mot de passe pour le faire fonctionner. Un code éternité est irréversible. Il faut que je reconstitue tout un langage. Ça peut demander plusieurs jours.

– Tu n'as pas pris de notes ?

– Si. Elle sont sur un disque. En Irlande. Mais votre singe m'a interdit d'emporter quoi que ce soit. Il avait peur que l'objet soit piégé.

– On ne peut pas accéder à ton ordinateur en ligne ?

– Si, mais je conserve mes notes uniquement sur disque. Nous pourrions aller le chercher en Irlande. Dix-huit heures de vol aller-retour.

Spiro ne voulait pas en entendre parler.

– Pas question. Tant que tu restes ici, j'ai la situation bien en mains. Qui sait quel genre de réception m'at-tend en Irlande ? On fera tout sans bouger de cet immeuble. Tant pis si ça prend du temps.

Artemis soupira.

– Très bien.

Spiro replaça le Cube dans sa vitrine de plexiglas.

– Il faudra bien dormir cette nuit, petit, parce que demain matin, tu vas me peler ce gadget comme un oignon. Et si tu n'obéis pas, tu subiras le même sort que Mo Digence.

Artemis ne s'inquiéta pas outre mesure. Il était convaincu que Mulch ne courait aucun danger. Si quelqu'un devait avoir des ennuis ce serait plutôt les deux gros bras, Pex et Chips.

CHAPITRE IX

DES FANTÔMES DANS LA MACHINE

TERRAIN VAGUE, DOMAINE INDUSTRIEL DE MALTHOUSE, SUD DE CHICAGO

Jon Spiro n'avait pas engagé Pex et Chips pour leur aptitude au débat intellectuel. Lors de l'entretien d'embauche, une unique épreuve leur avait été imposée. On avait demandé aux cent candidats rassemblés de casser une noix de la manière qui leur convenait le mieux. Seuls deux d'entre eux s'étaient montrés à la hauteur. Pex avait hurlé des injures à la noix pendant un bon moment puis l'avait écrasée entre ses paumes gigantesques. La méthode de Chips était plus contestable. Après avoir posé la noix sur la table, il avait saisi son examinateur par les cheveux et s'était servi de son front pour briser la coquille. Engagés sur le champ, Pex et Chips étaient très vite devenus les deux meilleurs lieutenants d'Arno Blunt qui leur confiait le travail interne de la maison. En revanche, on ne les laissait pas sortir de Chicago, de peur qu'ils aient à lire une carte, ce qui dépassait nettement leurs compétences.

Pour le moment, Pex et Chips bavardaient sous la pleine lune tandis que Mulch creusait une tombe de la taille d'un nain derrière une usine de ciment abandonnée.

– Tu veux savoir pourquoi on m'appelle Pex ? demanda Pex en gonflant les muscles de sa poitrine pour mettre son interlocuteur sur la piste.

Chips ouvrit un nouveau sachet de chips. Il en grignotait sans cesse.

– J'en sais rien. C'est un diminutif ?

– De quoi, par exemple ?

– J'en sais rien, répéta Chips.

Il utilisait souvent cette expression.

– Francis ? risqua-t-il.

Même pour Pex, l'hypothèse semblait stupide.

– Francis ? Comment tu veux que Pex soit le diminutif de Francis ?

Chips haussa les épaules.

– Ben, par exemple, mon oncle Robert, tout le monde l'appelait Bobby. On comprend pas plus pourquoi.

Pex leva les yeux au ciel.

– C'est le diminutif de pec-to-raux, crétin. Pex, pectoraux, parce que les miens sont très développés. Tu comprends ?

Au fond de son trou, Mulch grogna. Écouter ces sornettes était aussi pénible que d'avoir à creuser la terre avec une pelle. Il aurait été tenté de s'écarter du plan prévu et de se jeter dans l'argile sèche. Mais, à ce stade de l'opération, Artemis ne voulait pas que les pouvoirs

féeriques se manifestent. S'il s'échappait sans que ces deux voyous soient soumis au mesmer, la paranoïa de Spiro monterait encore d'un cran.

Là-haut, Chips avait envie de poursuivre le jeu.

– Devine pourquoi on m'appelle Chips, dit-il en cachant le sachet de chips derrière son dos.

Pex se tritura le front. Celle-là, il la connaissait.

– Ne me dis rien, surtout. Je vais trouver tout seul.

Mulch pointa la tête hors du trou.

– C'est parce qu'il mange tout le temps des chips, espèce d'idiot. Chips mange des chips. Vous êtes vraiment les Hommes de Boue les plus obtus que j'aie jamais rencontrés. Vous feriez mieux de me tuer tout de suite. Au moins, je n'aurais plus à écouter vos balivernes.

Pex et Chips étaient stupéfaits. Avec tous les exercices intellectuels auxquels ils venaient de se livrer, ils en étaient venus à oublier le petit homme dans son trou. Et puis, ils n'étaient guère accoutumés à entendre leurs futures victimes déclarer autre chose que : « Oh non, s'il vous plaît, mon Dieu, pas ça ! »

Pex se pencha au bord du trou.

– Qu'est-ce que tu veux dire par « balivernes » ?

– Je veux dire cette histoire de surnoms, Pex et Chips.

Pex hocha la tête.

– Je ne te parle pas de ça, je te parle du mot « balivernes ». C'est quoi, ça ? Je ne l'avais jamais entendu.

Mulch se fit un plaisir de le lui expliquer.

– Ça signifie : balourdises, absurdités, fadaises, sornettes, crétineries. C'est clair, maintenant ?

Chips comprit le dernier mot de la liste.

– Crétineries ? Hé, mais alors, c'est une insulte ! Tu nous insultes, petit bonhomme ?

Mulch joignit les mains en signe de prière.

– Ah, enfin, la lumière se fait.

Les deux gros bras ne savaient pas comment réagir à un véritable affront. Il n'y avait que deux personnes vivantes qui les insultaient régulièrement : Arno Blunt et Jon Spiro. Mais cela faisait partie du travail, il suffisait de ne pas y prêter attention. De faire comme si on entendait de la musique dans sa tête.

– Il faut vraiment qu'on écoute ce petit malin ? demanda Pex à son partenaire.

– Je ne crois pas. Peut-être que je devrais téléphoner à Mister Blunt.

Mulch grogna à nouveau. Si la bêtise était un crime puni par la loi, ces deux-là seraient immédiatement déclarés ennemis publics numéro un et deux.

– Ce que vous deviez faire, c'est me tuer. C'était ça, l'idée de départ, non ? Me tuer sans laisser de traces et on n'en parle plus.

– Qu'est-ce que tu en penses, Chips ? Tu crois qu'il suffit de le tuer ?

Chips mâchonna une poignée de chips parfum barbecue.

– Ouais, bien sûr. Les ordres sont les ordres.

– Mais moi, je ne me contenterais pas simplement de me tuer, intervint Mulch.

– Ah bon ?

– Oh, non. Après avoir insulté votre intelligence ? Non, je mérite un traitement spécial.

On voyait presque de la fumée sortir des oreilles de Pex, comme si son cerveau était en surchauffe.

– Tu as raison, petit bonhomme. Tu vas avoir droit à quelque chose de spécial. On ne va pas laisser personne nous insulter !

Mulch ne se soucia pas de lui faire remarquer sa faute de grammaire.

– Bien dit. Je parle toujours trop et je mérite tout ce qui va m'arriver.

Il y eut un silence pendant lequel Pex et Chips essayèrent de trouver une manière de tuer plus douloureuse que l'habituelle balle de pistolet. Mulch leur laissa une minute de réflexion, puis il leur fit une suggestion polie.

– Si j'étais vous, je m'enterrerais vivant.

Chips sembla horrifié.

– T'enterrer vivant ? Ce serait affreux. Tu te mettrais à hurler et à gratter la terre avec tes ongles. J'en aurais des cauchemars.

– Je promets de me tenir tranquille. De toutes façons, je le mérite. Je vous ai traités d'hommes de Neandertal hypertrophiés.

– Tu nous as dit ça ?

– En tout cas, maintenant, c'est fait.

Ce fut Pex qui se montra le plus impulsif.

– Très bien, Mister Digence, lança-t-il. Dans ce cas, tu sais ce qu'on va faire ? On va t'enterrer vivant.

Mulch se plaqua les mains sur les joues.

– Quelle monstruosité ! s'exclama-t-il.

– Tu l'auras voulu, l'ami.

– Ça, c'est vrai.

Pex alla prendre une autre pelle dans le coffre de la voiture.

– Personne ne m'a jamais traité d'homme de nez en métal hypertruffé.

Mulch s'allongea obligeamment dans sa tombe.

– Je le crois volontiers.

A grands gestes furieux, Pex jeta dans le trou de grandes pelletées de terre. Ses muscles sculptés par des années de gymnase tendaient à craquer l'étoffe de sa veste. En quelques minutes, la silhouette de Mulch fut entièrement recouverte.

Chips ressentait un certain malaise.

– C'est horrible. Horrible. Ce pauvre petit bonhomme.

Pex, en revanche, n'éprouvait aucun remords.

– Il l'a voulu. A force de nous traiter de... tout ce qu'il a dit.

– Quand même ! Enterré vivant ! C'est comme dans ce film d'horreur. Tu sais, celui où il y avait... plein d'horreur.

– Je crois que je l'ai vu. Avec des tas de noms à la fin qui défilaient sur l'écran ?

– Ouais, c'est ça. D'ailleurs, j'ai pensé qu'il y en avait beaucoup trop, des noms. Ça m'a un peu gâché le spectacle.

Pex piétina la terre pour la tasser.

– T'inquiète pas, vieux. Dans ce film-là, on ne trouvera jamais aucun nom.

Ils remontèrent dans leur Chevrolet. Chips était encore un peu remué.

– Tu sais, quand c'est pour de vrai, c'est encore beaucoup plus vrai que dans les films.

Pex ignora un panneau qui interdisait l'accès à l'autoroute et s'engagea dans le flot de la circulation.

– C'est à cause de l'odeur. Dans les films, il n'y a pas d'odeur.

Chips renifla sous le coup de l'émotion.

– Digence devait être drôlement secoué, vers la fin.

– Pas étonnant.

– Je le voyais pleurer. Ses épaules remuaient comme s'il riait mais à mon avis, il pleurait. Il faudrait être cinglé pour rigoler quand on se fait enterrer vivant.

– C'est sûr, il devait pleurer.

Chips ouvrit un autre sachet, parfum bacon cette fois.

– Ouais, il devait pleurer, c'est sûr.

Mulch riait si fort qu'il faillit s'étouffer en avalant la première bouchée de terre. Quelle équipe de clowns ! C'était d'ailleurs une bonne chose, sinon, ils auraient peut-être choisi une autre méthode d'exécution.

La mâchoire décrochée, Mulch s'enfonça de cinq mètres en profondeur puis se dirigea vers le nord en profitant de l'abri que lui offraient les hangars abandonnés. Les poils de sa barbe envoyaient des signaux sonar en tous sens. Il fallait se méfier lorsqu'on arrivait dans des zones construites. On risquait toujours de croiser des êtres vivants sans compter que les Hommes de Boue avaient la manie d'enterrer toutes sortes d'objets là où on s'y attendait le moins. Il lui était déjà arrivé de mordre à pleines dents des tuyaux, des fosses septiques

ou des fûts de déchets industriels. Et rien n'était plus désagréable que de sentir dans sa bouche quelque chose qu'on n'avait pas du tout l'intention d'avaler, surtout quand il s'agissait d'une bestiole qui se trémoussait sur votre langue.

Mulch avait plaisir à creuser à nouveau. C'était la vocation des nains. Il aimait sentir la terre sous ses doigts et il prit rapidement sa vitesse de croisière. Quel bonheur : absorber la terre entre ses dents puissantes, respirer à travers les fentes étroites de ses narines et évacuer les matières inutiles à l'autre extrémité de son corps.

Ses poils en forme d'antennes l'informèrent qu'il n'y avait aucune vibration à la surface. Il remonta alors verticalement en se servant des derniers gaz de nain qui lui restaient pour se propulser hors de son trou à la manière d'une fusée.

Holly le rattrapa au vol, à plus d'un mètre du sol.

– Toujours le parfait gentleman, Mulch, remarqua-t-elle.

– Que voulez-vous que je vous dise ? répondit le nain sans être gêné le moins du monde. Je suis une force de la nature. Vous étiez là depuis le début ?

– Oui, au cas où les choses auraient mal tourné. Votre spectacle était très réussi.

Mulch tapota ses vêtements pour les débarrasser de l'argile qui s'y était collée.

– Deux ou trois tirs de Neutrino m'auraient évité de creuser tous ces trous.

Holly imita le sourire inquiétant d'Artemis.

– Ce n'était pas prévu dans le plan, dit-elle. Et nous devons nous en tenir au plan, n'est-ce pas ?

Elle déploya une feuille de camouflage autour des épaules du nain pour le rendre invisible puis elle l'attacha à sa Cordelune.

– Faites bien attention, d'accord ? dit Mulch d'un ton angoissé. Les nains sont des créatures de la terre. Nous n'aimons pas du tout voler, le simple fait de sauter trop haut nous est déjà désagréable.

Holly ouvrit les gaz de ses ailes mécaniques et prit la direction du centre-ville.

– Je serai tout aussi respectueuse de votre sensibilité que vous l'êtes de celle des FAR.

Mulch pâlit. Il était étrange de voir combien cette elfe minuscule pouvait se montrer plus terrifiante que deux humains d'un mètre quatre-vingt chacun.

– Holly, si j'ai jamais fait quelque chose qui vous a offensée, croyez bien que...

Il n'eut pas le temps de finir sa phrase. Leur soudaine accélération lui fit rentrer ses mots dans la gorge.

TOUR SPIRO

Arno Blunt conduisit Artemis dans sa cellule. Elle offrait un confort acceptable, avec une salle de bains privée et un système vidéo qui permettait de passer le temps. Il manquait cependant quelques éléments importants, notamment des fenêtres et une poignée de porte.

Blunt tapota la tête d'Artemis.

– Je ne sais pas ce qui s'est passé dans ce restaurant de Londres, mais si jamais tu tentes quelque chose de ce genre ici, je te retourne comme un gant et je te dévore les entrailles.

Il se pencha et lui parla à l'oreille en découvrant ses dents pointues. Artemis les entendait s'entrechoquer à chaque syllabe.

– Peu importe ce que dit le boss. Tu ne lui seras pas utile éternellement, alors si j'étais toi, je serais très gentil avec moi.

– Si vous étiez moi, répliqua Artemis, ça voudrait dire que je serais vous et si j'étais vous, j'irais me cacher très très loin.

– Ah, vraiment. Et pourquoi?

Artemis le regarda dans les yeux pour le convaincre qu'il ne mentait pas.

– Parce que Butler va venir vous chercher. Et il est très fâché contre vous.

Blunt recula de quelques pas.

– Ça m'étonnerait, même. Butler, je l'ai vu tomber et j'ai vu couler son sang.

Artemis sourit.

– Je n'ai pas dit qu'il était vivant, j'ai dit qu'il viendrait vous chercher.

– Tu essayes de m'embrouiller les idées. Mister Spiro m'avait prévenu que je devais me méfier de toi.

Blunt se glissa lentement vers la porte sans quitter Artemis des yeux.

– Ne vous inquiétez pas, Blunt. Je ne le transporte pas

dans ma poche. Il vous reste plusieurs heures, peut-être même plusieurs jours avant que le moment vienne.

Arno Blunt claqua la porte avec tant de force que l'encadrement en fut ébranlé. Le sourire d'Artemis s'élargit. Même les pires choses avaient parfois leurs bons côtés.

Artemis s'avança sous la douche, levant le front vers le jet d'eau chaude qui lui cinglait le visage. En vérité, il se sentait un peu anxieux. Établir un plan dans le confort de sa maison était une chose, exécuter ce même plan quand on se trouvait dans la gueule du lion en était une autre. Et même s'il n'aurait jamais consenti à l'admettre, sa confiance en lui avait été passablement malmenée ces derniers jours. Spiro l'avait berné à Londres, sans avoir besoin de faire de gros efforts. Artemis s'était jeté dans son piège aussi naïvement qu'un touriste s'aventurant dans une rue sombre.

Artemis Fowl était très conscient de ses talents. Il savait à merveille inventer des stratagèmes, bâtir des machinations, mettre sur pied toutes sortes d'actions inavouables. Rien ne l'excitait davantage que l'exécution d'un plan parfaitement préparé. Mais, ces temps derniers, une certaine culpabilité entachait ses entreprises, en raison surtout de ce qui était arrivé à Butler. Son vieil ami avait frôlé la mort de si près que le simple fait d'y penser mettait Artemis mal à l'aise.

Il fallait que les choses changent. Bientôt, son père serait là pour s'assurer qu'il prenait les bonnes décisions. Et si ce n'était pas le cas, Artemis Senior l'empê-

cherait sans doute de s'engager sur la mauvaise voie. Il se souvenait des paroles de son père : *Et toi, Arty ? Est-ce que tu veux entreprendre ce voyage avec moi ? Lorsque le moment sera venu, saisiras-tu la chance de devenir un héros ?*

Artemis était toujours incapable de répondre à cette question.

Il s'enveloppa dans un peignoir qui portait les initiales de son ravisseur. Les lettres brodées d'or n'étaient pas seules à lui rappeler le souvenir de Spiro. Il y avait également une caméra de surveillance qui suivait automatiquement tout autour de la pièce le moindre de ses mouvements.

Artemis concentra ses réflexions sur le véritable défi qui consistait à pénétrer dans la chambre forte de Spiro afin d'y récupérer le Cube C. Il avait anticipé un bon nombre des mesures de sécurité mises en place par l'homme d'affaires et s'était équipé en conséquence. Mais il n'avait pas prévu certains systèmes particulièrement ingénieux. Il disposait toutefois de la technologie des fées et pouvait espérer le concours de Foaly. Le centaure avait reçu l'ordre de leur refuser toute aide, mais si Holly lui présentait le cambriolage comme un test d'intelligence, Artemis était certain que Foaly n'y résisterait pas.

Assis sur le lit, le jeune homme se gratta négligemment le cou. Le microphone dissimulé sous le latex adhésif avait survécu à la douche, comme Holly le lui avait assuré. Il était réconfortant de savoir qu'il ne se trouvait pas seul dans sa prison.

Le microphone fonctionnant à partir des vibrations, Artemis n'avait pas besoin de parler très fort pour transmettre ses instructions.

– Bonsoir, chers amis, murmura-t-il en tournant le dos à la caméra. Tout se passe selon le plan prévu, si je considère comme acquis que Mulch est revenu vivant. Je suis certain que Spiro fait surveiller les rues alentour, vous devez donc vous attendre à une visite de ses gros bras. Faites ce qu'il faut pour endormir leurs soupçons. Comme ça, Spiro sera convaincu que mon équipe a été éliminée et il se sentira en sécurité. Notre homme a eu l'amabilité de me faire faire le tour du propriétaire. J'espère que vous en avez profité pour enregistrer tous les éléments nécessaires à la réussite de notre mission. Dans le langage de la pègre locale, on appellerait cela un casse. Et voici ce que je vous demande de faire pour le mener à bien.

Artemis parla avec lenteur, énonçant clairement chaque point de son exposé. Il était vital que les membres de son équipe suivent ses instructions à la lettre. Dans le cas contraire, sa machination pouvait exploser avec la violence d'un volcan en éruption. Or, en cet instant, c'était lui qui était assis sur le cratère du volcan.

Pex et Chips étaient de bonne humeur. A leur retour, non seulement Mister Blunt leur avait donné cinq mille dollars de prime pour s'être occupés de Mo Digence, mais il leur avait également confié un nouveau travail. Les caméras de surveillance installées à l'extérieur de

la tour montraient un fourgon noir garé juste en face de l'entrée principale. Il était resté là plus de trois heures et l'examen des enregistrements précédents indiquait que le fourgon avait tourné pendant une bonne heure autour de l'immeuble avant de trouver une place de stationnement. Mister Spiro avait donné l'ordre de signaler tous les véhicules suspects. Et celui-là ne pouvait qu'éveiller les soupçons.

– Allez voir là-bas, avait ordonné Blunt, assis dans son fauteuil du centre de contrôle. Et si vous trouvez à l'intérieur quelqu'un qui respire encore, demandez-lui pourquoi il est venu respirer devant mon immeuble.

C'était le genre d'instructions que Pex et Chips n'avaient aucune difficulté à comprendre. Pas besoin de poser de questions, pas besoin de faire fonctionner des machines compliquées. Il suffisait d'ouvrir la porte, de terroriser quiconque se trouvait derrière, puis de refermer la porte. Facile. Dans l'ascenseur, ils se mirent à chahuter en se donnant des coups de poing sur l'épaule jusqu'à en avoir des fourmis dans les bras.

– On pourrait bien ramasser un gros paquet de fric, ce soir, dit Pex en se massant le biceps pour rétablir la circulation.

– Tu l'as dit, exulta Chips qui pensait déjà à tous les DVD de Barney le dinosaure qu'il pourrait s'offrir. On va sûrement recevoir une autre prime. Au moins cinq mille dollars. En tout, ça fera...

Il y eut un long moment de silence tandis que les deux hommes comptaient sur leurs doigts.

– Ça fera beaucoup d'argent, dit enfin Pex.

– Beaucoup d'argent, approuva Chips.

Juliet avait pointé ses jumelles sur la porte à tambour qui donnait accès à la tour Spiro. Il aurait été plus facile d'utiliser l'Optix d'un casque de fée, mais malheureusement sa tête était devenue trop grande au cours de ces deux dernières années. Ce n'était d'ailleurs pas le seul changement qu'on pouvait observer. Juliet avait perdu son apparence d'adolescente dégingandée pour se transformer en une athlète de haut niveau. Il lui manquait cependant certaines qualités pour faire un garde du corps idéal. Quelques défauts restaient à corriger. Des défauts relatifs à sa personnalité.

Juliet Butler aimait s'amuser, elle n'y pouvait rien. L'idée d'avoir à passer ses journées, l'air hargneux, au côté d'un politicien obtus, lui paraissait insupportable. Elle en serait devenue folle d'ennui. Sauf si c'était Artemis qui l'avait engagée pour assurer sa protection. On ne s'ennuyait jamais avec Artemis Fowl. Mais il y avait peu de chance pour cela. Artemis avait affirmé à tout le monde qu'il s'agissait là de sa dernière aventure. Au retour de Chicago, il deviendrait sage. En admettant qu'il en revienne.

Ce travail de surveillance était ennuyeux, lui aussi. Rester tranquillement assise n'était pas dans la nature de Juliet. Sa tendance à l'hyperactivité lui avait fait rater plusieurs examens à l'académie de Mme Ko.

« Soyez en paix avec vous-même », lui avait dit la

Japonaise. « Trouvez en votre propre sein ce lieu de sérénité et habitez-le. »

En général, Juliet étouffait un bâillement lorsque Mme Ko se lançait dans ses grands discours sur la sagesse du Kung Fu. Butler, lui, gobait tout cela. Il passait son temps à chercher son lieu de sérénité et à l'habiter. En fait, il ne sortait de sa sérénité que pour réduire en miettes quiconque menaçait Artemis. Peut-être était-ce pour cela qu'il était tatoué d'un diamant bleu et pas elle.

Deux silhouettes massives sortirent de la tour. Deux hommes hilares qui se donnaient des coups de poing sur l'épaule.

– Capitaine Short, nous y sommes, dit Juliet dans un talkie-walkie réglé sur la fréquence de Holly.

– Compris, répondit Holly qui se trouvait quelque part en haut d'un immeuble. Combien sont-ils ?

– Deux. Grands et bêtes.

– Vous avez besoin de renfort ?

– Négatif. Je vais m'en occuper moi-même. Vous aurez votre mot à dire à votre retour.

– D'accord, je redescends dans cinq minutes, dès que j'aurai parlé à Foaly. Et surtout, Juliet, ne les abîmez pas.

– Compris.

Juliet coupa la communication et enjamba les sièges pour passer à l'arrière du fourgon. Elle cacha divers appareils de surveillance sous un strapontin au cas où les deux poids lourds parviendraient à la neutraliser. C'était peu probable mais, à sa place, son frère aurait

dissimulé le matériel compromettant, par simple précaution. Juliet ôta la veste de son costume et se coiffa d'une casquette de baseball, la visière sur la nuque. Elle ouvrit alors la vitre arrière et se faufila au-dehors.

Pex et Chips traversèrent State Street et se dirigèrent vers le fourgon suspect. Avec ses vitres opaques, il ne pouvait qu'éveiller les soupçons, mais les deux hommes ne s'inquiétaient pas outre mesure. De nos jours, n'importe quel étudiant de première année, gorgé de testostérone, avait une voiture aux vitres teintées.

– Qu'est-ce t'en penses ? demanda Pex à son partenaire.

Chips serra les poings.

– Je pense que c'est pas la peine de frapper avant d'entrer.

Pex approuva. C'était généralement le plan qu'ils appliquaient. Chips se serait chargé d'arracher la porte du fourgon si une jeune fille n'était apparue de l'autre côté du véhicule.

– Vous cherchez mon père ? demanda-t-elle sur le ton d'une adolescente tout droit sortie d'un clip de MTV. Les gens le cherchent tout le temps et lui n'est jamais là. C'est fou ce qu'il n'est pas là, papa. Et même spirituellement, il n'y est pas.

Pex et Chips clignèrent des yeux simultanément, le clignement d'yeux répété signifiant généralement dans tous les pays du monde : « Hein ? » Cette fille était un mélange détonant d'asiatique et d'européenne qui aurait pu tout aussi bien parler grec : de toute façon, les

deux gros bras ne comprenaient strictement rien à ce qu'elle disait.

Spirituellement ? Et puis quoi encore ? Un mot qui comportait cinq syllabes !

– C'est à vous, ce fourgon ? demanda Chips, prenant l'offensive.

La fille joua avec sa natte.

– Dans la mesure où on peut posséder quelque chose. Après tout, le monde est le même pour tous et nous sommes tous les mêmes, pas vrai ? La propriété, tu vois, c'est une illusion. Peut-être même qu'on ne possède pas nos propres corps. Peut-être qu'on vit dans les rêves d'un esprit plus grand que nous.

Pex perdit son sang froid.

– C'est à toi, ce fourgon ? hurla-t-il en la prenant à la gorge.

L'adolescente acquiesça d'un signe de tête. Il n'y avait plus assez d'air dans sa trachée artère pour lui permettre de parler.

– Ah, tu te décides enfin. Il y a quelqu'un à l'intérieur ?

Cette fois, elle fit « non » de la tête.

Pex relâcha légèrement sa prise.

– Vous êtes combien dans la famille ?

La jeune fille répondit dans un murmure, économisant l'air au maximum.

– Sept. Papa, maman, deux grands-parents et les triplés : Beau, Mo et Joe. Ils sont allés chercher des sushis.

Pex retrouva sa bonne humeur. Des triplés et des grands-parents ne devraient pas leur poser beaucoup de problèmes.

– Très bien, on va les attendre. Ouvre-nous la porte, môme.

– Des sushis ? dit Chips. C'est du poisson cru, ça. T'en as déjà mangé ?

Pex tenait toujours la jeune fille par le cou tandis qu'elle s'efforçait d'introduire la clé dans la serrure.

– Ouais, j'en ai acheté au supermarché, un jour.

– C'était bon ?

– Ouais, je les ai fait cuire dans la friteuse pendant dix minutes. Pas mauvais.

La jeune fille fit coulisser la portière latérale du fourgon et pénétra à l'intérieur. Pex et Chips la suivirent en se baissant pour ne pas se cogner la tête. Pex lâcha momentanément le cou de l'adolescente pour monter la marche. Ce fut son erreur. Un homme de main convenablement entraîné ne doit jamais laisser un prisonnier libre de ses mouvements entrer le premier dans un véhicule non sécurisé.

La jeune fille trébucha et tomba à genoux sur la moquette qui recouvrait le plancher du fourgon.

– Les sushis, dit Pex, c'est bon avec des frites.

La jeune fille donna alors un violent coup de pied qui l'atteignit en pleine poitrine. Le gros bras s'effondra sur le sol, le souffle coupé.

– Oups, dit la jeune fille en se relevant. Simple accident.

Chips eut l'impression de rêver éveillé : comment une adolescente aux allures de petite princesse pop pouvait-elle jeter à terre cent kilos de muscles et d'arrogance ?

– Tu... Tu as..., balbutia-t-il. Non, c'est impossible...

– Très possible, dit Juliet en pirouettant comme une danseuse.

Sous l'effet de la force centrifuge, l'anneau de jade attaché au bout de sa natte décrivit un grand cercle et frappa Chips entre les deux yeux, à la manière d'une pierre lancée par une fronde. Il trébucha en arrière et s'effondra sur une banquette de faux cuir.

Derrière Juliet, Pex retrouvait peu à peu son souffle. Ses globes oculaires cessèrent de tourner dans leurs orbites et se fixèrent sur son assaillante.

– Salut, dit-elle en se penchant sur lui. Tu sais quoi ?

– Quoi ? dit Pex.

– On ne doit pas faire frire les sushis, répondit la jeune fille.

Et elle claqua violemment les tempes du tueur entre les paumes de ses mains.

L'homme perdit aussitôt conscience.

Au même moment, Mulch sortit des toilettes en reboutonnant le rabat postérieur de son pantalon.

– J'ai raté quelque chose ? demanda-t-il.

Holly volait à une cinquantaine de mètres au-dessus du centre-ville, que les habitants de Chicago désignent sous le nom de Loop, la boucle, en raison de la courbe que le métro aérien forme autour du quartier. Elle avait deux bonnes raisons de se trouver là-haut. D'abord, elle devait passer la tour Spiro aux rayons X pour en reconstituer le plan en trois dimensions. Ensuite, elle voulait parler à Foaly sans que personne d'autre l'entende.

Elle repéra un aigle de pierre sur le toit d'un immeuble construit au début du vingtième siècle et se posa sur sa tête. Il lui faudrait changer de perchoir dans quelques minutes, sinon, les vibrations de son bouclier ne tarderaient pas à pulvériser la sculpture.

La voix de Juliet retentit dans son écouteur.

– Capitaine Short, nous y sommes.

– Compris, répondit Holly. Combien sont-ils ?

– Deux. Grands et bêtes.

– Vous avez besoin de renfort ?

– Négatif. Je vais m'en occuper moi-même. Vous aurez votre mot à dire à votre retour.

– D'accord, je redescends dans cinq minutes, dès que j'aurai parlé à Foaly. Et surtout, Juliet, ne les abîmez pas.

– Compris.

Holly sourit. Un sacré numéro, cette Juliet. Digne de la lignée des Butler. Mais un peu trop impétueuse. Même pendant une mission de surveillance, elle ne pouvait rester dix secondes sans bavarder. Rien à voir avec la discipline de son frère. Elle était jeune, heureuse. Une gamine. Jamais elle n'aurait dû choisir ce genre de métier. Artemis n'avait pas le droit de l'entraîner dans ses folies. Mais cet Irlandais avait le don de vous faire oublier toute réserve. Au cours des dix-huit derniers mois, rien que pour lui, Holly avait combattu un troll, guéri toute la famille, plongé dans l'océan arctique et elle s'apprêtait maintenant à désobéir à un ordre direct du commandant Root.

Elle établit la communication avec la salle d'opération des FAR.

– Foaly ? Vous m'entendez ?

Quelques secondes de silence. Puis la voix du centaure résonna dans le minuscule haut-parleur du casque.

– Holly, ne quittez pas, je ne vous reçois pas très bien. Je vais affiner la longueur d'onde. Parlez-moi, dites quelque chose.

– Essai. Trois, deux, un, zéro. Trois, deux, un, zéro. Les trolls troublent truites et tritons.

– O.K. Ça y est. Vous êtes claire comme le cristal. Comment ça va sur cette Terre de Boue ?

Holly regarda la ville qui s'étendait au-dessous d'elle.

– Il n'y a pas de boue ici. Rien que du verre, de l'acier et des ordinateurs. Ça vous plairait.

– Oh non, pas du tout. Les Hommes de Boue seront toujours des Hommes de Boue, qu'ils portent des costumes trois-pièces ou de simples pagnes. La seule chose qui soit vraiment bien chez les humains, c'est la télévision. Tout ce qu'on peut voir sur notre télé à nous, ce sont des rediffusions. Je regrette presque que le procès des généraux gobelins soit terminé. Au moins, c'était du direct. Je vous signale en passant qu'ils ont été déclarés coupables de tous les chefs d'accusation, grâce à vous. La condamnation sera prononcée le mois prochain.

L'angoisse qui serrait le cœur de Holly relâcha un peu son étreinte.

– Coupables. Dieu merci. Les choses vont enfin revenir à la normale.

Foaly ricana.

– La normale ? Ce n'est pas dans votre métier qu'on

258

est le mieux placé pour parler de « normale ». Si nous ne parvenons pas à récupérer le gadget d'Artemis, vous pourrez lui dire définitivement adieu, à la normale.

Le centaure avait raison. La vie de Holly n'avait plus été normale depuis qu'elle avait quitté la brigade des mœurs pour entrer au service de Détection des FAR. Mais tenait-elle vraiment à mener une vie normale ? N'était-ce pas justement pour cela qu'elle avait demandé à changer d'affectation ?

– Alors, pourquoi m'appelez-vous ? demanda Foaly. Le mal du pays ?

– Non, répondit Holly.

Et c'était vrai. Elle n'éprouvait aucune nostalgie. Depuis qu'Artemis l'avait embarquée dans sa dernière aventure, elle n'avait quasiment plus pensé à Haven-Ville.

– J'ai besoin d'un conseil, dit-elle.

– Un conseil ? Vraiment ? Ce ne serait pas une façon détournée de me demander de l'aide, j'espère ? Je crois que le commandant Root a dit que vous deviez vous débrouiller seule. Le règlement, c'est le règlement, Holly.

L'elfe soupira.

– C'est vrai. Le règlement, c'est le règlement et Julius sait de quoi il parle.

– En effet, Julius sait de quoi il parle, approuva Foaly, d'un ton qui ne paraissait pas très convaincu.

– De toute façon, vous n'auriez sans doute pas pu m'aider. Les systèmes de sécurité de Spiro sont très perfectionnés.

Foaly s'ébroua et un centaure qui s'ébroue vaut la peine d'être entendu.

– Je n'en doute pas. Qu'est-ce qu'il a de si perfectionné? Un chien et des boîtes de conserve qui tintent quand on ouvre la porte? Impressionnant.

– J'aimerais bien. L'ennui, c'est qu'il y a dans cet immeuble des choses que je n'avais encore jamais vues. Des choses très intelligentes.

Un petit écran à cristaux liquides s'alluma dans un coin de la visière de Holly. L'image de Foaly apparut, en direct du centre de police. Normalement, c'était contraire aux usages lorsqu'il s'agissait d'une opération non officielle. Mais la curiosité du centaure était éveillée.

– Je vous signale que je sais parfaitement ce que vous êtes en train de faire, déclara Foaly en agitant l'index.

– Je ne vois pas ce que vous voulez dire, répondit Holly d'un air innocent.

– *De toute façon, vous n'auriez sans doute pas pu m'aider. Les systèmes de sécurité de Spiro sont très perfectionnés,* répéta le centaure en imitant Holly. Vous essayez de me titiller l'ego. Je ne suis pas complètement stupide, vous savez?

– D'accord, vous avez raison. Vous voulez la vérité telle qu'elle est?

– Tiens, tiens, vous allez me dire la vérité, maintenant? Une tactique nouvelle pour un officier des FAR.

– La tour Spiro est une forteresse. Il est impossible d'y entrer sans votre aide, même Artemis a été obligé de le reconnaître. Nous ne cherchons pas à nous procurer du matériel ou un quelconque pouvoir magique supplémentaire, nous avons simplement besoin de conseils, peut-être d'un peu d'aide côté caméras. Gardez une ligne ouverte, c'est tout ce que je vous demande.

Foaly se caressa le menton.

– Pas moyen d'entrer, hein ? Même Artemis l'admet ?

– « On n'y arrivera pas sans Foaly. » Ce sont ses termes exacts.

Le centaure s'efforça de ne pas laisser la vanité paraître sur son visage.

– Vous avez une vidéo des lieux ?

Holly prit un ordinateur de poche à sa ceinture.

– Artemis a filmé l'intérieur de la tour. Je vous envoie ça tout de suite.

– J'ai besoin d'un plan de l'immeuble.

Holly tourna la tête à gauche puis à droite pour que Foaly puisse voir où elle se trouvait à travers la caméra de sa visière.

– C'est pour ça que je suis montée jusqu'ici. Pour passer l'endroit aux rayons X. Dans dix minutes, tout sera sur votre disque dur.

Holly entendit un signal sonore dans son casque. L'ordinateur lui annonçait que son e-mail était arrivé au centre de police. Foaly ouvrit le fichier.

– Des codes. D'accord. Des caméras. Pas de problèmes. Attendez un peu de voir ce que j'ai inventé pour neutraliser les caméras de contrôle. Je passe les couloirs en accéléré. Tada-da-da. Ah, la chambre forte. Tapis à pression. Mousse antiseptique. Détecteurs de

mouvements. Lasers thermosensibles. Caméras thermiques. Reconnaissance vocale, balayage rétinien et empreinte du pouce sur scanner à gel.

Il resta un instant silencieux.

– Impressionnant pour un Homme de Boue.

– Je ne vous le fais pas dire, approuva Holly. Un peu plus compliqué que des boîtes de conserve et un chien.

– Fowl a raison. Sans moi, vous êtes fichus.

– Alors, vous allez nous aider ?

Foaly ne put s'empêcher de faire durer le plaisir.

– Je ne vous promets rien...

– C'est oui ?

– Je vous garde une ligne ouverte. Mais s'il arrive quelque chose...

– Je comprends.

– C'est sans garantie.

– Sans garantie. Je vous dois une caisse de carottes.

– Deux caisses. Et une autre de jus de scarabée.

– Marché conclu.

A l'idée du défi à relever, le centaure était devenu rouge d'excitation.

– Est-ce qu'il va vous manquer, Holly ? demanda-t-il à brûle-pourpoint.

La question prit Holly au dépourvu.

– Qui va me manquer ? dit-elle, tout en connaissant déjà la réponse.

– Le jeune Fowl, bien sûr. Si tout se passe selon le plan prévu, nous serons effacés de sa mémoire. Fini les folles machinations et les aventures au pied levé. Ce sera une petite vie tranquille.

Holly évita le regard du centaure même si la caméra de son casque ne transmettait que ce qu'elle voyait et non sa propre image.

– Non, répondit-elle, il ne me manquera pas.

Mais ses yeux ne parvenaient pas à dissimuler la vérité.

Holly vola autour de l'immeuble à plusieurs reprises et à différentes altitudes jusqu'à ce que le scanner à rayons X ait accumulé suffisamment de données pour établir une image en trois dimensions. Elle transmit une copie du fichier à Foaly et retourna dans le fourgon.

– Je croyais vous avoir dit de ne pas les abîmer, commenta-t-elle en se penchant sur les deux tueurs évanouis.

Juliet haussa les épaules.

– Ce n'est pas bien grave, madame la fée. Je me suis laissée emporter dans le feu de l'action. Celui-là, il suffira de lui injecter une petite dose d'étincelles et il pourra rentrer à la maison.

Holly promena son doigt autour de l'hématome parfaitement circulaire qui s'étalait sur le front de Chips.

– Dommage que vous ne m'ayez pas vue, dit Juliet. Bang, bang, et hop, par terre. Je ne leur ai pas laissé la moindre chance.

Holly envoya le long de son doigt une étincelle unique qui effaça l'ecchymose comme un chiffon essuyant le rond d'une tasse de café.

– Vous auriez pu vous servir du Neutrino pour les mettre hors de combat.

≡

– Le Neutrino ? Ça n'a rien d'amusant, un Neutrino.

Le capitaine Short ôta son casque et regarda l'adolescente d'un œil noir.

– Nous ne sommes pas là pour nous amuser, Juliet. Ce n'est pas un jeu. Je croyais que vous en étiez consciente, compte tenu de ce qui est arrivé à Butler.

Le sourire de Juliet disparut.

– Je sais que ce n'est pas un jeu, capitaine. Mais moi, je fais les choses comme ça, voilà tout.

Holly continua de la regarder dans les yeux.

– Alors, vous n'êtes peut-être pas à votre place dans ce genre de travail.

– Ou peut-être que c'est vous qui faites ce genre de travail depuis un peu trop longtemps, objecta Juliet. D'après Butler, vous aussi, vous étiez un tantinet tête brûlée.

Mulch sortit des toilettes. Cette fois, il était allé s'enduire d'une crème solaire écran total. On était en pleine nuit mais le nain ne voulait prendre aucun risque. Si cette petite escapade tournait mal, comme on pouvait le supposer, il serait peut-être en fuite dès le lever du soleil.

– Un petit problème, mesdames ? Si vous vous disputez mes faveurs, n'insistez pas, je mets un point d'honneur à ne sortir qu'avec des créatures de ma propre espèce.

La tension se dégonfla comme un ballon crevé.

– Tu peux toujours rêver, boule de poils, dit Holly.

– C'est plutôt un cauchemar, ajouta Juliet. Moi, je mets un point d'honneur à ne jamais sortir avec quelqu'un qui vit sur un tas d'ordures.

Mulch resta imperturbable.

– Vous essayez de me résister. Je fais souvent cet effet-là aux femmes.

– Je n'en doute pas, répondit Holly avec un sourire. Le capitaine des FAR déplia une table escamotable et y posa son casque. Elle régla la caméra sur projection et fit apparaître le plan en trois dimensions de la tour Spiro. Le treillis de lignes vertes semblables à des néons tourna lentement dans les airs.

– Bon, alors, écoutez-moi bien. Voici le plan de l'immeuble. L'équipe numéro un perce un trou au quatre-vingt-cinquième étage. L'équipe numéro deux entre par la porte de l'hélistation. Ici.

Holly indiqua les points d'entrée en tapotant les endroits correspondants sur l'écran de son ordinateur de poche. Une lueur orange clignota sur le plan qui flottait devant leurs yeux.

– Foaly a accepté de nous aider, il restera donc en liaison avec nous. Juliet, vous prendrez ce petit ordinateur. Vous vous en servirez pour communiquer avec nous quand nous serons passés à l'action. Ne vous occupez pas des symboles en gnomique, nous vous enverrons les fichiers dont vous aurez besoin. Vous mettrez un écouteur pour couper le son des haut-parleurs. Pas question de déclencher des signaux sonores au mauvais moment. Cette petite encoche sous l'écran est un micro. Il est sensible au moindre murmure, donc inutile de crier.

Juliet attacha à son poignet l'ordinateur de la taille d'une carte de crédit.

– Comment se répartissent les équipes et quels sont leurs objectifs ?

Holly pénétra dans l'image en trois dimensions. Son corps s'enveloppa de lumières stroboscopiques.

– L'équipe numéro un s'occupe des systèmes de sécurité et change les bouteilles d'oxygène des deux gardes de la chambre forte. L'équipe numéro deux se charge de récupérer le Cube C. Très simple. Nous nous regrouperons deux par deux. Vous et Mulch, Artemis et moi.

– Oh non, protesta Juliet en hochant vigoureusement la tête. Je dois absolument aller avec Artemis. C'est lui mon principal. Mon frère ne quitterait jamais Artemis d'une semelle et je ferai comme lui.

Holly sortit de l'hologramme.

– Ça ne marchera pas. Vous êtes incapable de voler et vous ne savez pas grimper aux murs. Il faut un être féerique par équipe. Si ça ne vous plaît pas, débrouillez-vous avec Artemis la prochaine fois que vous le verrez.

Juliet se renfrogna. C'était logique, bien sûr. Les plans d'Artemis étaient toujours logiques. Elle comprenait à présent pourquoi il n'avait pas révélé à chacun l'intégralité de son plan lorsqu'ils étaient en Irlande. Il savait qu'elle n'aurait pas été d'accord. Être séparée de lui depuis six heures était déjà pénible, mais le plus dur restait à faire et Artemis Fowl n'aurait aucun Butler à ses côtés.

Holly retourna à l'intérieur de l'hologramme.

– L'équipe numéro un, c'est-à-dire vous et Mulch, escaladera la tour et y entrera en perçant un trou au

quatre-vingt-cinquième étage. Là, vous installerez cet appareil vidéo dans le circuit des caméras de surveillance.

Holly leur montra quelque chose qui ressemblait à un morceau de fil électrique entortillé.

– Ceci est une fibre optique qui permet de pirater à distance n'importe quel système vidéo, expliqua-t-elle. Avec ça, Foaly peut envoyer dans nos casques des signaux provenant de n'importe quelle caméra de l'immeuble. Il peut aussi transmettre aux humains n'importe quelle image qu'il souhaite leur faire voir. Vous remplacerez également les deux bouteilles d'oxygène des gardes par ce mélange de notre composition.

Juliet glissa la fibre optique dans la poche de sa veste.

– Je pénétrerai dans l'immeuble par le toit, poursuivit Holly. De là, je me rendrai dans la pièce où Artemis est enfermé. Dès que l'équipe numéro un nous aura donné le feu vert, nous irons chercher le Cube C.

– A vous entendre, ça paraît tout simple, remarqua Juliet.

Mulch éclata de rire.

– Avec elle, ça paraît toujours simple mais ça ne l'est jamais, dit-il.

ÉQUIPE NUMÉRO UN, AU PIED DE LA TOUR SPIRO

Juliet avait suivi un entraînement dans sept disciplines d'arts martiaux. Elle avait appris à rester insensible à la douleur et au manque de sommeil. Elle était

capable de résister à la torture physique et psychologique. Mais rien ne l'avait préparée à ce qu'il lui faudrait endurer pour pénétrer dans cet immeuble.

La tour ne comportait aucun mur aveugle et chaque façade demeurait illuminée vingt-quatre-heures sur vingt-quatre. Ils devaient donc commencer leur ascension depuis le trottoir. Juliet fit le tour de l'immeuble au volant du fourgon et le gara aussi près que possible du mur de derrière.

Enveloppés dans l'unique feuille de camouflage que Holly leur avait fournie, ils sortirent par le toit ouvrant. Juliet était attachée à la Cordelune qui entourait la taille de Mulch.

Elle tapota le casque du nain.

– Vous empestez.

La réponse de Mulch lui parvint à travers l'écouteur cylindrique enfoncé dans son oreille.

– Pour vous peut-être, mais pour une femelle de ma propre espèce, je représente l'essence même du mâle en bonne santé. C'est vous qui empestez, Fille de Boue. Pour moi, vous sentez plus mauvais qu'un putois dans une paire de chaussettes qu'on n'aurait pas changée depuis deux mois.

Holly passa la tête par le toit ouvrant.

– Silence, vous deux ! chuchota-t-elle. Le temps nous est compté au cas où vous l'auriez oublié. Juliet, votre précieux principal est prisonnier là-haut et attend que je vienne le délivrer. Il est déjà quatre heures cinq. Les gardes seront relevés dans moins d'une heure et je dois achever de mesmeriser ces brutes. Il nous reste à peine

cinquante-cinq minutes, alors, ne perdons pas de temps à nous disputer.

– Pourquoi ne pas nous amener tout simplement au sommet de l'immeuble avec vos ailes ?

– Tactique militaire élémentaire. Si nous nous séparons, une des deux équipes atteindra peut-être son objectif. Si nous restons groupés, nous prenons le risque d'échouer tous ensemble. Il faut se diviser pour gagner.

Ses paroles calmèrent Juliet. La fée avait raison, elle aurait dû le savoir. Une fois de plus, elle perdait sa concentration à un moment crucial.

– D'accord, allons-y, je retiendrai ma respiration.

Mulch colla ses deux mains dans sa bouche, absorbant les dernières traces d'humidité qui pouvaient subsister dans les pores de sa peau.

– Tenez-vous bien, dit-il lorsqu'il eut terminé, on y va.

Le nain tendit les muscles de ses jambes puissantes et fit un bond d'un mètre cinquante, atterrissant sur le mur de la tour Spiro. Entraînée derrière lui, Juliet eut l'impression d'évoluer sous l'eau. Le problème avec la Cordelune, c'était qu'elle ne se contentait pas de diminuer le poids : elle empêchait également la coordination des mouvements et donnait parfois le mal de l'espace. Les Cordelunes étaient conçues pour transporter des objets inanimés, pas des fées vivantes, et encore moins des êtres humains.

Mulch n'avait rien bu depuis plusieurs heures, provoquant une dilatation des pores de sa peau qui avaient à présent la taille de trous d'épingle. Ils produisaient un bruit de succion en se collant comme des ventouses

269

contre la surface lisse de la tour. Plaqué aux poutrelles métalliques, le nain prenait soin de contourner les vitres fumées de la façade. Car, même drapés dans une feuille de camouflage, ils laissaient parfois dépasser un bras ou une jambe qui risquait de les faire repérer. Le camouflage ne rendait pas complètement invisible. Des milliers de micro-capteurs incrustés dans le métal analysaient et reflétaient l'environnement, mais une simple averse aurait suffi à court-circuiter l'ensemble.

Mulch grimpait vite, à un rythme soutenu et régulier. Ses doigts et ses orteils à doubles jointures parvenaient à prendre appui dans la moindre rainure. Et là où il n'y en avait pas, les pores de sa peau le maintenaient plaqué contre la surface parfaitement plate. Les poils de sa barbe qui pointaient sous la visière du casque auscultaient la façade.

Juliet ne put s'empêcher de poser la question.

– Qu'est-ce qu'elle fabrique, votre barbe ? C'est un peu bizarre. Elle cherche des fissures ?

– Des vibrations, grogna Mulch. Capteurs, courant électrique, présence humaine.

De toute évidence, il n'avait pas l'intention de gaspiller son énergie à faire des phrases entières.

– Des capteurs nous repèrent, on est fichus, camouflage ou pas.

Juliet n'en voulait pas à son partenaire d'économiser son souffle. Ils avaient encore un long chemin à parcourir. Verticalement.

Le vent se renforça lorsqu'ils furent parvenus trop haut pour en être protégés par les immeubles environ-

nants. Juliet sentit ses pieds s'envoler et elle flotta comme une écharpe au côté du nain. Elle s'était rarement sentie aussi impuissante. Tout ce qui se passait à présent échappait totalement à son contrôle. Dans une telle situation, son entraînement ne lui servait plus à rien. Sa vie était entre les mains de Mulch.

Les étages défilaient dans un mélange de verre et d'acier. Le vent se jetait sur eux comme pour les empoigner et les précipiter dans les ténèbres.

– Il y a beaucoup d'humidité là-haut, à cause du vent, haleta le nain. Je ne pourrai plus tenir très longtemps.

Juliet tendit le bras et passa un doigt sur le mur. De petites gouttes de rosée luisaient à sa surface. L'humidité court-circuitait les micro-capteurs, faisant jaillir des étincelles le long de la feuille de camouflage. Désactivée par endroits, elle laissait voir des fragments de circuits électroniques suspendus dans l'obscurité. La tour elle-même s'était mise à osciller et menaçait de faire lâcher prise au nain épuisé et à sa passagère.

Enfin, les doigts de Mulch parvinrent à s'agripper à la corniche du quatre-vingt cinquième étage. Il se hissa sur l'étroite bordure et pointa la visière de son casque sur l'immeuble.

– On ne peut pas entrer par là, dit-il. Ma visière a repéré deux détecteurs de mouvements et un capteur laser. Il faut aller plus loin.

Il courut le long de la corniche, le pied aussi sûr qu'une chèvre de montagne. C'était son travail. Les nains ne tombaient jamais. A moins qu'on les pousse.

Juliet le suivait avec précaution. Même l'académie de Mme Ko n'aurait pu la préparer à un tel exercice.

Mulch finit par trouver une fenêtre qui lui convenait.

– Voilà, dit-il, sa voix déformée par l'écouteur. Ici, il y a un capteur avec une batterie à plat.

Les poils de sa barbe tâtèrent la vitre.

– Je ne sens aucune vibration, donc, pas d'appareil électrique, pas de conversation. L'endroit semble sûr.

Mulch fit tomber sur la vitre renforcée quelques gouttes d'un acide dont se servent les nains pour polir les roches. Le verre se liquéfia aussitôt, formant une flaque épaisse sur la moquette. Avec un peu de chance, le trou ne serait découvert qu'après le week-end.

– Oh, la, la, dit Juliet. Ce truc sent aussi mauvais que vous.

Mulch ne se donna pas la peine de répliquer, préférant se laisser tomber à l'intérieur où il était en sécurité.

Il consulta le lunomètre de sa visière.

– Quatre heures vingt. Heure humaine. Nous sommes en retard. Dépêchons-nous.

Juliet sauta à son tour à travers le trou de la fenêtre.

– Typique des Hommes de Boue, dit Mulch. Spiro dépense des millions de dollars en systèmes de sécurité et tout ça ne sert à rien à cause d'une simple batterie hors d'usage.

Juliet dégaina un Neutrino 2000. Elle ôta le cran de sûreté et appuya sur le bouton de réglage de la puissance. Une lumière passa du vert au rouge.

– Nous ne sommes pas encore entrés, dit-elle en se dirigeant vers la porte située au bout du couloir.

Mulch la saisit par le bras.

– Attendez ! siffla-t-il. La caméra !

Juliet s'immobilisa. Elle avait oublié la caméra de surveillance. Il y avait à peine une minute qu'ils étaient dans l'immeuble et elle commettait déjà des erreurs. Concentre-toi, fillette, concentre-toi.

Mulch dirigea sa visière vers la caméra installée en retrait. Le filtre ionique du casque illumina l'arc de l'objectif comme un trait d'or étincelant. Impossible d'échapper au champ de l'appareil.

– Aucun angle mort, dit Mulch, et le câble de la caméra se trouve derrière le boîtier.

– Il faut se cacher sous la feuille de camouflage en se serrant le plus possible l'un contre l'autre, dit Juliet qui fit la grimace à cette idée.

L'image de Foaly surgit alors sur l'écran du mini-ordinateur qu'elle portait au poignet.

– C'est une idée. Malheureusement, le camouflage est sans effet devant l'objectif d'une caméra.

– Pourquoi ?

– Les caméras voient mieux que les humains. Vous avez déjà observé une image télé ? La caméra sépare les pixels. Si vous avancez dans ce couloir sous la feuille de camouflage, vous aurez l'air de marcher derrière un écran de cinéma.

Juliet jeta un regard noir à l'image de Foaly.

– Et à part ça ? Peut-être que le plancher va se dissoudre en une grande flaque d'acide ?

– Ça m'étonnerait. Spiro est très fort mais il n'est pas moi.

– Est-ce que vous pourriez passer une image en boucle dans la vidéo, mon petit poney ? demanda Juliet. Histoire de leur envoyer un faux signal pendant une minute ?

Foaly fit grincer ses dents de cheval.

– On ne m'apprécie pas à ma juste valeur. Non, je ne peux pas passer d'image en boucle si je ne suis pas sur place, comme c'était le cas pendant le siège du manoir des Fowl. C'est pour ça que Holly vous a donné la fibre optique. J'ai bien peur que vous ne puissiez compter que sur vous-même.

– Dans ce cas, je vais démolir la caméra au laser.

– Négatif. Une décharge de Neutrino détruirait sans nul doute une caméra, mais il y aurait une réaction en chaîne sur tout le réseau. Autant danser une gigue spécialement pour Arno Blunt.

De rage, Juliet donna un coup de pied dans la plinthe. Elle se laissait arrêter au premier obstacle. Son frère aurait su quoi faire, s'il n'était pas resté de l'autre côté de l'Atlantique. Seuls six petits mètres de couloir les séparaient de leur but mais ils étaient aussi infranchissables qu'un kilomètre de verre pilé.

Elle vit alors Mulch déboutonner le rabat postérieur de son pantalon.

– Il ne manquait plus que ça, dit-elle. Notre petit bonhomme a besoin d'aller aux toilettes. C'est vraiment le moment.

– Vos plaisanteries me laissent de marbre, répliqua Mulch en se couchant sur le sol. Je sais ce que Spiro est capable de faire aux gens qu'il n'aime pas et j'ai l'intention d'éviter ça.

Juliet s'agenouilla à côté de lui. Pas trop près.

– J'espère que votre prochaine phrase va commencer par : « J'ai un plan. »

Le nain sembla viser avec son postérieur.

– C'est un fait...

– Vous n'êtes pas sérieux ?

– Très sérieux. Je dispose là d'une force considérable.

Juliet ne put s'empêcher de sourire. Ce petit bonhomme était un nain selon son cœur. Au sens figuré, bien sûr. Il savait s'adapter à toutes les situations, comme elle.

– Il suffit de dévier la caméra de vingt degrés sur son axe et nous pourrons atteindre le câble sans être dans le champ.

– Et vous allez faire ça avec... la force du vent ?

– Exactement.

– Et le bruit ?

Mulch cligna de l'œil.

– Silencieux mais implacable. Je suis un professionnel. Tout ce que vous aurez à faire, c'est presser mon petit orteil quand je vous le dirai.

Bien qu'elle eût suivi un entraînement rigoureux dans quelques-uns des lieux les plus hostiles de la planète, Juliet n'était pas tout à fait préparée à ce genre d'offensive venteuse.

– Il faut vraiment que je participe ? Je voyais plutôt ça comme une opération strictement personnelle.

Mulch observa la cible en plissant les yeux et positionna son arrière-train en conséquence.

– Ceci est un tir de précision. J'ai besoin d'un canonnier qui presse la détente afin que je puisse me concentrer uniquement sur l'objectif. La réflexologie est une science avérée chez les nains. Chaque partie du pied est liée à une partie du corps. Et il se trouve que le petit orteil de mon pied gauche est lié à...

– D'accord, dit précipitamment Juliet, j'ai compris l'idée générale.

– Allons-y, dans ce cas.

Juliet enleva la botte de Mulch. Sa chaussette laissait le bout du pied à l'air libre et cinq orteils poilus se mirent à remuer avec une agilité inconnue chez les humains.

– Il n'y a vraiment pas d'autre moyen ?

– A moins que vous n'ayez une meilleure idée.

Juliet saisit l'orteil avec précaution. Les poils noirs et frisés s'écartèrent obligeamment pour lui permettre d'accéder à la jointure.

– Maintenant ?

– Attendez.

Le nain se lécha l'index et le pointa en l'air pour sentir le vent.

– Pas la moindre brise, dit-il.

– Pas encore, marmonna Juliet.

Mulch affina sa visée.

– O.K. Feu !

Juliet retint son souffle et pressa l'orteil. Pour donner une idée précise de cet instant crucial, il convient de le décrire au ralenti.

Juliet sentit ses doigts se refermer autour de la jointure. Le mouvement provoqua une série de spasmes

dans la jambe de Mulch. Le nain s'efforça de conserver sa position en dépit des secousses. La pression augmenta dans son abdomen puis explosa à travers le rabat postérieur qui se releva avec un bruit sourd. Juliet eut l'impression d'être accroupie à côté d'un mortier. Un missile d'air comprimé, entouré d'ondes de chaleur semblables à des vaguelettes à la surface d'un étang, traversa le couloir.

– Rotation excessive, grogna le nain. J'ai donné trop d'effet.

La boule d'air tourna sur elle-même en direction du plafond, perdant un peu de son volume à la manière d'un oignon qu'on épluche.

– Plus à droite, exhorta Mulch. Un tout petit peu plus à droite.

L'improbable missile toucha le mur un mètre avant sa cible. Heureusement, le ricochet le projeta contre le boîtier de la caméra qui se mit à tournoyer sur son axe comme une assiette sur la baguette d'un jongleur. Retenant leur souffle, les deux intrus attendirent qu'elle se stabilise. Après avoir accompli une douzaine de révolutions, la caméra finit par s'immobiliser dans un grincement.

– Alors ? demanda Juliet.

Mulch se redressa et vérifia le flux ionique de l'objectif à travers sa visière.

– Une chance, murmura-t-il. Une grande chance. La voie est libre.

Il referma d'un coup sec son rabat postérieur encore fumant.

– Il y a longtemps que je n'avais pas lancé une torpille. Juliet prit la fibre optique dans sa poche et l'agita devant l'ordinateur attaché à son poignet pour que Foaly puisse la voir.

– Alors, si j'ai bien compris, j'enroule ce truc-là autour de n'importe quel câble ?

– Non, Demoiselle de Boue, soupira Foaly, très à l'aise dans son rôle habituel de génie méconnu. Ceci est un appareillage complexe de nanotechnologie qui comporte des microfilaments agissant à la fois comme émetteurs et récepteurs avec crampons intégrés. Bien entendu, il prend l'énergie nécessaire à son fonctionnement dans le système électrique des humains.

– Bien entendu, dit Mulch qui s'efforçait de garder les yeux ouverts.

– Vous devez vous assurer qu'il est solidement attaché à l'un des câbles vidéo. Heureusement, son multicapteur n'a pas besoin d'être en contact avec tous les fils. Un seul suffit.

– Et les câbles vidéo, ce sont lesquels ?

– Eh bien... tous.

Juliet émit un grognement.

– Donc, si j'ai bien compris, j'enroule ce truc-là autour de n'importe quel câble ?

– On peut dire les choses comme ça, en effet, admit le centaure. Mais serrez-le bien. Il faut que tous les éléments pénètrent dans le fil.

Juliet leva le bras, choisit un câble au hasard et enroula la fibre optique tout autour.

– O.K. ?

Il y eut un moment de silence pendant lequel Foaly attendit de recevoir quelque chose. Loin sous la terre, des images incrustées apparurent peu à peu sur l'écran à plasma du centaure.

– Parfait, nous avons maintenant des yeux et des oreilles.

– Alors, allons-y, dit Juliet avec impatience. Envoyez la boucle.

Foaly perdit une minute de plus à lui infliger un nouvel exposé.

– Il ne s'agit pas d'une simple boucle, jeune fille. Ce que je vais faire, c'est effacer de l'objectif des caméras toute perception de mouvement. Autrement dit, les images qui parviendront au poste de contrôle représenteront fidèlement les lieux, sauf que vous n'y serez pas présents. Mais surtout, il faudra veiller à ne jamais rester immobiles, sinon, vous redeviendrez visibles. Bougez toujours quelque chose, ne serait-ce que le petit doigt.

Juliet consulta l'horloge de l'ordinateur.

– Quatre heures et demie. Nous devons nous dépêcher.

– O.K. Le poste de contrôle ne se trouve pas très loin d'ici, dit Mulch. Nous allons prendre le chemin le plus court.

Juliet projeta le schéma de la tour dans les airs.

– Il faut suivre ce couloir puis tourner deux fois à droite et on y est.

Mulch passa devant elle et alla ouvrir la porte au bout du couloir.

279

– J'ai dit le chemin le plus court, Fille de Boue. Nous devons voir les choses latéralement.

Ils pénétrèrent dans un luxueux bureau de PDG avec vue sur la ville et murs recouverts d'étagères en pin du sol au plafond. Mulch écarta un panneau de bois et tapota le mur.

– Cloison en plâtre, dit-il. Pas de problème.

Juliet referma la porte derrière eux.

– Attention, pas de dégâts, le nain. Artemis a dit qu'il ne fallait laisser aucune trace.

– Ne vous inquiétez pas, je mange proprement.

Mulch décrocha sa mâchoire, sa cavité buccale prenant les proportions d'un ballon de basket. Il ouvrit la bouche à un angle incroyable de cent soixante-dix degrés et arracha un énorme morceau de mur que ses dents en forme de pierres tombales eurent tôt fait de réduire en poussière.

– Un 'eu sec, commenta-t-il. Di"icile à a'aler.

En trois bouchées, le trou dans le mur fut suffisant pour permettre le passage. Mulch entra dans le bureau voisin sans que la moindre miette de plâtre soit tombée de ses lèvres. Juliet le suivit, rabattant les étagères de pin pour recouvrir le trou.

Le nouveau bureau n'était pas aussi avantageux. Sombre et cubique, il devait abriter un vice-président. Aucune vue sur la ville et de simples étagères en métal. Juliet les remit en place pour cacher le passage fraîchement creusé. Mulch s'agenouilla alors près de la porte, sa barbe tâtant la surface de bois.

– Je perçois des vibrations de l'autre côté. Sans doute

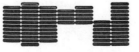

un compresseur. Rien d'irrégulier, donc il ne s'agit pas d'une conversation. Je pense qu'il n'y a pas de danger.

– Vous pourriez me demander mon avis, dit la voix de Foaly dans son écouteur. J'ai des images qui proviennent de toutes les caméras de l'immeuble. Il y en a plus de deux mille, au cas où ça vous intéresserait.

– Merci de me mettre au courant. Le passage est libre ?

– Oui. On ne peut plus libre. Absolument personne dans les environs immédiats, à part un garde au poste de contrôle.

Juliet prit deux bouteilles métalliques dans son sac à dos.

– Très bien, à mon tour de justifier mon salaire. Vous, vous restez ici. Je ne devrais pas en avoir pour plus d'une minute.

Elle entrouvrit la porte et se faufila dans le couloir, parfaitement silencieuse grâce aux semelles de caoutchouc de ses bottes. Des bornes lumineuses semblables à celles des avions était incrustées dans la moquette. La seule autre lumière provenait des veilleuses indiquant les sorties de secours.

Le plan de l'immeuble, sur l'ordinateur de son poignet, lui indiqua qu'elle avait vingt mètres à parcourir avant d'atteindre le poste de contrôle de l'étage. Ensuite, il fallait espérer que les bouteilles à oxygène étaient facilement accessibles. D'ailleurs, pourquoi ne le seraient-elles pas ? Il ne s'agissait pas d'objets à haut risque. En tout cas, Juliet serait prévenue à temps si des vigiles venaient faire leur ronde.

Elle s'avança le long du couloir avec la souplesse d'une panthère, ses pas étouffés par la moquette. Lorsqu'elle atteignit le dernier coin de mur, elle s'allongea à plat-ventre et jeta un coup d'œil de l'autre côté.

Elle aperçut le poste de contrôle. Ainsi que l'avait révélé Pex sous l'effet du mesmer, les bouteilles à oxygène qui alimentaient les gardes de la chambre forte étaient posées sur une simple étagère située devant le bureau du vigile.

Il n'y avait qu'un seul homme en faction, occupé à regarder un match de basket sur une télévision portable. Juliet rampa jusqu'à l'étagère. Le garde lui tournait le dos, son attention concentrée sur le jeu.

– Qu'est-ce que c'est que ça ? s'exclama soudain le vigile qui avait à peu près la taille d'un réfrigérateur grand modèle.

Il venait de remarquer quelque chose sur l'un des écrans de contrôle.

– Bougez ! siffla Foaly dans l'écouteur de Juliet.

– Quoi ?

– Bougez ! Vous apparaissez sur l'écran.

Juliet remua un doigt de pied. Elle avait oublié de rester toujours en mouvement. Butler, lui, y aurait pensé.

Au-dessus de sa tête, le vigile, appliquant la traditionnelle méthode de réparation rapide, tapa du plat de la main sur le boîtier de l'écran. La silhouette floue qui y était apparue s'effaça aussitôt.

– Encore une interférence, marmonna l'homme. Stupides satellites télé.

Juliet sentit une goutte de sueur couler le long de son nez. Elle leva lentement le bras et glissa sur l'étagère deux bouteilles à oxygène de substitution, après avoir enlevé celles qui s'y trouvaient déjà. Le terme de « bouteilles à oxygène » n'était cependant pas approprié puisqu'il n'y avait pas trace d'oxygène dans le gaz qu'elles contenaient.

La jeune fille consulta sa montre. Il était peut-être déjà trop tard.

ÉQUIPE NUMÉRO DEUX, AU-DESSUS DE LA TOUR SPIRO

Holly, en vol stationnaire à six mètres au-dessus de la tour, attendait le feu vert. Elle ne se sentait pas très à l'aise dans le déroulement de cette opération. Il y avait trop d'inconnues. Si cette mission n'avait pas été aussi cruciale pour l'avenir de la civilisation des fées, elle aurait refusé d'y participer.

Son humeur ne s'améliora guère à mesure que la nuit avançait. L'équipe numéro un se révélait très peu professionnelle. Ces deux-là se disputaient comme des adolescents. Il fallait d'ailleurs reconnaître que Juliet était à peine sortie de l'adolescence. Mulch, en revanche, était si loin de son enfance qu'il aurait eu besoin d'un livre d'histoire pour en retrouver la trace.

Le capitaine Short suivait leur progression sur l'écran de sa visière, faisant la grimace à chaque nouvelle

étape. Finalement, contre toute attente, Juliet avait réussi à substituer les bouteilles d'oxygène.

– On lance l'opération, annonça Mulch en s'efforçant d'adopter un ton militaire. Je répète, feu vert sur le machin rouge avec le code noir, opération lancée.

Le nain fut pris d'un fou rire et Holly préféra couper la communication. En cas d'urgence, Foaly n'aurait qu'à ouvrir un écran dans sa visière.

Au-dessous, la tour Spiro pointait sa silhouette effilée vers l'espace, telle une fusée gigantesque. Des volutes de brume se formaient à sa base, comme pour compléter l'illusion. Holly inclina ses ailes et se laissa lentement descendre vers l'hélistation. Elle afficha sur l'écran de sa visière les images vidéo prises par Artemis lorsqu'il était entré dans la tour et ralentit le film au moment où Spiro composait le code donnant accès à la porte du toit.

– Merci, Spiro, dit-elle avec un sourire, tandis qu'elle composait le code à son tour.

Un système pneumatique fit coulisser la porte. Des lumières s'allumèrent automatiquement pour éclairer l'escalier. Il y avait une caméra tous les six mètres. Aucun angle mort. C'était sans importance pour Holly, une fée dissimulée par son bouclier étant indétectable par les caméras humaines – sauf celles qui tournaient à très haute vitesse. Et même dans ce cas, il fallait regarder le film image par image pour arriver à apercevoir la silhouette d'une créature féerique. Un seul humain avait réussi à obtenir ce résultat. Un Irlandais âgé de douze ans à l'époque.

Holly descendit la cage d'escalier en se laissant porter par ses ailes et activa sur sa visière un filtre à argon sensible au laser. Tout l'immeuble était peut-être quadrillé de rayons dont elle ne soupçonnerait pas l'existence jusqu'à ce que l'un d'eux déclenche une alarme. Même une fée invisible avait une masse suffisante pour intercepter un rayon laser, ne serait-ce que pendant une milliseconde. Dès qu'elle eut activé son filtre, sa vision fut envahie d'un nuage violet mais elle ne repéra aucun faisceau suspect. Ce ne serait certainement plus le cas lorsqu'ils approcheraient de la chambre forte.

Holly arriva devant les portes d'acier de l'ascenseur.

– Artemis est au quatre-vingt-quatrième étage, dit Foaly. La chambre forte se trouve au quatre-vingt-cinquième; l'appartement de Spiro au quatre-vingt-sixième où nous sommes à présent.

– En quoi sont les murs?

– D'après le spectromètre, essentiellement en plâtre et en bois pour les cloisons de séparation. Mais dans les endroits-clés, ils sont en acier blindé.

– C'est-à-dire, si je devine bien, dans la pièce où est enfermé Artemis, dans la chambre forte et l'appartement de Spiro.

– Bravo, capitaine, bien vu. Mais ne vous laissez pas abattre. J'ai établi le chemin le plus court et je vous l'envoie dans votre casque.

Holly attendit jusqu'à ce qu'une icône représentant une plume apparaisse dans un coin de sa visière, l'informant qu'elle avait un e-mail.

– Ouvrir le courrier, dit-elle dans le micro de son casque en articulant clairement.

Un quadrillage de lignes vertes s'étala devant ses yeux. Le chemin qu'elle devait prendre s'inscrivit en rouge.

– Suivez le marquage laser, Holly. C'est à la portée du premier imbécile venu. Ne le prenez pas mal.

– Pas pour l'instant. Mais si jamais ça ne marche pas, là, je le prendrai très mal.

Le marquage laser commençait par l'ascenseur qui l'amena au quatre-vingt-cinquième étage. Il indiquait ensuite un couloir qu'elle suivit jusqu'à la porte d'un bureau, sur la gauche. Elle essaya de l'ouvrir. Fermée à clé. Pas très surprenant.

– Il va falloir que je désactive mon bouclier pour forcer cette serrure. Vous êtes sûr que mes mouvements n'apparaîtront pas sur les écrans de contrôle ?

– Évidemment, répondit Foaly.

Holly imaginait la moue enfantine qu'il devait faire en cet instant. Elle désactiva son bouclier et prit une Omniclé accrochée à sa ceinture. Le capteur de l'Omniclé enverrait une image à rayons X du mécanisme de la serrure à une puce qui sélectionnerait le passe-partout adéquat. L'appareil se chargerait même de le faire tourner. Bien sûr, l'Omniclé ne fonctionnait que sur les serrures manuelles qui restaient en usage chez les Hommes de Boue en dépit de leur caractère archaïque.

En moins de cinq secondes, la porte s'ouvrit devant elle.

– Cinq secondes, dit Holly. La batterie doit être usée.

Le tracé laser se prolongeait jusqu'au centre de la pièce puis tournait à angle droit en indiquant le sol.

– Laissez-moi deviner. Artemis est en dessous ?

– Oui. Il dort à en juger par l'image que transmet sa caméra-iris.

– Vous m'avez dit que la cellule était blindée.

– C'est vrai. Mais il n'y a pas de détecteurs de mouvements sur les murs ou au plafond. Il ne vous reste donc qu'à percer un trou.

Holly dégaina son Neutrino 2000.

– Ah bon, c'est tout ?

Elle choisit un endroit proche d'un appareil de conditionnement d'air et arracha la moquette. Elle découvrit au-dessous un sol de métal mat.

– Souvenez-vous : surtout pas de traces, dit la voix de Foaly dans son écouteur. C'est essentiel.

– Je m'occuperai de ça plus tard, répondit Holly qui régla l'air conditionné sur aspiration. Pour l'instant, il faut le sortir d'ici. Nous sommes dans les temps.

Holly modifia la puissance de son Neutrino en concentrant le rayon pour qu'il puisse découper l'épaisseur métallique du sol. De la déchirure en fusion s'éleva une fumée qui fut aspirée par la bouche d'air conditionné et se perdit dans la nuit de Chicago.

– Artemis n'est pas le seul à faire fonctionner son cerveau, grommela Holly, le visage ruisselant de sueur malgré la climatisation intégrée à son casque.

– L'air conditionné neutralise l'alerte incendie. Très bien.

– Il est réveillé ? demanda Holly en laissant intact le dernier centimètre du carré qu'elle venait de découper dans le sol.

– Les yeux grands ouverts et la crinière en bataille, pour utiliser une image typiquement centaurienne. C'est généralement l'effet que produit chez beaucoup de gens la vision d'un rayon laser qui transperce le plafond.

– Parfait, dit le capitaine Short en découpant le dernier centimètre.

Le carré de métal bascula.

– Ça ne risque pas de faire trop de bruit ? s'inquiéta Foaly.

Holly regarda le carré tomber.

– Je ne pense pas, répondit-elle.

CHAPITRE X
SUR LE POUCE

TOUR SPIRO, CELLULE D'ARTEMIS FOWL

Artemis était en pleine méditation lorsque le rayon laser traversa pour la première fois le plafond. Il se leva, quittant la position du lotus, remit son pull-over et entassa quelques oreillers sur le sol. Quelques instants plus tard, un carré de métal tomba par terre, le bruit de sa chute étouffé par les coussins. Le visage de Holly apparut alors par l'ouverture.

Artemis montra les oreillers.

– Vous aviez anticipé ce que j'allais faire, dit-il.

Le capitaine des FAR hocha la tête.

– Treize ans seulement et déjà prévisible.

– J'imagine que vous vous êtes servie de l'air conditionné pour évacuer la fumée ?

– Exactement. Je crois que nous commençons à nous connaître un peu trop.

Holly déroula une corde à piton attachée à sa ceinture et la descendit dans la cellule.

– Faites une boucle avec le mousqueton et montez à bord. Je vais vous tirer de là.

Artemis s'exécuta. Quelques secondes plus tard, il se hissait à travers le trou.

– Mister Foaly est-il dans notre camp ? demanda-t-il.

Holly tendit à Artemis un petit écouteur cylindrique.

– Posez-lui la question vous-même.

Artemis enfonça dans son oreille ce miracle de nanotechnologie.

– Allez-y, Foaly, étonnez-moi.

Sous terre, à Haven-Ville, le centaure se frotta les mains. Artemis était le seul qui comprenait véritablement ses exposés.

– Vous allez être ravi, Bonhomme de Boue. Non seulement vous n'apparaissez pas sur les écrans de contrôle, non seulement j'ai réussi à effacer la chute du plafond mais en plus, j'ai créé un Artemis virtuel.

Le jeune homme parut intrigué.

– Une copie ? Vraiment ? Comment avez-vous fait ?

– Très simple, répondit modestement Foaly. Je possède des centaines de films humains dans mes archives. J'ai emprunté les scènes de *La Grande Évasion* où Steve McQueen est seul dans sa prison et j'ai modifié ses vêtements.

– Et pour le visage ?

– J'avais gardé des images de l'interrogatoire que vous avez subi lors de votre dernier passage à Haven-Ville. J'ai mélangé les deux et voilà. Notre faux Artemis fait ce que je veux quand je le veux. Pour le moment,

votre double est en train de dormir mais dans une demi-heure, je peux l'expédier dans la salle de bains.

Holly enroula sa corde à piton.

– Miracles de la science moderne. Les FAR investissent des millions dans votre département, Foaly, et tout ce que vous arrivez à faire, c'est envoyer des Hommes de Boue aux toilettes.

– Vous devriez être plus aimable avec moi, Holly. N'oubliez pas que je vous rends un grand service. Si Julius savait que je vous apporte mon aide, il serait furieux.

– C'est d'ailleurs pour ça que vous le faites.

Holly s'avança précautionneusement vers la porte qu'elle entrouvrit. Le couloir était vide et silencieux, à part le bourdonnement des caméras de surveillance et le grésillement de l'éclairage fluorescent. Dans un coin de son viseur, Holly voyait des images miniatures de ce que transmettaient les caméras de Spiro. Six vigiles faisaient leurs rondes à l'étage.

Holly referma la porte.

– O.K. On y va. Il faut trouver Spiro avant la relève des gardes.

Artemis remit la moquette en place pour cacher le trou dans le sol.

– Vous avez localisé son appartement ?

– Il se trouve juste au-dessus. Nous devons monter là-haut pour scanner sa rétine et prendre l'empreinte de son pouce.

Une expression indéfinissable apparut pendant un instant sur le visage d'Artemis.

– Prendre l'empreinte. Oui, le plus tôt sera le mieux.

Holly ne lui avait jamais vu cet air-là. On aurait dit qu'il éprouvait un sentiment de culpabilité ? Était-ce possible ?

– Vous ne me cacheriez pas quelque chose ? demanda-t-elle d'un ton ferme.

L'étrange expression avait disparu, remplacée par l'habituelle impassibilité de son visage.

– Non, capitaine Short. Rien du tout. Et vous croyez vraiment que c'est le moment de m'infliger un interrogatoire ?

Holly agita un index menaçant.

– Artemis, si vous me faites un coup en traître au beau milieu d'une opération, je ne l'oublierai pas.

– Ne vous inquiétez pas, répondit Artemis d'un ton ironique, moi, j'oublierai.

L'appartement de Spiro était situé deux étages au-dessus de la cellule d'Artemis. Comme on pouvait s'y attendre, les murs blindés se trouvaient tous dans le même secteur. Malheureusement, Jon Spiro n'avait pas la moindre envie d'être espionné et l'espace qu'il habitait était dépourvu de caméras.

– Typique, marmonna Foaly. Les mégalomanes fous de pouvoir n'aiment pas qu'on découvre leurs immondes petits secrets.

– Je crois que quelqu'un va le contrarier, dit Holly en pointant le rayon de son Neutrino au-dessus de sa tête.

Un morceau de faux plafond se liquéfia comme un glaçon dans une bouilloire, révélant le blindage d'acier. Des gouttes de métal fondu s'enfoncèrent dans la moquette à mesure que le laser découpait le blindage. Lorsque le trou eut atteint un diamètre suffisant, Holly éteignit le Neutrino et fit passer la caméra de son casque par l'ouverture.

L'écran resta vide.

– Je passe aux infrarouges.

Une rangée de costumes apparut. Qui auraient pu être blancs.

– Son placard. Nous sommes dans son placard.

– Parfait, dit Foaly. Maintenant, endormez Spiro.

– Il dort déjà. Il est cinq heures moins dix du matin.

– Dans ce cas, assurez-vous qu'il ne se réveillera pas.

Holly replaça la caméra dans l'encoche du casque prévue à cet effet puis elle arracha une capsule de sa ceinture et la fit passer par le trou.

Foaly se chargea de faire les commentaires pour l'information d'Artemis.

– Cette capsule est un Dorplufor, au cas où vous vous poseriez la question.

– Du gaz ?

– Non, des ondes cérébrales.

Artemis sentit sa curiosité s'éveiller.

– Dites-moi tout.

– L'appareil analyse les ondes cérébrales et les reproduit à l'identique. Quiconque se trouve à proximité conserve le même état d'activité du cerveau jusqu'à ce que la capsule soit dissoute.

– Pas de traces ?

– Aucune. Et pas d'effets secondaires. On ne me payera jamais assez pour ce que je fais.

Holly compta une minute sur l'horloge de son casque.

– O.K., il va dormir comme un loir, à condition qu'il n'ait pas été éveillé au moment où le Dorplufor est entré en action. Allons-y.

La chambre de Spiro était aussi blanche que ses costumes, en dehors du trou aux bords noircis dans le plancher de son placard. Holly et Artemis se hissèrent par l'ouverture et se retrouvèrent sur une épaisse moquette blanche, entourés de meubles blancs aux portes coulissantes. La chambre à coucher luisait dans la pénombre, avec ses meubles ultramodernes – blancs, bien sûr –, ses projecteurs blancs, ses tentures blanches.

Holly prit le temps d'examiner un tableau qui occupait le centre d'un mur.

– Oh non, ça suffit ! souffla-t-elle.

C'était une peinture à l'huile. Complètement blanche. Au-dessous, une petite plaque de cuivre indiquait : *Fantôme de neige*.

Spiro était étendu au milieu d'un grand futon, perdu dans des replis de draps qui formaient comme des dunes autour de lui. Holly rabattit les couvertures et le retourna sur le dos. Même en plein sommeil, l'expression de son visage paraissait maléfique, comme si ses rêves étaient aussi vils que ses pensées éveillées.

– Quel homme charmant, dit Holly en relevant avec son pouce la paupière gauche de Spiro.

La caméra de son casque analysa son œil et enregistra les informations sur une puce. Il ne serait pas difficile de projeter l'image obtenue sur le scanner de la chambre forte, trompant ainsi l'ordinateur du système de sécurité.

L'empreinte du pouce ne serait pas aussi aisée à reproduire. Les minuscules capteurs du scanner à gel chercheraient en effet le relief des lignes et des volutes du doigt de Spiro. Une simple projection ne suffirait pas. Il fallait une reconstitution en trois dimensions. Artemis avait eu l'idée d'utiliser un bandage de latex à mémoire, semblable à celui qui maintenait le micro fixé sur sa gorge. En l'enroulant autour du pouce de Spiro pendant un certain temps, on obtiendrait un moulage de l'empreinte. Parmi les objets accrochés à sa ceinture, Holly prit un rouleau de latex dont elle détacha une bande d'une quinzaine de centimètres de longueur.

– Ça ne marchera pas, dit Artemis.

Holly eut soudain l'impression que son cœur s'arrêtait. Et voilà. C'était donc ça, la chose qu'Artemis lui avait cachée.

– Qu'est-ce qui ne marchera pas ?

– Le latex. Il ne parviendra pas à tromper le scanner à gel.

Holly descendit du futon.

– Je n'ai pas de temps à perdre, Artemis. *Nous* n'avons pas de temps à perdre. Le latex à mémoire va produire une copie parfaite du pouce, jusqu'au dernier grain de peau.

Artemis baissa les yeux.

– Une copie parfaite, c'est vrai, mais à l'envers. Comme le négatif d'une photo. Il y aura des lignes en relief à la place des lignes en creux.

– Nom de nom ! s'exclama Holly.

Il avait raison. Bien évidemment. Le scanner percevrait la copie latex comme une empreinte complètement différente. Les joues de Holly devinrent écarlates derrière sa visière.

– Vous le saviez, Bonhomme de Boue ! Vous le saviez depuis le début.

Artemis ne se donna pas la peine de nier.

– Je suis stupéfait que personne d'autre n'y ait pensé.

– Alors, pourquoi mentir ?

Artemis contourna le lit et prit la main gauche de Spiro.

– Parce qu'il n'existe aucun moyen de tromper le scanner à gel. Il faut lui montrer le vrai pouce.

Holly eut un petit rire de dépit.

– Qu'est-ce que vous voulez que je fasse ? Que je le coupe et qu'on l'emporte avec nous ?

Artemis se tut. Son silence était éloquent.

– Quoi ? Vous voulez vraiment que je lui coupe le pouce ? Vous êtes fou ?

Artemis attendit patiemment que l'orage passe.

– Écoutez-moi, capitaine. Il ne s'agit que d'une mesure temporaire. On pourra rattacher le pouce quand on aura fini. C'est la vérité, non ?

Holly leva les bras.

– Taisez-vous, Artemis. Fermez-la, c'est tout ce que je vous demande. Moi qui croyais que vous aviez changé. Le commandant avait raison. La nature humaine ne changera jamais.

– Quatre minutes, insista Artemis. Nous avons quatre minutes pour pénétrer dans la chambre forte et en revenir. Spiro ne sentira rien du tout.

Quatre minutes, c'était le délai théorique au-delà duquel une guérison devenait impossible. Après, rien ne garantissait que le pouce puisse être rattaché à la main. La greffe prendrait sur la peau mais sans doute pas sur les muscles ou les nerfs.

Holly eut l'impression que son casque rétrécissait autour de sa tête.

– Artemis, si vous continuez, je vous assomme !

– Réfléchissez, Holly. Je ne pouvais rien faire d'autre que vous mentir. Auriez-vous accepté si je vous avais proposé cela dès le début ?

– Non. Et je n'accepte pas plus maintenant !

Dans la pénombre, le visage d'Artemis luisait avec la même blancheur que les murs.

– Il faut pourtant vous y résoudre, capitaine. Il n'y a pas d'autre moyen.

Holly agita la main pour écarter Artemis comme s'il n'avait été qu'un vulgaire moucheron et parla dans le micro de son casque.

– Foaly, vous entendez ces aberrations ?

– Ça peut paraître aberrant, Holly, mais si nous ne récupérons pas cet appareil, nous pourrions perdre beaucoup plus qu'un pouce.

– Je n'arrive pas à y croire. De quel côté êtes-vous, Foaly ? Je ne veux même pas penser aux conséquences légales d'un tel acte.

Le centaure ricana.

– Les conséquences légales ? Nous sommes bien au-delà de toute loi, capitaine. Il s'agit d'une opération secrète. Aucun dossier, aucune autorisation. Si cette histoire se savait, nous nous retrouverions tous au chômage. Et ce n'est pas un pouce de plus ou de moins qui changera quoi que ce soit.

Holly augmenta la puissance du climatiseur de son casque, envoyant un flux d'air frais sur son front.

– Vous pensez vraiment qu'on pourra y arriver, Artemis ?

Le jeune homme se livra à quelques calculs mentaux.

– Oui, j'en suis sûr. De toute façon, nous n'avons pas le choix, il faut essayer.

Holly contourna le futon.

– Je n'arrive pas à croire que je puisse même envisager une chose pareille.

Elle souleva délicatement la main de Spiro. Il n'eut aucune réaction, pas même un vague grognement dans son sommeil. Ses globes oculaires remuaient en tous sens derrière ses paupières. Il était en phase de sommeil paradoxal.

Holly saisit son arme. En théorie, on pouvait très bien couper un doigt puis le rattacher grâce à la magie. Il n'y aurait aucune séquelle, il était même possible que l'afflux d'énergie magique fasse disparaître quelques unes des taches de vieillesse qui s'étalaient sur la main de Spiro. Mais la question n'était pas là. Ce n'était pas ainsi qu'on devait user de ses pouvoirs magiques. Une fois de plus, Artemis manipulait le Peuple pour s'en servir à ses propres fins.

– Rayon de quinze centimètres, dit la voix de Foaly à son oreille. Très haute fréquence. Il faut que la coupure soit bien nette. Et envoyez-lui une dose de magie pendant que vous procéderez à l'amputation. Ça vous fera peut-être gagner deux minutes.

Pour une raison inconnue, Artemis examinait Spiro derrière les oreilles.

– Mmmh, dit-il. Astucieux.

– Quoi ? siffla Holly. Qu'est-ce qu'il y a encore ?

Artemis recula d'un pas.

– Rien de grave. Continuez.

Une lueur rouge se refléta sur la visière de Holly tandis qu'un rayon laser court et très concentré jaillissait du canon de son Neutrino.

– Une seule coupure, dit Artemis. Propre et nette.

Holly lui lança un regard furieux.

– Ça suffit, Bonhomme de Boue, plus un mot. Et surtout pas de conseils.

Artemis n'insista pas. Pour gagner certaines batailles, il fallait parfois battre en retraite.

Holly referma son pouce et son index gauches autour du pouce de Spiro et envoya une légère décharge d'énergie magique dans sa main. En quelques secondes, la peau se raffermit, des rides disparurent et le tonus musculaire augmenta.

– Filtre, dit-elle dans son micro. Rayons X.

Le filtre tomba devant ses yeux et soudain, tout devint transparent, y compris la main de Spiro. Les os et les jointures étaient clairement visibles sous la peau. Seule l'empreinte était nécessaire. Elle couperait donc entre les deux jointures. Il serait déjà suffisamment difficile de rattacher le pouce dans la précipitation, inutile de tout compliquer avec une articulation à remettre en place.

Holly retint sa respiration. Le Dorplufor était beaucoup plus efficace que n'importe quel anesthésique. Spiro ne ressentirait pas la moindre gêne, il n'aurait pas la moindre réaction. Elle procéda à l'amputation. La coupure, lisse et droite, se referma au fur et à mesure. Il n'y eut pas la plus petite goutte de sang.

Artemis enveloppa le pouce dans un mouchoir qui provenait du placard de Spiro.

– Beau travail, dit-il. Allons-y, le compte à rebours a commencé.

Holly et Artemis redescendirent au quatre-vingt-cinquième étage par le trou du placard. On comptait plus de deux kilomètres de couloirs à cet étage et six gardes y faisaient leurs rondes par équipes de deux. Leur itinéraire était établi de telle sorte qu'il y avait toujours une équipe pour garder l'œil sur l'entrée de la chambre forte. Le couloir qui y menait était long d'une centaine de mètres et il fallait quatre-vingts secondes pour le parcourir. A la fin de ces quatre-vingts secondes, l'équipe suivante tournait le coin et répétait le même trajet. Fort heureusement, ce matin-là, deux des gardes voyaient les choses sous un éclairage très différent.

Foaly leur donna le signal.

– O.K. Nos hommes approchent de l'angle du mur.

– Vous êtes sûr que ce sont eux ? Tous ces gorilles se ressemblent. Petites têtes et absence de cou.

– J'en suis certain. Leurs marques apparaissent clairement.

Holly avait appliqué sur la peau de Pex et Chips un tampon généralement utilisé par le service des douanes et de l'immigration pour imprimer les visas invisibles. Les tampons brillaient d'une couleur orange lorsqu'on les regardait à travers un filtre à infrarouges.

Holly poussa Artemis par la porte qui se trouvait devant elle.

– O.K., on y va, et épargnez-moi vos habituels sarcasmes.

L'avertissement était inutile. Même Artemis Fowl n'était guère porté au sarcasme à ce stade particulièrement dangereux de l'opération.

Il courut le long du couloir, à la rencontre des deux vigiles éléphantesques. Leurs blousons formaient une bosse à angle droit sous leurs aisselles. Des pistolets, sans aucun doute. Et des gros calibres au chargeur bien rempli.

– Vous êtes sûre qu'ils sont mesmerisés ? demanda-t-il à Holly qui le suivait en volant au-dessus de sa tête.

– Évidemment. Leurs têtes sont tellement vides que j'avais l'impression d'écrire à la craie sur un tableau. Mais je peux les assommer si vous préférez.

– Non, répondit Artemis, essoufflé. Pas de traces. Surtout pas de traces.

Pex et Chips étaient plus proches, à présent. On les entendait échanger des points de vue sur les mérites de leurs héros préférés.

– Le capitaine Crochet, ça, c'est quelqu'un, dit Pex. Tu peux être sûr qu'il flanquerait une raclée à Barney à tous les coups.

Chips soupira.

– Tu n'as rien compris à Barney. Lui, ce qui l'intéresse, c'est les valeurs morales. Les raclées, il s'en fiche.

Ils croisèrent Artemis sans même le voir. D'ailleurs, comment auraient-ils pu ? Holly les avait mesmerisés en leur donnant l'ordre de ne remarquer personne d'autre que les gens qui travaillaient à l'étage. Sauf si elle leur désignait quelqu'un en particulier.

La cabine de contrôle extérieure à la chambre forte se trouvait devant eux. Il leur restait approximativement quarante secondes avant que l'équipe suivante tourne l'angle du mur. Et celle-là n'était pas mesmerisée.

– Nous avons environ une demi-minute, Holly. Vous savez ce que vous avez à faire.

Holly augmenta la chaleur des anneaux thermiques de sa combinaison pour qu'ils atteignent exactement la température de la pièce. Ce qui lui permettrait de franchir le croisillon de rayons laser qui quadrillait l'entrée de la chambre forte. Elle régla ensuite ses ailes sur une vitesse lente. Un courant d'air trop violent risquait d'activer le tapis à pression qui se trouvait au-dessous. Elle s'avança en prenant appui sur le mur, aux endroits où son casque lui assurait qu'il n'y avait aucun capteur dissimulé. Le tapis frémissait sous le déplacement d'air mais pas suffisamment pour activer le détecteur.

Artemis observait sa progression avec impatience.

– Dépêchez-vous, Holly, plus que vingt secondes.

Holly marmonna quelque chose qu'il ne serait pas convenable d'imprimer et s'approcha de la porte à une distance suffisante pour pouvoir la toucher.

– Fichier vidéo Spiro 3, dit-elle.

L'ordinateur de son casque reproduisit les images de Jon Spiro composant le code d'accès à la chambre forte et Holly imita chacun de ses gestes. Aussitôt, à l'intérieur de la porte d'acier, six pistons renforcés se rétractèrent, permettant au panneau blindé de pivoter sur ses gonds sous l'action de son contrepoids. Toutes les alarmes extérieures furent immédiatement neutralisées. La porte secondaire, en revanche, n'avait pas bougé. Les trois lumières rouges qui brillaient à sa surface représentaient les trois dernières barrières à passer : le scanneur à gel, le balayage rétinien et l'activation vocale.

Ce genre d'opération était trop complexe pour qu'on puisse se fier aux commandes vocales. Les ordinateurs de Foaly étaient connus pour avoir interprété de travers certaines instructions, même si le centaure soutenait que les erreurs étaient dues aux fées et non à ses machines. Holly arracha la bande Velcro qui recouvrait la tablette de commande attachée à son poignet.

Elle projeta tout d'abord à une hauteur d'un mètre soixante-cinq une image en trois dimensions du globe oculaire de Spiro. Le scanner rétinien envoya un rayon tournant qui analysa l'œil virtuel. Apparemment satisfait, il neutralisa la première serrure. Une des trois lumières rouges passa au vert.

L'étape suivante consistait à reproduire les ondes sonores nécessaires pour tromper l'appareil à reconnaissance vocale. L'installation était très perfectionnée

et ne se serait pas déclenchée avec un simple enregistrement. Ou plus exactement un enregistrement
humain. En revanche, les micros numériques de Foaly
produisaient des copies impossibles à distinguer de
l'original. Même les vers gluants, dont le corps tout
entier était couvert d'oreilles, se laissaient abuser par
l'enregistrement que Foaly avait fait du sifflement de la
femelle à la saison des amours. Il était en pourparlers
avec une association de collectionneurs d'invertébrés
qui voulaient en acquérir les droits.

Holly fit passer la voix de Spiro dans les haut-parleurs
de son casque.

– Jon Spiro. Je suis le patron, alors ouvre-moi vite.

L'alarme numéro deux fut à son tour désactivée.
Nouvelle lumière verte.

– Excusez-moi, capitaine, dit Artemis dont la voix
laissait percer une certaine appréhension, mais nous
n'avons presque plus de temps.

Il prit le pouce dans le mouchoir et passa devant
Holly pour aller se placer sur le petit point rouge tracé
au sol. Artemis appuya le pouce sur le scanner. Le gel
verdâtre épousa l'empreinte du doigt sectionné et le
troisième voyant passa au vert. Le stratagème avait
marché. Ce qui n'était pas étonnant. Après tout, le
pouce était parfaitement authentique.

Mais rien d'autre ne se produisit. La porte restait fermée.

Holly donna un coup de poing dans l'épaule
d'Artemis.

– Alors ? On peut entrer ?

– Apparemment pas. Et ce n'est pas en me boxant que vous m'aiderez à me concentrer.

Artemis contempla les voyants. Qu'avait-il oublié ? Réfléchis, mon garçon, réfléchis. Fais travailler ces célèbres neurones. Il se pencha un peu plus sur la porte secondaire, faisant passer le poids de son corps d'une jambe sur l'autre. Sous ses pieds, le point rouge émit alors un grincement.

– Bien sûr ! s'exclama Artemis.

Il saisit Holly et la serra contre lui.

– Ce n'est pas une simple marque rouge, expliqua-t-il précipitamment. C'est un capteur de poids.

Il avait raison. Leurs masses combinées étaient suffisamment proches du poids de Jon Spiro pour tromper la balance. De toute évidence, il s'agissait d'un dispositif mécanique. Jamais un ordinateur n'aurait été si facilement abusé. La porte secondaire coulissa en s'enfonçant dans le sol.

Artemis donna le pouce à Holly.

– Allez-y, dit-il. Il ne reste pas beaucoup de temps à Spiro. Je vous rejoins tout de suite.

Holly prit le pouce.

– Et si vous ne revenez pas ?

– Alors, nous passons au plan B.

Holly acquiesça d'un lent hochement de tête.

– Espérons que ce ne sera pas nécessaire.

– Espérons-le.

Artemis s'avança dans la chambre forte. Il ne prêta aucune attention à la fortune qu'elle contenait en bijoux et en titres au porteur, se dirigeant tout droit sur

la prison de plexiglas où le Cube C était enfermé. Deux énormes gardes bloquaient le passage. Ils avaient un masque à oxygène sur le visage et paraissaient étrangement immobiles.

– Excusez-moi, messieurs. Cela vous dérangerait-il que j'emprunte le Cube de Mister Spiro ?

Aucun des deux ne réagit. Pas le moindre frémissement de sourcil. Sans doute fallait-il voir là les effets du gaz paralysant que contenaient leurs bouteilles à oxygène, un gaz dérivé du venin produit par une araignée péruvienne. Sa composition chimique était semblable à un baume anesthésique en usage chez les Indiens d'Amérique du Sud.

Artemis composa le code que Foaly lui récitait à l'oreille et les quatre côtés de la vitrine en plexiglas descendirent dans les parois de la colonne, entraînés par une machinerie silencieuse. Le Cube C était à présent à sa portée. Artemis tendit la main pour prendre la précieuse boîte...

CHAMBRE DE SPIRO

Holly se hissa par le trou du placard et retourna dans la chambre de Spiro. L'homme d'affaires était allongé dans la même position, la respiration normale et régulière. Le chronomètre de la visière de Holly indiquait quatre heures cinquante-sept du matin et quelques secondes. Elle était revenue juste à temps.

Holly saisit le pouce avec précaution et le recolla sur la phalange sectionnée. Au toucher, la main de Spiro lui parut froide et malade. Elle se servit du filtre de grossissement de sa visière pour regarder le pouce en gros plan. D'après ce qu'elle voyait, les deux parties raccordaient parfaitement.

– Guérison, dit-elle.

Les étincelles magiques jaillirent au bout de ses doigts et plongèrent dans les deux moitiés du pouce de Spiro. Des filaments de lumière bleue rattachèrent le derme et l'épiderme, une peau neuve faisant surface pour effacer la cicatrice. Le pouce se mit à frémir et à bouillonner. De la vapeur s'échappait de ses pores en formant un petit nuage de buée autour de la main. Le bras fut agité de spasmes violents et l'onde de choc se propagea sur le torse osseux de Spiro. Son dos s'arqua avec une telle force que Holly eut peur de voir sa colonne vertébrale céder, puis l'industriel retomba sur le lit. Tout au long de l'opération, son cœur avait continué de battre avec une parfaite régularité.

Quelques étincelles isolées ricochèrent le long du corps de Spiro comme des pierres plates à la surface d'un étang. Elles remontèrent derrière ses oreilles, à l'endroit exact qu'Artemis avait examiné quelques minutes auparavant. Étrange. Holly replia une oreille et remarqua une cicatrice en forme de croissant que la magie effaça très vite. Il y avait une cicatrice symétrique derrière l'autre oreille.

Holly la regarda en gros plan grâce au zoom de sa visière.

– Foaly, qu'est-ce que vous en pensez?

– Opération chirurgicale, répondit le centaure. Peut-être que notre ami Spiro s'est fait faire un lifting? Ou peut-être que...

– Ou peut-être que ce n'est pas Spiro, acheva Holly en se branchant sur la fréquence radio d'Artemis. Artemis, dit-elle, l'homme qui se trouve dans la chambre n'est pas Spiro. C'est un double. Vous m'entendez? Répondez, Artemis.

Artemis ne répondit pas. Peut-être parce qu'il ne le voulait pas, peut-être parce qu'il ne le pouvait pas.

LA CHAMBRE FORTE

Artemis tendit la main pour prendre la précieuse boîte. Un faux mur coulissa alors dans un sifflement pneumatique. Derrière se tenaient Jon Spiro et Arno Blunt. Le sourire de Spiro était si large qu'il aurait pu avaler une tranche de pastèque.

L'homme d'affaires applaudit, ses bijoux tintant à ses poignets.

– Bravo, petit. Certains parmi nous ne pensaient pas que tu arriverais jusqu'ici.

Blunt prit un billet de cent dollars dans son portefeuille et le donna à Spiro.

– Merci beaucoup, Arno. J'espère que désormais, tu ne parieras plus contre ton propre employeur.

Artemis hocha la tête d'un air songeur.

– Dans la chambre, c'était un sosie.

– Oui, mon cousin Costa. Nous avons la même forme de tête, il suffisait d'une ou deux interventions chirurgicales pour que nous nous ressemblions comme deux gouttes d'eau.

– Et vous avez réglé le scanner à gel pour qu'il reconnaisse son empreinte.

– Pour une nuit seulement. Je voulais voir jusqu'où tu irais. Tu es vraiment un garçon étonnant, Arty. Personne avant toi n'avait réussi à pénétrer dans la chambre forte et tu serais surpris de savoir combien de professionnels ont essayé. De toute évidence, il y a quelques défauts dans mon système. Il faudra que les responsables de la sécurité étudient ça de près. Au fait, comment t'y es-tu pris pour entrer ? Apparemment, Costa ne t'a pas accompagné.

– Secret professionnel.

Spiro descendit de la petite plateforme sur laquelle il se tenait.

– Aucune importance. Nous verrons cela sur les enregistrements vidéo. Il y a forcément une ou deux caméras que tu n'auras pas pu saboter. Une chose est certaine, en tout cas, tu n'as pas pu faire ça sans une aide extérieure. Regarde s'il a un écouteur, Arno.

Blunt ne mit pas plus de cinq secondes pour trouver le petit cylindre. Il l'arracha d'un air triomphant et l'écrasa sous le talon de sa botte.

Spiro soupira.

– Je suis certain, Arno, que cette petite merveille électronique valait beaucoup plus que tout ce que tu pourras jamais gagner dans ta vie. Je me demande pourquoi je te garde à mon service. Vraiment, je me le demande.

Blunt fit une grimace. Cette fois, il avait des dents en plexiglas à moitié remplies d'une huile bleue qui ondulait à chaque mouvement. On aurait dit un oscilloscope macabre.

– Désolé, Mister Spiro.

– Vous serez encore plus désolé, mon cher édenté, lorsque vous saurez que Butler va bientôt arriver, dit Artemis.

Blunt recula involontairement d'un pas.

– Ne crois pas que tu vas pouvoir m'impressionner avec tes contes à dormir debout. Butler est mort, je l'ai vu tomber devant moi.

– Tomber, peut-être. Mais l'avez-vous vu mourir ? Si je me souviens bien de ce qui s'est passé, après avoir tiré sur Butler, c'est lui qui a tiré sur vous.

Blunt caressa les points de suture de sa tempe.

– Il a eu un coup de chance, voilà tout.

– Un coup de chance ? Butler est un tireur d'élite et fier de l'être. Je n'oserais jamais lui dire une chose pareille en face.

Spiro éclata d'un rire réjoui.

– Le môme va réussir à te mettre la tête à l'envers, Arno. A treize ans, il joue avec toi comme avec un piano à queue sur la scène du Carnegie Hall. Réagis, mon vieux. Tu es censé être un professionnel.

Blunt essaya de reprendre contenance, mais on voyait que le fantôme de Butler hantait les traits de son visage.

Spiro prit le Cube C posé sur son coussin.

– Tout cela est très amusant, Arty, dit-il. J'aime beaucoup tes menaces et tes reparties, mais elles ne signifient plus rien. Une fois de plus, j'ai gagné. Tu t'es fait coiffer au poteau. Pour moi, c'était un jeu. Un divertissement. Même si elle se termine d'une manière un peu piteuse, ta petite opération aura eu au moins une valeur éducative. Mais tu dois bien comprendre que c'est fini, maintenant. Ici, il n'y a personne pour t'aider et je n'ai plus le temps de jouer !

Artemis soupira, offrant l'image de la défaite.

– J'ai reçu une bonne leçon, dit-il. Désormais, je sais qui est le patron.

– Exactement. Il faut à certaines personnes un peu de temps pour apprendre. Plus l'ennemi est intelligent, plus son ego est développé. Tu avais besoin de te rendre compte que tu n'étais pas à la hauteur avant de te résoudre à m'obéir.

Spiro posa une main osseuse sur l'épaule d'Artemis. Le jeune homme sentait le poids de ses bijoux.

– Maintenant, écoute-moi bien, petit. Je veux que tu fasses fonctionner ce Cube. Fini les boniments. Je n'ai jamais rencontré un fou d'informatique qui n'ait pas pris la précaution de s'aménager une porte de sortie. Alors, tu me mets ce machin en marche sinon, je n'aurai plus du tout envie de rire et ce sera très regrettable pour toi, tu peux me croire.

Artemis prit le Cube rouge entre ses mains et contempla l'écran plat. C'était la phase délicate du plan. Il fallait laisser Spiro croire que, cette fois encore, il s'était montré plus intelligent qu'Artemis Fowl.

– Vas-y, Arty. Maintenant.

Artemis passa la main sur ses lèvres sèches.

– D'accord. J'ai besoin d'une minute.

Spiro lui tapota l'épaule.

– Je suis un homme généreux. Je t'en donne deux.

Il adressa un signe de tête à Blunt.

– Reste tout près de lui, Arno, je ne voudrais pas que notre jeune ami nous prépare un de ses pièges.

Artemis s'assit à la table d'acier et ouvrit le Cube pour mettre au jour ses circuits internes. Il plongea les doigts dans un enchevêtrement complexe de fibres optiques et en enleva une. Celle du dispositif de blocage qui empêchait les FAR d'avoir accès à l'appareil. Il laissa passer un peu moins d'une minute et referma le Cube C.

Spiro ouvrait de grands yeux avides. Des rêves de richesse illimitée dansaient dans sa tête.

– Il me faut de bonnes nouvelles, Arty, uniquement de bonnes nouvelles.

Artemis se montrait beaucoup moins sûr de lui, à présent, comme si la réalité de la situation avait fini par ronger son arrogance.

– Je l'ai réinitialisé. Il marche, sauf...

Spiro agita les deux mains, ses bracelets tintant comme des clochettes au cou d'un chat.

– Sauf ? J'espère qu'il s'agit d'un tout petit « sauf », sinon...

– Oh, ce n'est rien. Je n'aurais même pas dû en parler. J'ai simplement remis la version 1.0 ; la version 1.2 ne pouvait fonctionner qu'à partir de ma voix. Le 1.0 présente une moins grande sécurité et il a moins bon caractère.

– Moins bon caractère ? Tu n'es qu'une boîte, Cube, pas ma grand-mère.

– Je ne suis pas une boîte ! protesta Foaly qui pouvait désormais prêter sa voix au Cube, grâce à la disparition du système de blocage. Je suis une merveille d'intelligence artificielle. Je vis, donc j'apprends.

– Vous voyez ce que je veux dire ? murmura Artemis d'une voix faible.

Le centaure allait tout faire rater. Il ne fallait pas éveiller les soupçons de Spiro à ce stade.

L'homme d'affaires lança au Cube un regard noir, comme s'il s'était agi d'un de ses sous-fifres.

– Tu as l'intention de me donner du fil à retordre, mon petit monsieur ?

Le Cube ne répondit pas.

– Il faut s'adresser à lui en l'appelant par son nom, expliqua Artemis. Sinon, il répondrait à n'importe quelle question formulée dans le champ de perception de ses capteurs.

– Et c'est quoi, son nom ?

Juliet se servait parfois de l'expression « Quelle andouille ! » Artemis n'employait jamais de tournures aussi familières, mais elle aurait été parfaitement adaptée en cet instant.

– Il s'appelle Cube.

– O.K., Cube. Alors, tu as l'intention de me donner du fil à retordre ?

– Je donnerai ce que mon processeur est capable de donner.

Spiro se frotta les mains avec une joie enfantine.

Ses bijoux étincelèrent comme des vaguelettes au soleil couchant.

– O.K., on va tester le bébé. Cube, est-ce que tu peux me dire s'il y a des satellites qui surveillent cet immeuble ?

Foaly resta silencieux un instant. Artemis l'imaginait en train d'afficher sur son écran ses données satellites.

– En ce moment, un seul. Mais à en juger par les traces ioniques, cet immeuble a dû recevoir plus de rayons que le Millennium Falcon de *Star Wars*.

Spiro jeta un regard à Artemis.

– Il y a un défaut dans sa puce de personnalité, expliqua le jeune homme. C'est pour ça que je l'avais désactivé. Mais on peut facilement l'arranger.

Spiro approuva d'un signe de tête. Il ne voulait pas que son petit génie technologique développe une personnalité de gorille.

– Maintenant, Cube, parle-moi de ce groupe qui s'appelle les FAR, demanda-t-il. Il paraît qu'ils me surveillaient quand j'étais à Londres. Est-ce qu'ils sont toujours là ?

– Les FAR ? C'est une chaîne de télévision libanaise diffusée par satellite, répondit Foaly, qui suivait en cela les instructions d'Artemis. Ils font surtout des émissions de jeu. Mais leurs ondes ne sont pas assez puissantes pour arriver jusqu'ici.

– D'accord, dans ce cas, oublie-les, Cube. Donne moi plutôt le numéro de série du satellite qui me surveille en ce moment.

Foaly consulta un écran.

– Ah... voyons. États-Unis, enregistré auprès du gouvernement fédéral sous le numéro ST1147P.

Spiro serra les poings.

– Oui ! C'est ça. Je possédais déjà cette information. Cube, tu as réussi l'examen.

Le milliardaire se mit à danser autour de la chambre forte, comme si la cupidité l'avait fait retomber en enfance.

– Arty, cette histoire me ramène à ma jeunesse ! J'ai envie de mettre un smoking pour aller au bal de fin d'année du lycée.

– On dirait.

– Je ne sais pas par où commencer. Est-ce que je vais gagner de l'argent par moi-même ou en voler à quelqu'un d'autre ?

Artemis se força à sourire.

– Le monde vous appartient.

Spiro tapota délicatement le Cube.

– Exactement. C'est exactement ça. Et j'ai l'intention de prendre tout ce qu'il a à m'offrir.

Pex et Chips apparurent alors à l'entrée de la chambre forte, leurs armes à la main.

– Mister Spiro ! balbutia Pex. Qu'est-ce qui se passe ? C'est un exercice ?

Spiro éclata de rire.

– Tiens donc. Voilà la cavalerie. Avec quelques siècles de retard. Non, ce n'est pas un exercice. Et je serais très heureux de savoir comment le jeune Artemis a réussi à passer sous votre nez sans que vous vous en aperceviez.

Les deux gros bras contemplèrent Artemis comme s'il avait surgi de nulle part. Ce qui, pour leur cerveau mesmerisé, était bel et bien le cas.

– Nous ne savons pas, Mister Spiro. Nous ne l'avons pas vu. Vous voulez qu'on l'emmène dehors pour qu'il lui arrive un petit accident ?

Spiro éclata à nouveau de rire. On aurait dit un aboiement féroce.

– J'ai un nouveau mot à vous apprendre à tous les deux, espèces de pauvres cloches. Jetable. Vous, vous l'êtes et lui pas. Pour l'instant en tout cas. Vous m'avez compris ? Alors, contentez-vous de rester là et d'avoir l'air méchant, sinon je vous remplace par deux gorilles épilés.

Spiro plongea son regard dans l'écran du Cube, comme s'il n'y avait personne d'autre dans la pièce.

– J'estime qu'il me reste une vingtaine d'années à vivre. Après ça, le monde peut bien aller au diable, peu m'importe. Je n'ai ni famille, ni héritiers. Il est inutile de penser à l'avenir. J'ai l'intention de tirer le maximum de cette planète et grâce à ce Cube, je vais pouvoir faire ce que je veux à qui je veux.

– Moi, je sais ce que je ferais en premier, dit Pex.

Il paraissait lui-même surpris de s'entendre parler ainsi.

Spiro se figea. Il n'avait pas coutume d'être interrompu en plein délire.

– Qu'est-ce que tu ferais, pauvre cloche ? dit-il. Tu t'achèterais une table dans ton fast food préféré ?

– Non, répondit Pex. Je m'attaquerais aux gens de

chez Phonetix. Depuis des années, ils n'arrêtent pas de nous marcher sur les pieds, à Spiro Industries.

L'instant se chargea d'électricité. Non seulement parce que Pex avait bel et bien eu une idée, mais parce qu'en plus elle était bonne.

Une lueur songeuse s'alluma dans le regard de Spiro.

– Phonetix. Mon plus gros concurrent. Je déteste ces gens-là. Rien ne m'apporterait plus grande satisfaction que de mettre à genoux cette bande de téléphonistes de bas étage. Mais comment m'y prendre ?

Ce fut au tour de Chips d'intervenir.

– J'ai entendu dire qu'ils travaillaient sur un nouveau portable top-secret. Avec une batterie superlongue durée, ou quelque chose comme ça.

Spiro les regarda alternativement d'un air stupéfait. D'abord Pex et maintenant, Chips ? A ce rythme-là, ils finiraient bientôt par apprendre à lire. En tout cas...

– Cube, dit Spiro. Je veux que tu te branches sur la base de données de Phonetix. Copie-moi les schémas de tous leurs projets actuellement à l'étude.

– Ça, c'est impossible, grand patron. Phonetix travaille en circuit fermé. Aucune connexion Internet dans leur département Recherche et Développement. Il faudrait que je sois sur place.

L'euphorie de Spiro s'évanouit. Il se tourna vers Artemis.

– Qu'est-ce qu'il raconte ?

Artemis s'éclaircit la gorge.

– Le Cube ne peut pas scanner un système en circuit fermé à moins que son capteur universel soit en contact

317

direct avec l'ordinateur ou au moins à proximité, expliqua-t-il. Les dirigeants de Phonetix sont tellement paranoïaques que leur laboratoire de recherche est complètement isolé, enterré sous plusieurs étages de roche dure. Ils n'ont même pas d'e-mail. Je le sais parce que j'ai moi-même essayé plusieurs fois de les pirater.

– Mais le Cube a bien réussi à scanner le satellite, non ?

– Le satellite émet des ondes. Et quand il y a des ondes, le Cube peut les intercepter.

Spiro tritura la chaîne de sa gourmette.

– Il faudrait donc que j'aille chez Phonetix ?

– Je ne vous le conseille pas, dit Artemis. Ce serait prendre beaucoup de risques pour une simple vengeance personnelle.

Blunt s'avança d'un pas.

– Laissez-moi y aller moi-même, Mister Spiro. Je vous obtiendrai les plans.

Spiro avala une poignée de vitamines prises dans un petit distributeur automatique attaché à sa ceinture.

– Bonne idée, Arno. Mais j'hésite à confier le Cube C à qui que ce soit. Qui sait quelles tentations il pourrait éveiller ? Cube, serais-tu capable de neutraliser les systèmes d'alarme de chez Phonetix ?

– Est-ce qu'un nain serait capable de faire un trou dans son pantalon ?

– Qu'est-ce que ça signifie ?

– Heu... rien. C'est un terme technique. Vous ne comprendriez pas. En fait, j'ai déjà neutralisé les alarmes de Phonetix.

– Et les vigiles, Cube ? Tu peux aussi les mettre hors circuit ?

– No problemo. Il me suffirait d'activer à distance le système de défense interne.

– Qui consiste en quoi ?

– Des réservoirs remplis d'un gaz anesthésique, installés dans les conduits d'air conditionné. Ce qui est d'ailleurs parfaitement illégal selon les lois en vigueur à Chicago. Illégal mais habile : le gaz ne laisse aucune trace et n'entraîne aucun effet secondaire. L'intrus se réveille deux heures plus tard dans sa cellule.

Spiro eut un petit rire.

– Ces paranoïaques de chez Phonetix ! Vas-y, Cube, mets-les K.O.

– Bonne nuit les petits, dit Foaly avec une joie qui paraissait beaucoup trop réelle.

– Bien. A présent, Cube, il n'y a plus entre nous et les plans de Phonetix qu'un ordinateur codé.

– Quelle bonne blague ! On n'a pas encore inventé d'unité temporelle suffisamment infime pour mesurer le temps que je mettrais à percer le code de leur disque dur.

Spiro fixa le Cube à sa ceinture.

– Vous savez quoi ? Je commence à aimer follement ce petit bonhomme.

Artemis adopta le ton le plus sincère possible pour essayer une dernière fois de modérer ses ardeurs.

– Mister Spiro, je ne crois vraiment pas que ce soit une chose à faire.

– Je sais bien que l'idée ne te plaît pas, s'esclaffa Spiro

en se dirigeant vers la porte dans un bruit de breloques.
C'est pour ça que je t'emmène avec moi.

LABORATOIRE DE RECHERCHE
ET DE DÉVELOPPEMENT DES ÉTABLISSEMENTS
PHONETIX, ZONE INDUSTRIELLE DE CHICAGO

Spiro choisit une Lincoln Town Car dans son immense garage. C'était un modèle des années quatre-vingt-dix avec une fausse plaque minéralogique. Il s'en servait souvent lorsqu'il avait besoin d'une voiture pour prendre la fuite. Elle était suffisamment vieille pour qu'on ne la remarque pas et même si des policiers avaient relevé son numéro, il ne les aurait mené nulle part.

Blunt gara la Lincoln face à l'entrée principale du laboratoire de recherche des établissements Phonetix. Un vigile était assis à son bureau, de l'autre côté de la porte à tambour. Arno prit dans la boîte à gants une paire de jumelles pliables et l'observa quelques instants.

– Il dort comme un bébé, annonça-t-il.

Spiro lui donna une grande claque sur l'épaule.

– Parfait. Nous avons un peu moins de deux heures. On peut y arriver ?

– Si ce Cube est aussi habile qu'il le prétend, on aura terminé en un quart d'heure.

– Il s'agit d'une machine, dit Artemis d'un ton glacé, pas d'un de vos gros bras gavés de stéroïdes.

Blunt lui jeta un coup d'œil par-dessus son épaule. Artemis était assis à l'arrière, écrasé entre Pex et Chips.

– Tu me parais bien téméraire, tout d'un coup.

Artemis haussa les épaules.

– Qu'est-ce que j'ai à perdre ? Je ne vois pas comment les choses pourraient empirer pour moi.

Il y avait une porte normale à côté de la porte à tambour. Le Cube activa à distance le système d'ouverture, libérant la voie. L'entrée des intrus dans le hall ne déclencha aucune sirène d'alarme et aucun vigile ne leur sauta dessus.

Spiro s'avança à grand pas dans le couloir, enhardi par la présence de son nouvel associé informatique et la perspective de réduire bientôt les établissements Phonetix à la faillite. L'ascenseur de sécurité n'opposa pas plus de résistance qu'une clôture à un char d'assaut et bientôt, Spiro et sa suite descendirent les huit étages qui les séparaient du laboratoire souterrain.

– On va sous terre, dit Pex avec un petit rire. Là où on trouve des os de dinosaure. Savez-vous qu'au bout de milliards de milliards d'années, les crottes de dinosaure se transforment en diamant ?

D'habitude, une remarque comme celle-ci aurait constitué une offense passible d'un coup de pistolet, mais cette fois Spiro était de bonne humeur.

– Non, je ne le savais pas, Pex. Je devrais peut-être payer ton salaire en crottes de dinosaure.

Pex estima préférable pour ses finances de ne plus ouvrir la bouche.

Le laboratoire était protégé par un scanner à empreinte digitale. Mais sans gel. Le Cube n'eut aucun mal à analyser l'empreinte en mémoire dans le dispositif et à la projeter ensuite sur le capteur. Il n'y avait même pas de code.

– Facile, dit Spiro d'une voix rauque. J'aurais dû faire ça depuis longtemps.

– Un peu de gratitude ne serait pas malvenue, dit Foaly, piqué au vif et incapable de le dissimuler. C'est quand même moi qui ai ouvert la porte et neutralisé les vigiles.

Spiro prit la boîte et la regarda bien en face

– Ma façon de te dire merci, Cube, c'est de ne pas t'envoyer à la ferraille.

– Trop aimable, grommela Foaly.

Arno Blunt vérifia les écrans de contrôle. Dans tout le bâtiment, des vigiles évanouis étaient étendus sur le sol. L'un d'eux avait encore la moitié d'un sandwich qui lui sortait de la bouche.

– Il faut admettre, Mister Spiro, que c'est du beau travail. Phonetix devra même payer la facture du gaz qui a endormi ses propres employés.

Spiro jeta un coup d'œil vers le plafond. Des voyants de caméra rougeoyaient dans la pénombre.

– Cube, est-ce qu'il faudra emporter les bandes vidéo en sortant ?

– Ce sera parfaitement inutile, répondit Foaly, sur le ton d'un acteur pénétré de son rôle. Je vous ai effacés du champ des caméras.

Artemis était suspendu par les aisselles entre Pex et Chips.

– Traître, marmonna-t-il. C'est moi qui t'ai donné la vie, Cube. Je suis ton créateur.

– Peut-être que tu m'as fait trop semblable à toi, Fowl. *Aurum potestas est.* Le pouvoir, c'est l'or. Je me contente d'appliquer ce que tu m'as appris.

Spiro tapota le Cube d'un geste affectueux.

– J'aime beaucoup ce petit bonhomme. Il est comme le frère que je n'ai jamais eu.

– Je croyais que vous aviez un frère ? dit Chips, déconcerté, ce qui était inhabituel chez lui.

– C'est vrai, répondit Spiro. Disons plutôt qu'il est comme un frère pour qui j'aurais de l'affection.

Le serveur de Phonetix se trouvait au milieu du laboratoire. C'était un ordinateur monolithique, d'où sortaient des câbles semblables à des pythons qui ondulaient vers divers terminaux.

Spiro décrocha son nouvel ami de sa ceinture.

– Où faut-il te mettre, Cube ?

– Sur le serveur. Mon capteur universel fera le reste.

Spiro s'exécuta et, quelques instants plus tard, les schémas tant désirés scintillaient sur le minuscule écran du Cube.

– Je les ai, triompha Spiro de sa voix rauque, en serrant les poings. Ils ne pourront plus jamais m'envoyer des e-mails sarcastiques en se vantant du prix de leurs actions.

– Téléchargement achevé, dit la voix condescendante de Foaly. Nous avons tous les projets de Phonetix pour les dix ans à venir.

Spiro serra le Cube contre sa poitrine.

– Magnifique. Je vais pouvoir lancer notre propre version du nouveau portable de Phonetix avant eux et ramasser quelques millions de dollars supplémentaires avant de mettre le Cube sur le marché.

Arno fixait son attention sur les écrans de contrôle.

– Mister Spiro. Je crois que nous avons une situation de crise, là.

– Une situation de crise ? grogna Spiro. Qu'est-ce que ça veut dire ? Tu n'es plus à l'armée, Blunt. Parle donc normalement.

Le Néo-Zélandais tapota un écran, comme si son geste avait pu changer ce qu'il y voyait.

– Je veux dire que nous avons un problème. Un gros problème.

Spiro saisit Artemis par les épaules.

– Qu'est-ce que tu as fabriqué, Fowl ? Tu as encore...

Sa phrase s'évanouit avant qu'il ait pu l'achever. Spiro avait remarqué quelque chose.

– Tes yeux. Il y a quelque chose de bizarre dans tes yeux. Ils ne sont pas de la même couleur.

Artemis lui offrit son plus beau sourire de vampire triomphant.

– C'est pour mieux vous voir, cher Spiro.

Dans le hall de Phonetix, le vigile endormi se réveilla soudain. En fait, il s'agissait d'une vigile. Et c'était Juliet. Elle jeta un coup d'œil sous la visière de la casquette qu'elle avait empruntée et s'assura que Spiro n'avait laissé personne derrière lui pour surveiller le couloir.

Après la capture d'Artemis dans la chambre forte, Holly l'avait emmenée avec elle par la voie des airs jusqu'à l'immeuble de Phonetix afin de mettre en œuvre le plan B.

Bien entendu, il n'y avait aucun gaz anesthésique dans les conduits d'air conditionné. Et seuls deux vigiles gardaient les lieux. L'un était aux toilettes pendant que l'autre faisait sa ronde dans les étages supérieurs. Spiro, évidemment, l'ignorait. Il était trop occupé à regarder les images de faux gardes endormis que Foaly avait fait apparaître sur tous les écrans de l'immeuble, grâce à un vidéo clip installé dans le système de sécurité de Phonetix.

Juliet décrocha le téléphone et composa trois chiffres. 9... 1... 1...

Le numéro de la police.

Spiro tendit deux doigts vers l'œil d'Artemis et retira délicatement la caméra-iris. Il l'examina soigneusement, notamment le microcircuit qui apparaissait sur le côté concave.

– De l'électronique, murmura-t-il. Stupéfiant. Qu'est ce que c'est ?

Artemis cligna de l'œil pour chasser une larme.

– Rien du tout. Ça n'a jamais existé. Et moi, je ne suis jamais venu ici.

Une expression de haine déforma le visage de Spiro.

– Oh, si, tu es bel et bien là, Fowl, et tu n'en sortiras plus.

Blunt donna une petite tape sur l'épaule de son employeur. Un geste d'une familiarité proprement impardonnable.

– Patron, Mister Spiro. Il faut que vous regardiez ça.

Juliet enleva son blouson de vigile de chez Phonetix. Au-dessous, elle portait un uniforme de la brigade spéciale d'intervention de la police de Chicago. Il y aurait peut-être de l'action dans le laboratoire et elle devait s'assurer qu'Artemis ne serait pas blessé. Elle se cacha derrière une colonne du hall et attendit que retentissent les sirènes.

Spiro regardait avec des yeux ronds les écrans de contrôle. Les images avaient changé. Il n'y avait plus aucun vigile endormi. A la place apparaissaient Spiro et ses acolytes qu'on voyait s'introduire dans l'immeuble de Phonetix. Avec une différence essentielle par rapport à la réalité : on ne trouvait plus trace d'Artemis sur l'écran.

– Qu'est-ce qui se passe, Cube ? balbutia Spiro. Tu m'avais dit que nous avions tous été effacés du champ des caméras.

– J'ai menti. C'est sans doute ma tendance innée à la délinquance.

Spiro jeta violemment le Cube à terre. Il demeura intact.

– Polymères très solides, dit Artemis en ramassant le micro-ordinateur. Quasiment incassable.

– Ce n'est pas comme toi, répliqua Spiro.

Coincé entre Pex et Chips, Artemis avait l'air d'une poupée.

– Vous n'avez donc pas encore compris ? Vous êtes tous sur les bandes vidéo. Le Cube travaillait pour moi.

– On est sur les vidéos ? Et alors ? Il suffit que j'aille à la cabine de contrôle et que je prenne les cassettes.

– Ce ne sera pas si simple.

Spiro croyait encore qu'il pouvait s'en sortir.

– Et pourquoi ? Qui va m'en empêcher ? Un petit bonhomme comme toi ?

Artemis montra les écrans.

– Non, de gros bonshommes comme eux.

La police de Chicago avait apporté tout son matériel et quelques accessoires supplémentaires qu'elle avait dû emprunter. Phonetix était le plus gros employeur de la ville et l'un des principaux contributeurs aux œuvres sociales de la police. Le sergent de garde auquel Juliet s'était adressé avait aussitôt lancé un appel à toutes les patrouilles disponibles.

Moins de cinq minutes plus tard, vingt hommes en uniforme et une brigade spéciale d'intervention au complet tapaient sur la porte à coups redoublés. Deux hélicoptères volaient juste au-dessus et huit tireurs d'élite s'alignaient sur les toits des immeubles voisins. Personne ne pouvait plus quitter le quartier, à moins d'être invisible.

Au retour de sa ronde, le vigile de Phonetix avait repéré les intrus sur son écran de contrôle. Quelques

instants plus tard, il remarqua des policiers en uniforme qui cognaient à la porte avec le canon de leurs revolvers.

Il déclencha aussitôt le système d'ouverture.

– J'étais sur le point de vous appeler, dit-il. Il y a toute une bande qui s'est introduite dans l'immeuble. Ils ont dû creuser un tunnel ou je ne sais quoi, parce que moi, je ne les ai pas vus entrer.

L'autre vigile, celui qui était aux toilettes, fut encore plus surpris. Il venait de terminer la lecture de la page sportive du Herald Tribune lorsque deux hommes revêtus de gilets pare-balles firent irruption dans la cabine, l'air très sérieux.

– Papiers ! grogna l'un d'eux qui n'avait apparemment pas le temps de faire des phrases entières.

Le vigile tendit sa carte élimée d'une main tremblante.

– Ne bougez pas, conseilla l'autre policier.

Il n'eut pas besoin de le dire deux fois.

Juliet quitta sa cachette derrière la colonne et se joignit à la brigade spéciale d'intervention. Elle brandit son pistolet en se mêlant au groupe d'élite qui l'absorba instantanément. Leur assaut fut contrarié par un petit problème. Il n'y avait qu'un seul moyen d'accès au laboratoire : la cage de l'ascenseur.

Deux policiers forcèrent la porte à l'aide de pieds de biche.

– Voici le dilemme, dit l'un d'eux. Si nous coupons l'électricité, nous ne pourrons pas faire monter l'ascen-

seur. Si nous le faisons monter, les cambrioleurs se rendront compte de notre présence.

Juliet joua des coudes pour s'approcher de lui.

– Excusez-moi, commandant, si vous voulez je peux descendre le long des câbles. Je ferai sauter les portes et vous couperez le courant.

Le commandant refusa cette éventualité.

– Non, trop dangereux. Les cambrioleurs auraient tout le temps de cribler de balles la cabine de l'ascenseur. Et d'ailleurs, qui êtes-vous ?

Juliet prit un petit crampon accroché à sa ceinture. Elle le fixa au câble de l'ascenseur et sauta dans le vide.

– Je suis une nouvelle, dit-elle, en disparaissant dans les ténèbres.

Dans le laboratoire, Spiro et sa bande étaient fascinés par les écrans de contrôle. Foaly avait réglé le circuit vidéo pour qu'ils puissent voir ce qui se passait au rez-de-chaussée.

– Les brigades spéciales, dit Blunt. Des hélicoptères. De l'armement lourd. Comment ont-ils fait ?

Spiro se frappa le front à plusieurs reprises.

– Un guet-appens. Tout était combiné d'avance. Une machination. J'imagine que Mo Digence, lui aussi, travaillait pour toi ?

– Oui, et Pex et Chips également, même s'ils ne s'en sont pas rendu compte. Vous ne seriez jamais venu ici si c'était moi qui vous l'avais suggéré.

– Mais comment ? Comment as-tu pu organiser tout ça ? C'est impossible.

Artemis jeta un coup d'œil aux écrans.

– Oh, si, c'est très possible, la preuve. Je savais que vous alliez m'attendre dans la chambre forte de la tour Spiro. Ensuite, je n'avais plus qu'à mettre à profit votre haine de Phonetix pour vous attirer jusqu'ici, hors de votre environnement habituel.

– Si je tombe, tu tomberas avec moi.

– Inexact. Je vous répète que je ne suis jamais venu ici, les enregistrements vidéo sont là pour le démontrer.

– Mais tu es ici ! rugit Spiro, qui perdait son sang-froid.

Tout son corps frémissait et des gouttes de salive s'échappaient d'entre ses lèvres dans un grand arc humide.

– Ton cadavre le prouvera. Donne-moi ton pistolet, Arno. Je vais le tuer.

Blunt ne parvenait pas à dissimuler sa déception mais il obéit. Spiro pointa le canon de l'arme, les mains tremblantes. Pex et Chips s'écartèrent aussitôt. Le patron n'était pas réputé pour ses talents de tireur.

– Tu m'as tout pris, hurla Spiro. Tout !

Artemis restait étrangement calme.

– Vous ne comprenez pas, Jon. Je vous ai pourtant dit la vérité. Je ne suis jamais venu ici.

Il s'interrompit pour reprendre son souffle.

– Je voudrais ajouter autre chose, reprit-il. Au sujet de mon nom : Artemis. Vous aviez raison. A Londres, c'est généralement un nom féminin, celui de la déesse grecque de la chasse, armée d'un arc et de flèches. Mais

de temps en temps, il arrive qu'un garçon naisse avec un tel talent pour la chasse qu'il acquiert le droit de porter ce nom. Je suis ce garçon. Artemis le Chasseur. Vous avez été mon gibier.

Et tout à coup, sans que l'on sache comment, il disparut.

Holly s'était cachée dans le laboratoire de Phonetix en attendant l'arrivée de Spiro et de ses acolytes. La veille, elle avait obtenu l'autorisation d'y entrer, lorsque Juliet et elle s'étaient mêlées à un groupe de touristes venus visiter l'immeuble.

De sa voix la plus attendrissante, Juliet avait demandé au guide :

– Dites, monsieur, c'est d'accord si j'emmène mon amie invisible avec moi ?

– Bien sûr, ma chérie, avait répondu le guide dont le badge portait le nom de « Rosa ». Tu peux aussi amener ton ours en peluche si ça te fait plaisir.

Elles étaient donc entrées.

Bien entendu, la visite excluait le laboratoire de recherche, mais Holly n'avait eu aucun mal à forcer le tableau de commande de l'ascenseur grâce à son Omniclé.

Après la sortie des bureaux, elle était restée en vol stationnaire tout près du plafond, suivant l'avance d'Artemis grâce aux images transmises par la caméra-iris. Le plan du Bonhomme de Boue présentait de nombreux risques. Si Spiro décidait de le laisser dans la tour, tout était fini.

Mais non. Comme Artemis l'avait prévu, Spiro avait préféré l'emmener pour savourer plus longtemps son triomphe et se dorer au soleil de son génie démentiel. Or, bien sûr, ce n'était pas lui le génie. C'était Artemis. Le garçon avait orchestré toute l'opération du début à la fin. Même l'idée de mesmeriser Pex et Chips était la sienne. Il était essentiel qu'ils suggèrent eux-mêmes de s'introduire chez Phonetix.

Holly était prête lorsqu'elle avait vu les portes de l'ascenseur s'ouvrir. Son pistolet était chargé et elle avait sélectionné ses cibles. Mais elle ne pouvait prendre l'initiative de passer à l'action. Il fallait attendre le signal.

Artemis avait fait traîner les choses. Théâtral jusqu'au bout. Puis, au moment où Holly était sur le point de transgresser les ordres et d'ouvrir le tir, il avait enfin parlé.

– Je suis ce garçon. Artemis le Chasseur. Vous avez été mon gibier.

Artemis le Chasseur. C'était le signal.

Holly actionna l'accélérateur manuel de ses ailes et descendit à une altitude d'un mètre. Elle attacha Artemis à sa Cordelune à l'aide d'un filin escamotable et déploya devant lui une feuille de camouflage. Aux yeux de tous ceux qui se trouvaient dans la pièce, le jeune homme avait purement et simplement disparu.

– On va faire un tour là-haut, dit-elle, bien qu'Artemis n'ait plus d'écouteur pour l'entendre.

Elle ouvrit les gaz et un instant plus tard, ils étaient tous deux à l'abri parmi les câbles et les conduites qui sillonnaient le plafond.

332

Au-dessous, Jon Spiro était en train de perdre l'esprit.

Spiro cligna des yeux à plusieurs reprises. Le garçon avait disparu ! Tout simplement disparu ! C'était impossible. Il était Jon Spiro et personne ne pouvait berner Jon Spiro !

Il se tourna vers Pex et Chips en faisant de grands gestes avec son pistolet.

– Où est-il ?

– Hein ? répondirent les deux garde du corps d'une même voix et sans avoir eu besoin de répéter.

– Où est Artemis Fowl ? Qu'est-ce que vous en avez fait ?

– Rien, Mister Spiro. Nous n'avons pas bougé, nous nous amusions à nous donner des coups d'épaule, c'est tout.

– Fowl a dit que vous travaillez pour lui, alors, livrez-le moi.

Le cerveau de Pex se mit en mouvement. Un peu comme un mixeur qui aurait broyé du béton.

– Attention, Mister Spiro, c'est dangereux, un pistolet. Surtout du côté où il y a un trou.

– La partie n'est pas finie, Artemis Fowl, rugit Spiro en levant la tête vers le plafond. Je te retrouverai. Jamais je n'abandonnerai. Tu as la parole de Jon Spiro. Ma parole d'honneur !

Il se mit à tirer des coups de feu au hasard, perçant des trous dans les écrans, les prises d'air, les tuyaux. L'un des projectiles passa même à un mètre d'Artemis.

Pex et Chips ne comprenaient pas très bien ce qui se passait, mais ils trouvèrent amusant de participer au jeu. Ils dégainèrent à leur tour leurs pistolets et tirèrent un peu partout dans le laboratoire.

Blunt ne s'en mêla pas. Il considérait son contrat de travail comme terminé. Spiro ne pourrait pas se tirer de cette situation ; cette fois-ci, c'était le sauve-qui-peut général. Il se précipita vers le mur opposé et entreprit de démonter, à l'aide d'un tournevis électrique, le panneau d'acier qui le recouvrait. La plaque de métal tomba par terre, révélant un espace de cinq centimètres de profondeur rempli de fils et de câbles. Au-delà, il n'y avait que du béton. Ils étaient pris au piège.

Derrière lui, le tintement qui signalait l'ouverture des portes de l'ascenseur retentit.

Juliet était accroupie dans la cage d'ascenseur.

– La voie est libre, dit la voix de Holly dans son écouteur. Mais Spiro s'est mis à tirer au plafond du laboratoire.

Juliet fronça les sourcils. Son principal était en danger.

– Assommez-le avec le Neutrino.

– Impossible. Si Spiro est évanoui à l'arrivée de la police, il pourra toujours prétendre qu'il est tombé dans un piège.

– O.K., dans ce cas, j'arrive.

– Négatif. Attendez les brigades d'intervention.

– Non. Désarmez-les, je m'occupe du reste.

Mulch avait donné à Juliet un flacon d'acide à polir les roches. Elle en versa une petite quantité sur le toit de l'ascenseur qui fondit comme un morceau de beurre dans une poêle. Juliet sauta dans la cabine et se coucha sur le plancher au cas où Blunt aurait eu l'idée de tirer quelques balles dans sa direction.

– A trois.

– Juliet.

– J'y vais à trois.

– O.K.

Juliet tendit la main vers le bouton qui commandait l'ouverture des portes.

– Un.

Holly dégaina son Neutrino et verrouilla ses quatre cibles grâce au système de visée de son casque.

– Deux.

Holly désactiva son bouclier pour éviter que les vibrations dévient son tir. Pendant quelques secondes, elle devrait se cacher avec Artemis derrière la feuille de camouflage.

– Trois.

Juliet appuya sur le bouton.

Holly tira à quatre reprises.

Artemis disposait de moins d'une minute pour agir. Une minute pendant laquelle Holly tirerait sur Spiro et sa bande puis les désarmerait. Les circonstances n'étaient guère idéales – des cris, des coups de feu, le tohu-bohu général. Mais il n'y avait pas de meilleur moment pour mettre en œuvre la dernière étape de son plan. Une étape vitale.

A l'instant où Holly désactiva son bouclier pour tirer, Artemis déplia un clavier de plexiglas situé sous le

335

Cube C et se mit à taper. Quelque secondes lui suffirent pour pirater les comptes en banque de Spiro – trente-sept au total dans des établissements situés un peu partout sur la planète, depuis l'île de Man jusqu'aux îles Cayman. Ses différents numéros de comptes s'affichèrent. Il pouvait à présent accéder à tous ses fonds secrets.

Le Cube C fit rapidement le total des sommes disponibles : 2,8 milliards de dollars US, sans compter divers coffres de banque impossibles à atteindre par l'Internet. Largement de quoi rendre à la famille Fowl sa place parmi les cinq premières fortunes d'Irlande.

Au moment où il s'apprêtait à réaliser la transaction, Artemis se souvint des paroles de son père. Son père qui lui avait été rendu par le Peuple des fées...

... Et toi, Arty ? Est-ce que tu veux entreprendre ce voyage avec moi ? Lorsque le moment sera venu, saisiras-tu la chance de devenir un héros ?...

Avait-il vraiment besoin de ces milliards de dollars ?

Bien sûr que j'en ai besoin. *Aurum potestas est.* Le pouvoir, c'est l'or.

Vraiment ? Vas-tu saisir ta chance de devenir un héros ? D'être différent ?

Comme il ne pouvait se permettre de pousser un grognement, Artemis se contenta de lever les yeux et de grincer des dents. S'il fallait véritablement devenir un héros, autant être un héros bien payé. Il déduisit rapidement des 2,8 milliards une part de dix pour cent à son propre usage et envoya le reste à Amnesty International. Il rendit la transaction irré-

versible, au cas où des remords lui viendraient par la suite.

Artemis n'en avait pas encore fini. Il lui restait une dernière bonne action à accomplir. Le succès de l'entreprise dépendait de Foaly : il fallait espérer qu'il serait trop occupé à regarder le spectacle qui se déroulait dans le laboratoire pour remarquer qu'Artemis piratait son système.

Artemis accéda au site des FAR et confia à son analyseur de codes le soin de découvrir le mot de passe. L'opération prit quelques précieuses secondes pour chaque lettre, mais il put bientôt se promener parmi les micro-sites de la police des Fées. Artemis trouva ce qu'il cherchait à la rubrique Profils des Délinquants. Le casier judiciaire de Mulch Diggums y figurait au complet. A partir de là, il suffisait de suivre la piste des électrons jusqu'au premier mandat de perquisition visant le domicile du nain. Artemis modifia la date du mandat en la faisant passer au *lendemain* de l'arrestation de Mulch. Ce qui signifiait que toutes les arrestations et condamnations consécutives devenaient nulles et non avenues. Un bon avocat le sortirait de prison en un clin d'œil.

– Je n'en ai pas encore fini avec toi, Mulch Diggums, murmura Artemis en éteignant le Cube C qu'il raccrocha à la ceinture de Holly.

Juliet sortit de l'ascenseur à une telle vitesse que ses membres n'étaient plus qu'un tourbillon indistinct. L'anneau de jade volait derrière elle comme une mouche au bout d'une canne à pêche.

Butler n'aurait jamais pris de tels risques, elle le savait. Il aurait conçu un plan sûr et parfaitement efficace – et c'est pourquoi on lui avait tatoué un diamant bleu sur l'épaule et pas à elle. Mais finalement, peut-être n'avait-elle pas envie de tatouage. Peut-être préférait-elle une vie plus indépendante.

Juliet analysa rapidement la situation. Holly avait bien visé. Les deux gorilles frottaient leurs mains brûlées et Spiro trépignait comme un enfant gâté. Seul Blunt s'efforçait de récupérer son pistolet tombé par terre.

Même à quatre pattes, le garde du corps était presque au niveau de ses yeux.

– Vous ne me donnez même pas une chance de me relever ? demanda-t-il.

– Non, répondit Juliet, en faisant tournoyer l'anneau de jade comme la pierre qui tua Goliath.

L'anneau frappa Blunt en plein sur l'arête de son nez qui craqua sous le choc. Pendant deux minutes, le garde du corps fut complètement aveuglé, ce qui laissait tout le temps à la police de Chicago d'arriver jusqu'ici.

Arno Blunt était désormais hors-course. Juliet s'était attendue à en éprouver une certaine satisfaction, mais elle ne ressentait que de la tristesse. La violence ne procurait aucune joie.

Pex et Chips sentaient qu'ils devaient faire quelque chose. S'ils parvenaient à neutraliser la fille, peut-être Mister Spiro leur donnerait-il une prime ? Ils entourèrent Juliet en brandissant les poings.

La jeune fille les regarda et agita l'index.

– Désolé, les gars, mais c'est l'heure d'aller dormir.

Sans prêter attention à sa remarque, les deux gardes du corps se rapprochèrent un peu plus.

– J'ai dit : c'est l'heure d'aller dormir.

Toujours aucune réaction.

– Il faut utiliser les mots exacts que j'ai prononcés quand je les ai mesmerisés, lui indiqua la voix de Holly dans l'écouteur.

Juliet soupira.

– Si c'est vraiment nécessaire, d'accord. Messieurs, Barney le dinosaure dit que c'est l'heure d'aller dormir.

Pex et Chips ronflaient déjà avant même d'être tombés sur le sol.

Il ne restait donc plus que Spiro qui était trop occupé à divaguer pour représenter une menace. Il divaguait toujours lorsque la brigade spéciale d'intervention lui passa les menottes.

– J'aurai quelques mots à vous dire quand nous serons de retour à la base, dit le capitaine à Juliet d'un ton sévère. Vous représentez un danger pour vos camarades et pour vous-même.

– Oui, mon capitaine, répondit la jeune fille d'un air contrit. Je ne sais pas ce qui m'a prise, mon capitaine.

Elle leva les yeux vers le plafond. Une légère brume de chaleur semblait flotter en direction de l'ascenseur. Le principal était sain et sauf.

Holly rangea son arme dans son étui et réactiva son bouclier.

– Il est temps d'y aller, dit-elle, le volume de son haut-parleur réglé au minimum.

Elle resserra soigneusement la feuille de camouflage autour d'Artemis en s'assurant qu'aucune de ses extrémités ne dépassait. Il était impératif qu'ils quittent les lieux pendant que l'ascenseur était vide. Une fois que les techniciens de la police et les journalistes seraient arrivés, même un simple scintillement dans les airs pouvait être capté par les objectifs.

Tandis qu'ils traversaient le laboratoire grâce à leurs ailes, Spiro était emmené par la police. Il avait réussi à retrouver son calme.

– C'est une machination, déclara-t-il de son ton le plus innocent. Mes avocats vont vous tailler en pièces.

Artemis ne put s'empêcher de lui dire un mot lorsqu'ils passèrent tout près de son oreille.

– Adieu, Jon, murmura-t-il. Ne te frotte jamais à un génie.

Spiro leva la tête vers le plafond et poussa un long hurlement, tel un loup pris de démence.

De l'autre côté de la rue, en face des laboratoires Phonetix, Mulch attendait au volant du fourgon, donnant de grands coups d'accélérateur comme s'il s'apprêtait à prendre le départ d'un grand prix. Il était assis sur une boîte orange, une petite planche attachée à son pied avec du papier collant. L'autre extrémité de la planche était fixée à l'accélérateur.

Juliet examina le dispositif avec une certaine inquiétude.

– Vous ne croyez pas que vous devriez détacher votre pied ? Au cas où vous auriez à appuyer sur le frein ?

– Le frein ? répliqua Mulch avec un grand éclat de rire. Pourquoi devrais-je appuyer sur le frein ? Je ne suis pas en train de passer mon permis de conduire.

A l'arrière du fourgon, Artemis et Holly tendirent la main d'un même geste pour attacher leur ceinture de sécurité.

CHAPITRE XI

L'HOMME INVISIBLE

MANOIR DES FOWL

Ils regagnèrent l'Irlande sans incident majeur bien que Mulch eût tenté une bonne quinzaine de fois d'échapper à la vigilance de Holly – y compris dans le Lear jet où on le surprit dans les toilettes avec un parachute et un flacon d'acide à polir les roches. A compter de cet instant, Holly ne le quitta plus des yeux.

Butler les attendait à la porte du manoir des Fowl.

– Je vous souhaite la bienvenue. Content de vous voir tous sains et saufs. A présent, je dois m'en aller.

Artemis lui posa la main sur le bras.

– Non, vieux frère, vous n'êtes pas en état d'aller où que ce soit.

Butler était pourtant décidé.

– Une dernière mission, Artemis. Je n'ai pas le choix. D'ailleurs, j'ai fait beaucoup de musculation et je me sens beaucoup plus souple.

– Blunt ?

– Oui.

– Mais il est en prison, objecta Juliet.

Butler hocha la tête.

– Plus maintenant.

Artemis voyait bien qu'il ne parviendrait pas à détourner son garde du corps du but qu'il s'était fixé.

– Au moins, prenez Holly avec vous. Elle peut vous être utile.

Butler adressa un clin d'œil à l'elfe.

– J'y compte bien.

La police de Chicago avait fait monter Arno Blunt dans un fourgon, sous la surveillance de deux agents. Deux hommes suffiraient, avaient estimé les responsables, puisque le prévenu était soigneusement menotté. Ils changèrent d'opinion lorsque le fourgon fut retrouvé à une dizaine de kilomètres au sud de Chicago avec les deux policiers eux-mêmes menottés et aucune trace du suspect. Citation extraite du rapport rédigé par le sergent Iggy Lebowski : *Le type a brisé la chaîne de ses menottes comme si c'était un morceau de papier et nous a foncé dessus comme une locomotive. Nous n'avons pas eu le temps de réagir.*

Mais Arno Blunt ne s'était pas échappé sans dommage. Sa fierté avait été sérieusement malmenée dans la tour Spiro. Il savait que la nouvelle de son humiliation se répandrait très vite dans le milieu des gardes du corps. Ainsi que devait le faire remarquer le dénommé Panse de Cochon sur le site Internet des gardes à louer :

Arno s'é sacrémen fai pijonné par un peti morveu. Blunt avait la douloureuse certitude qu'il devrait essuyer des ricanements chaque fois qu'il entrerait dans un endroit plein de gros bras – à moins qu'il ne se venge de l'offense infligée par Artemis Fowl.

Le garde du corps savait qu'il lui restait quelques minutes avant que Spiro ne révèle son adresse à la police de Chicago. Il emballa rapidement quelques dents de rechange et prit la navette à destination de l'aéroport O'Hare.

Blunt fut enchanté de constater que les autorités n'avaient pas encore annulé sa carte de crédit de la société Spiro. Il s'en servit pour acheter un billet de première classe sur le Concorde en partance pour l'aéroport Heathrow de Londres. De là, il se rendrait en Irlande par le ferry de Rosslare, simple voyageur anonyme parmi la foule des touristes venus visiter le pays des farfadets.

Son plan n'était pas d'une extrême complexité et il aurait sans doute fonctionné s'il n'y avait eu un imprévu : il se trouvait que, ce jour-là, le policier chargé de la vérification des passeports à Heathrow était un certain Sid Commons, l'ex-béret vert qui avait servi comme garde du corps aux côtés de Butler à Monte Carlo. A l'instant où Blunt ouvrit la bouche, une sonnette d'alarme se déclencha dans la tête de Commons. L'homme qui se tenait devant lui correspondait exactement au signalement que Butler lui avait faxé. Jusqu'aux dents qui ne pouvaient passer inaperçues. Un mélange d'huile bleue et d'eau, rien que ça.

Commons appuya sur un bouton situé sous son bureau et en quelques secondes, une équipe de policiers soulagèrent Blunt de son passeport puis l'emmenèrent avec eux.

Dès que le suspect eut été enfermé en lieu sûr, le chef de la sécurité sortit son téléphone portable et composa un numéro. Deux sonneries retentirent.

– Résidence Fowl.

– Butler ? C'est Sid Commons, à Heathrow. Je viens de voir quelqu'un qui pourrait t'intéresser. Il a de drôles de dents, des tatouages sur le cou et un accent néo-zélandais. Justin Barre, un inspecteur de Scotland Yard, m'a également faxé son signalement il y a quelques jours en précisant que tu pourrais aider à l'identifier.

– Il est toujours là-bas ? demanda le serviteur.

– Oui, enfermé dans une de nos cellules. Ils sont en train de procéder aux vérifications d'usage.

– Ça va prendre combien de temps ?

– Deux heures maximum. Mais s'il est aussi professionnel qu'on le dit, il n'y aura rien sur lui dans l'ordinateur. Nous avons besoin d'aveux pour le livrer à Scotland Yard.

– Je te retrouve dans trente minutes dans le hall des arrivées, sous le panneau des départs, dit Butler avant d'interrompre la communication.

Sid Commons contempla son téléphone d'un air perplexe. Comment Butler pourrait-il être ici dans trente minutes en partant d'Irlande ? Mais peu importait. La seule chose qui comptait, c'était que, bien des années

auparavant, Butler lui avait sauvé la vie une douzaine de fois à Monte-Carlo et que, maintenant, l'occasion lui était donnée de payer sa dette.

Trente-deux minutes plus tard, Butler apparut dans le hall des arrivées.

Sid Commons le regarda attentivement tandis qu'ils se serraient la main.

– Tu as changé. Tu parais plus âgé.

– Toutes ces bagarres ont fini par m'user, dit Butler qui respirait difficilement, une main sur la poitrine. Je crois que l'heure de la retraite a sonné.

– Est-ce que je peux te demander comment tu as fait pour venir jusqu'ici en si peu de temps ?

Butler redressa sa cravate.

– Pas vraiment. Il vaut mieux que tu ne le saches pas.

– Je comprends.

– Où est notre homme ?

Commons le conduisit vers l'arrière du bâtiment en passant devant des hordes de touristes et de chauffeurs de taxi en quête de clients.

– C'est par là. Tu n'es pas armé, j'espère ? Même si nous sommes amis, je ne peux pas te laisser entrer avec une arme à feu.

Butler écarta largement les pans de sa veste.

– Fais-moi confiance. Je connais le règlement.

Ils prirent un ascenseur réservé au personnel de la sécurité et montèrent deux étages. Puis ils suivirent un couloir faiblement éclairé sur une distance qui paraissait interminable.

– Nous y sommes, dit enfin Sid en montrant un miroir rectangulaire. C'est là.

Il s'agissait en fait d'une glace sans tain derrière laquelle Butler vit Arno Blunt. Assis à une petite table, il pianotait d'un air impatient sur la surface de Formica.

– Alors ? Cet homme est bien celui qui t'a tiré dessus à Knightsbridge ?

Butler confirma d'un signe de tête. Il ne pouvait y avoir aucun doute. Même expression indolente. Mêmes doigts qui avaient pressé la détente du pistolet.

– Reconnaître un suspect, c'est une chose, mais c'est toujours ta parole contre la sienne et, pour être tout à fait honnête, tu n'as pas vraiment l'air de quelqu'un qui a pris une balle dans le corps.

Butler posa une main sur l'épaule de son ami.

– J'imagine que je ne peux pas...

Commons ne le laissa même pas finir.

– Non. Tu ne peux pas entrer. Absolument impossible. Je serais immédiatement suspendu. De toute façon, si tu parvenais à lui arracher des aveux, ils n'auraient aucune valeur devant un tribunal.

Butler hocha la tête.

– Je comprends. Ça ne te dérange pas si je reste un peu ? J'aimerais bien voir comment ça va se passer.

Commons accepta avec enthousiasme, soulagé que Butler ne lui demande pas davantage.

– Pas de problème. Reste autant que tu voudras. Mais il faut que je te donne un badge de visiteur.

Il repartit dans le couloir puis se retourna.

– N'entre pas, Butler. Sinon, nous ne pourrons plus

jamais l'arrêter. En plus, tout le bâtiment est truffé de caméras.

Butler eut un sourire rassurant. Une chose qui ne lui arrivait pas très souvent.

– Ne t'inquiète pas, Sid. Je ne mettrai pas un pied dans cette pièce.

Commons soupira.

– Bien. Parfait. Simplement, tu as parfois ce drôle de regard...

– J'ai changé, tu sais. J'ai acquis une certaine maturité.

Commons éclata de rire.

– Ça, ça ne risque pas d'arriver.

Il tourna à l'angle du mur, l'écho de son rire s'attardant derrière lui. A peine était-il parti que Holly désactiva son bouclier et apparut à côté de Butler.

– Les caméras ? chuchota Butler du coin des lèvres.

– J'ai vérifié les faisceaux ioniques. Ici, on ne risque rien.

Elle sortit de son sac à dos une feuille de camouflage et l'étendit sur le sol. Puis elle enroula une fibre optique autour d'un câble fixé au mur.

– O.K., dit-elle en entendant la voix de Foaly dans son écouteur. Nous y sommes. Foaly a installé un système d'effacement de nos mouvements. Aucune caméra, aucun micro ne peuvent révéler notre présence. Vous savez ce que vous avez à faire ?

Butler acquiesça d'un signe de tête. Ils s'étaient déjà concertés mais Holly avait ce besoin typiquement militaire de tout vérifier.

– Je vais réactiver mon bouclier. Attendez une seconde puis enveloppez-vous dans la feuille de camouflage et passez à l'action. Je vous donne deux minutes maximum avant que votre ami revienne. Après, vous devrez vous débrouiller seul.

– Compris.

– Bonne chance, dit Holly en disparaissant dans un scintillement.

Butler attendit un instant puis il fit deux pas vers la gauche. Il ramassa la feuille de camouflage et la déploya sur sa tête et ses épaules. Il était devenu invisible aux yeux de quiconque le croiserait sans faire attention. Mais quelqu'un qui s'arrêterait plus longtemps devant lui remarquerait forcément un pied ou un morceau de jambe sous la feuille métallique trop petite pour cacher entièrement son corps massif. Il avait intérêt à se déplacer vite. Butler tourna la poignée de la porte qui donnait accès à la cellule et entra.

Arno Blunt ne s'inquiétait pas outre mesure. Son arrestation était sans objet. Enfin, quoi, combien de temps pourrait-on le retenir sous prétexte qu'il avait de fausses dents fantaisie ? Plus très longtemps, en tout cas. Peut-être attaquerait-il le gouvernement britannique pour choc psychologique. Avec les dommages et intérêts obtenus, il retournerait s'installer en Nouvelle-Zélande.

La porte s'ouvrit d'une cinquantaine de centimètres et se referma. Blunt soupira. C'était un vieux procédé utilisé par la police au cours des interrogatoires. Laisser le prisonnier mijoter pendant quelques heures ; puis ouvrir la porte pour lui faire croire qu'on va s'occuper de lui. Ne voyant entrer personne, le prisonnier perd un peu plus le moral. S'approcher toujours davantage du point de rupture.

– Arno Blunt, murmura une voix venue de nulle part.

Blunt cessa de pianoter sur la table et se redressa.

– Qu'est-ce que c'est ? demanda-t-il d'un air hautain. Il y a des haut-parleurs, ici ? C'est minable, les gars. Vraiment minable.

– Je suis venu te chercher, dit la voix. Je suis venu régler nos comptes.

Arno Blunt connaissait cette voix. Il l'avait entendue dans ses rêves depuis qu'il était parti de Chicago, depuis que ce gamin irlandais l'avait averti que Butler allait revenir. C'était ridicule, bien sûr. Les fantômes n'existent pas. Mais il y avait dans le regard d'Artemis quelque chose qui vous amenait à croire tout ce qu'il disait.

– Butler ? C'est toi ?

– Ah, tu ne m'as pas oublié, répondit la voix.

Arno prit une profonde inspiration qui le fit trembler des pieds à la tête. Il essayait de reprendre contenance.

– Je ne sais pas ce qui se passe ici, mais ce n'est pas ça qui va m'impressionner. Vous vous imaginez que je vais me mettre à pleurer comme un môme sous prétexte que vous avez trouvé quelqu'un qui a la même voix qu'une de mes... qu'une personne que je connais ?

– Ce n'est pas un truc, Arno. Je suis vraiment là.

– Et puis quoi encore ? Si tu es vraiment à côté de moi, comment ça se fait que je ne te vois pas ?

– Tu es sûr que tu ne peux pas me voir, Arno ? Observe bien.

Le regard fou de Blunt alla d'un coin à l'autre de la pièce. Il n'y avait personne, ici. Personne. Il en était certain. Pourtant, dans l'angle d'un mur, l'air semblait réfracter la lumière, comme un miroir flottant.

– Ah, tu m'as repéré.

– Je n'ai rien repéré du tout, répondit Blunt d'une voix tremblante. Tout ce que je vois, c'est une espèce de brume de chaleur. Ça doit venir d'un conduit d'aération.

– Vraiment ? dit Butler en rejetant la feuille de camouflage.

Aux yeux de Blunt, c'était comme s'il avait surgi par enchantement. Le garde du corps se releva d'un bond, projetant sa chaise contre le mur.

– Nom de Dieu ! Qu'est-ce que c'est que ça ?

Butler fléchit légèrement les genoux. Prêt à l'action. Il avait vieilli, sans doute. Ses mouvements n'étaient plus aussi rapides. Mais la magie des fées avait galvanisé ses réflexes et il avait beaucoup plus d'expérience que Blunt. Juliet aurait bien voulu faire ce travail à sa place, mais il y avait certaines choses dans la vie qu'on devait accomplir soi-même.

– Je suis ton guide spirituel, Arno. Je suis venu te chercher pour t'emmener dans ta demeure. Il y a plein de gens là-bas qui ont hâte de te revoir.

– Ma... ma dem... demeure ? bredouilla Blunt. Qu'est-ce que tu veux dire par demeure ?

Butler s'avança d'un pas.

– Tu sais très bien ce que je veux dire, Arno. Ta demeure. La dernière. Là où tu dois finir un jour au l'autre. Là où tu as expédié tant d'autres, y compris moi.

Blunt pointa un index frémissant.

– Ne t'approche pas. Je t'ai déjà tué une fois, je peux recommencer.

Butler éclata de rire. Ce n'était pas un son très agréable à entendre.

– C'est là que tu te trompes, Arno. On ne peut plus me tuer. De toute façon, la mort n'est rien, comparé à ce qui vient après.

– Ce qui vient après...

– L'enfer existe, Arno, dit Butler. Je l'ai vu et, crois-moi, toi aussi, tu vas le voir.

Il n'en fallut pas davantage pour convaincre Blunt. Butler avait surgi comme un fantôme, c'était une preuve.

– Je ne savais pas, sanglota-t-il. Je n'y croyais pas. Sinon, je ne t'aurais jamais tué, Butler. Je ne faisais qu'obéir aux ordres de Spiro. Tu l'as entendu donner cet ordre. Je n'étais qu'un gros bras, un tueur ; je n'ai jamais rien été d'autre.

Butler posa une main sur son épaule.

– Je te crois, Arno. Tu ne faisais qu'obéir aux ordres.

– C'est la vérité.

– Mais ça ne suffit pas. Tu dois soulager ta conscience. Sinon, je serai obligé de t'emmener avec moi.

Blunt avait les yeux rougis de larmes.

– Comment ? supplia-t-il. Comment puis-je faire ?

– Confesse tes péchés aux autorités. Ne cache rien ou alors je reviendrai te chercher.

Blunt acquiesça sans réserve. La prison valait mieux que l'enfer.

– Souviens-toi, je te surveillerai. C'est ta seule chance de salut. Si tu ne la saisis pas, je reviendrai.

Les dents de Blunt sautèrent hors de sa bouche ouverte et roulèrent sur le sol.

– 'u peux ê're 'ranguille. Je me gonfessherai. Ch'est promis.

Butler ramassa la feuille de camouflage, redevenant complètement invisible.

– Fais-le vraiment, sinon, ce sera l'enfer.

Butler sortit dans le couloir, enleva la feuille de camouflage et la cacha sous sa veste. Quelques instants plus tard, Sid Commons réapparut avec un badge.

Il aperçut Arno Blunt, debout dans sa cellule, l'air anéanti.

– Qu'est-ce que tu as fait, Butler ? demanda-t-il.

– Rien du tout. Tu peux vérifier l'enregistrement vidéo. Il est simplement devenu fou et s'est mis à parler tout seul. Il hurlait qu'il voulait se confesser.

– Il veut se confesser ? Comme ça, tout d'un coup ?

– Je sais que ça paraît bizarre, mais c'est ce qui s'est passé. A ta place, j'appellerais Justin Barre à Scotland Yard. J'ai l'intuition que les déclarations de Blunt pourraient éclaircir beaucoup d'affaires importantes.

Commons l'observa d'un air soupçonneux.

– J'ai l'impression que tu en sais plus que tu ne veux bien le dire.

– J'ignore ce qui te fait penser ça, répondit Butler, mais les impressions ne sont pas des preuves et les enregistrements des caméras de surveillance te confirmeront que je n'ai jamais mis les pieds dans cette pièce.

– Tu es vraiment sûr qu'elles ne montreront rien ?

Butler jeta un regard par-dessus l'épaule de Commons, à l'endroit où on apercevait un léger scintillement.

– J'en suis certain, assura Butler.

CHAPITRE XII

EFFAÇEMENT DE MÉMOIRE

MANOIR DES FOWL

Le voyage de retour dura plus d'une heure en raison de fortes turbulences et d'un vent d'est qui soufflait sur le pays de Galles. Lorsque Holly et Butler se posèrent enfin dans le parc du manoir des Fowl, les FAR, profitant de l'obscurité, étaient occupés à transporter le long de la grande allée leur dispositif d'effacement de mémoire.

Butler se détacha de la Cordelune et s'appuya contre le tronc d'un bouleau argenté.

– Vous ne vous sentez pas bien ? s'inquiéta Holly.

– Si, si, ça va, répondit le garde du corps en se massant la poitrine. Ce sont ces tissus de Kevlar. Pratiques si on se fait tirer dessus avec une arme de petit calibre mais dévastateurs pour la respiration.

Holly replia ses ailes mécaniques.

– Vous devrez mener une petite vie tranquille, désormais.

Butler aperçut un pilote des FAR qui essayait de ranger sa navette dans le garage. Pour faire un peu de place il poussait la Bentley des Fowl.

– Une vie tranquille, marmonna-t-il en se dirigeant vers le garage. J'aimerais bien.

Lorsqu'il eut fini de terroriser le lutin qui était aux commandes de la navette, il se rendit dans le bureau où l'attendaient Artemis et Juliet. Juliet serra son frère avec une telle force qu'elle lui vida les poumons.

– Je vais bien, petite sœur. Les fées se sont arrangées pour que je dépasse largement les cent ans. Je serai encore là très longtemps pour garder un œil sur toi.

Artemis ne pensait qu'aux affaires.

– Comment ça s'est passé, Butler ?

Le garde du corps ouvrit un coffre-fort dissimulé par une grille d'air conditionné.

– Très bien. Je me suis procuré tout ce qui figurait sur la liste.

– Et ce que je vous avais demandé ?

Butler aligna six petits flacons sur le bureau.

– L'homme à qui j'ai confié le travail à Limerick a suivi vos instructions à la lettre. Depuis des années qu'il est dans ce métier, il n'avait encore jamais eu à faire un travail de cette nature. Ils les a mises dans une solution spéciale pour éviter la corrosion. Les couches sont si fines qu'au moindre contact avec l'air, elles commencent à s'oxyder. Je vous suggère donc de ne les poser qu'au tout dernier moment.

– Excellent. Selon toutes probabilités, je serai le seul à en avoir besoin, mais à tout hasard, nous devrions tous en porter.

En la prenant par sa lanière de cuir, Butler leva devant lui une pièce d'or semblable à celle que Holly avait offerte à Artemis.

– J'ai copié votre journal et les fichiers concernant les fées sur un minidisque laser que j'ai recouvert d'une pellicule d'or. J'ai bien peur que l'objet ne résiste pas à un examen attentif mais si j'avais utilisé de l'or fondu, il aurait détruit les informations contenues dans le disque.

Artemis passa la lanière autour de son cou.

– Il faudra bien que ça aille. Vous avez mis en place les fausses pistes ?

– Oui. J'ai envoyé à notre propre adresse un e-mail qui n'a pas encore été ouvert et j'ai loué quelques mégabits de mémoire sur un site Internet. J'ai également pris la liberté d'enterrer une capsule de temps dans le labyrinthe du parc.

Artemis approuva d'un signe de tête.

– Très bien. Je n'y avais pas pensé.

Butler fut sensible au compliment mais il n'y crut pas un instant. Artemis pensait toujours à tout.

Juliet parla pour la première fois.

– Artemis, peut-être vaudrait-il mieux laisser s'envoler tous ces souvenirs. Que les fées puissent avoir l'esprit en paix.

– Ces souvenirs sont une part de moi-même, répondit Artemis.

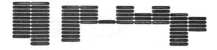

Il examina les flacons posés sur le bureau et en choisit deux.

– Il est temps de les mettre. Je suis sûr que les représentants du Peuple ont hâte de procéder à l'effacement de notre mémoire.

L'équipe technique de Foaly s'était installée dans la salle de conférence, déployant un dispositif complexe d'électrodes et de câbles à fibres optiques. Chaque câble était relié à un écran à plasma qui convertissait les ondes électriques cérébrales en informations binaires. En termes plus simples, Foaly serait capable de lire la mémoire des humains comme s'il s'agissait d'un livre et d'en effacer ce qui ne devait plus y figurer. L'aspect sans doute le plus remarquable du processus, c'était que les blancs ainsi créés seraient remplis automatiquement par d'autres souvenirs que leur propre cerveau se chargerait de fournir.

– Nous pourrions réaliser l'opération à l'aide d'un matériel portable, expliqua Foaly, lorsque les patients furent rassemblés. Mais ce genre d'équipement n'est utilisable que pour un effacement total. Il supprimerait le souvenir de tout ce qui s'est passé au cours des dix-huit derniers mois. Ce qui pourrait avoir des conséquences graves pour votre développement affectif, sans parler des points de QI en moins. Il vaut donc mieux utiliser le dispositif plus complexe du laboratoire et effacer uniquement les souvenirs liés au Peuple. Bien entendu, nous devrons faire disparaître tous les moments passés en compagnie des fées. Nous ne pouvons courir aucun risque.

Artemis, Butler et Juliet avaient pris place autour de la table. Des gnomes techniciens leur tamponnèrent les tempes avec un désinfectant.

– J'ai pensé à quelque chose, dit Butler.

– Je le sais déjà, l'interrompit le centaure. Le problème de l'âge, c'est ça ?

Butler acquiesça.

– Beaucoup de gens me connaissent sous l'apparence d'un quadragénaire. Ceux-là, vous ne pouvez pas effacer leurs souvenirs.

– J'y avais déjà réfléchi, Butler. Pendant que vous serez inconscient, nous traiterons votre visage au laser, pour le débarrasser des peaux mortes. Nous avons même amené un chirurgien esthétique pour pratiquer dans votre front une injection sous-cutanée destinée à effacer les rides.

– Une injection de quoi ?

– De graisse, expliqua le centaure. Nous la prenons dans un endroit du corps et nous l'injectons ailleurs.

Butler n'était guère enthousiasmé par cette idée.

– Cette graisse, vous n'allez quand même pas me la prendre dans le derrière ?

Foaly, mal à l'aise, dansa d'un pied sur l'autre.

– Pas dans votre derrière, en tout cas.

– Expliquez-vous.

– Des recherches ont démontré que, parmi toutes les créatures féeriques, les nains ont la plus grande longévité. Il y a à Poll Dyne un mineur qui serait âgé de plus

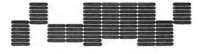

de deux mille ans. Vous n'avez jamais entendu l'expression « lisse comme une fesse de nain » ?

Butler repoussa d'une claque un technicien qui essayait de lui attacher sur la tempe une plaque d'électrode.

– Vous voulez dire qu'on va m'injecter dans la tête de la graisse provenant d'un postérieur de nain ?

Foaly haussa les épaules.

– C'est le prix à payer pour retrouver la jeunesse. Il y a des lutins sur la rive gauche de Haven-Ville qui paient des fortunes pour des traitements à la graisse de nain.

– Je ne suis pas un lutin, dit Butler entre ses dents serrées.

– Nous avons également apporté un gel pour vous colorer les cheveux si jamais vous décidiez de les laisser pousser. Et aussi un pigment qui masquera les cellules abîmées de votre poitrine, poursuivit précipitamment le centaure. Lorsque vous vous réveillerez, l'extérieur aura retrouvé sa jeunesse même si l'intérieur sera toujours aussi vieux.

– Très fort, commenta Artemis. Je n'en attendais pas moins de vous.

Holly entra, Mulch sur ses talons. Le nain était menotté et avait la mine déconfite.

– Est-ce vraiment nécessaire ? gémit-il. Après tout ce que nous avons fait ensemble ?

– C'est mon badge d'officier qui est en jeu, répliqua Holly. Le commandant m'a dit qu'il était inutile que je revienne sans vous.

– Qu'est-ce qu'il faut donc que je fasse de plus ? J'ai donné ma graisse, non ?

Butler leva les yeux au ciel.

– Je vous en prie.

Juliet gloussa de rire.

– Ne t'inquiète pas, Dom. De toute façon, tu ne te souviendras de rien.

– Endormez-moi le plus vite possible, dit Butler.

– Ne me remerciez surtout pas, marmonna Mulch en essayant de se masser le derrière.

Holly lui ôta les menottes mais resta suffisamment près pour pouvoir l'attraper en cas de besoin.

– Il voulait vous dire au revoir, alors nous voilà.

Elle poussa Mulch d'un coup d'épaule.

– Allez-y, dites au revoir.

Juliet lui adressa un clin d'œil.

– Au revoir, gros dégoûtant, dit-elle.

– Salut, petite peste.

– N'essayez pas de manger les murs en béton, c'est indigeste.

– J'ai horreur de ce genre de plaisanterie, répliqua Mulch avec une expression douloureuse.

– Qui sait ? Peut-être qu'on se reverra un jour ?

Mulch fit un signe de tête en direction des techniciens occupés à régler leurs ordinateurs.

– Si ça arrive, à cause de ces gens-là, on aura l'impression que c'est la première fois.

Butler s'agenouilla pour se mettre au niveau du nain.

– Prends bien soin de toi, petit bonhomme. Ne va pas te mêler aux gobelins.

Mulch fut parcouru d'un frisson.

– Pas la peine de me le dire deux fois.

Le visage du commandant Root apparut sur un écran qu'un officier des FAR venait de dérouler.

– Vous avez peut-être l'intention de vous marier, tous les deux ? aboya Root. A quoi ça rime, ces débordements d'affection ? Dans dix minutes, vous ne vous souviendrez même pas du nom de ce bagnard !

– Le commandant est en ligne, annonça un technicien, un peu inutilement.

Mulch regarda la minicaméra incrustée dans l'écran.

– Julius, s'il vous plaît. Est-ce que vous vous rendez compte que tous ces humains me doivent la vie ? C'est un grand moment d'émotion pour eux.

Le teint rose de Root était accentué par la mauvaise qualité de l'image.

– Si vous saviez comme je m'en fiche de vos petites histoires sentimentales ! Moi, je suis là pour vérifier que l'effacement de mémoire se passe en douceur. Je connais suffisamment notre ami Fowl pour me douter qu'il nous a préparé quelques tours à sa façon

– Vraiment, commandant, vos soupçons me blessent, dit Artemis.

Le jeune Irlandais ne put cependant réprimer un sourire. Tout le monde savait qu'il cacherait forcément des objets susceptibles de ramener à la surface des souvenirs résiduels ; il appartenait aux FAR de les découvrir. C'était leur dernier combat.

Artemis se leva et s'approcha de Mulch Diggums.

– Mulch, de tous les gens du Peuple que j'ai rencontrés, c'est vous dont les services me manqueront le plus. Nous aurions eu un grand avenir, tous les deux.

Mulch avait la larme à l'œil.

– C'est vrai. Votre cerveau associé à mes divers talents, quelle équipe !

– Sans parler de votre totale absence de morale à tous les deux, intervint Holly.

– Il n'y aurait plus eu à la surface de cette planète une seule banque sûre, acheva le nain. Une belle occasion manquée.

Artemis fit de son mieux pour paraître sincère. C'était crucial pour la suite de son plan.

– Mulch, je sais que vous avez risqué votre vie en trahissant la famille Antonelli, et j'aimerais vous faire un cadeau pour vous remercier.

L'imagination de Mulch se mit aussitôt à bouillonner : il pensait à des portefeuilles d'actions ou à des comptes en banque dans des paradis fiscaux.

– Oh, voyons, ne vous donnez pas cette peine. Il est vrai cependant que j'ai affronté des dangers mortels avec une bravoure stupéfiante.

– Exactement, dit Artemis qui ôta de son cou le médaillon en or. Je sais que ce n'est pas grand-chose mais cet objet a une très grande valeur affective pour moi. Je voulais le garder et puis je me suis rendu compte que, dans quelques minutes, il ne signifierait plus rien à mes yeux. Je préfère donc vous l'offrir ; je crois que Holly m'approuvera. Ce sera un petit souvenir de nos aventures.

– Voyez-vous ça, dit Mulch en soupesant le médaillon. Une demi-once d'or. Merveilleux. Vous avez cassé votre tirelire...

Artemis saisit la main du nain.

– Il n'y a pas que l'argent dans la vie, Mulch.

Root tendait le cou pour essayer d'en voir plus.

– Qu'est-ce que c'est que ça ? Qu'est-ce qu'il a donné au bagnard ?

Holly arracha le médaillon des mains de Mulch pour le montrer à l'objectif de la caméra.

– Une simple pièce d'or, commandant. C'est moi-même qui en avais fait cadeau à Artemis.

Foaly jeta un coup d'œil au petit disque doré.

– En fait, comme dit le proverbe, on vient de tuer deux vers gluants d'un même coup de brochette. Ce médaillon aurait pu évoquer des souvenirs résiduels. Peu probable mais possible.

– Et l'autre ver gluant ?

– Mulch aura quelque chose pour se distraire quand il sera en prison.

Root réfléchit quelques instants.

– D'accord, il peut le garder. Maintenant, conduisez ce bagnard à la navette et finissons-en. J'ai une réunion du Grand Conseil dans dix minutes.

Holly emmena Mulch et Artemis se rendit compte que le départ du nain lui faisait véritablement de la peine. Plus encore, il regrettait que le souvenir de leur amitié puisse disparaître à tout jamais.

Les techniciens s'abattirent sur eux comme des mouches sur une carcasse de viande. En quelques secondes, les trois humains présents dans la pièce se retrouvèrent avec des électrodes fixées aux tempes et aux poignets. Chaque ensemble d'électrodes était relié

à un écran à plasma en passant par un transformateur neural. Des souvenirs apparurent bientôt sur les écrans.

Foaly étudia les images.

– On est beaucoup trop loin dans le passé, dit-il. Concentrez-vous sur les dix-huit mois précédents. Ou plutôt non, remontez jusqu'à trois ans. Je n'ai pas envie qu'Artemis recommence à imaginer un plan pour kidnapper l'un des nôtres.

– Bravo, Foaly, dit Artemis d'un ton amer. J'espérais que vous n'y penseriez pas.

Le centaure lui lança un clin d'œil.

– Il y a beaucoup d'autres choses auxquelles j'ai pensé.

Sur l'écran, les lèvres de Root étirèrent leurs pixels en un sourire.

– Dites-lui tout, Foaly. J'ai hâte de voir la tête qu'il va faire.

Foaly consulta un fichier sur son ordinateur de poche.

– Nous avons vérifié vos e-mails et devinez quoi ?

– Dites-moi.

– Nous y avons trouvé un document concernant les fées qui attendait d'être ouvert. Nous avons également fait une recherche sur Internet en général. Et, ô surprise, quelqu'un qui possède la même adresse e-mail que vous avait loué quelques mégabits de mémoire pour y stocker d'autres fichiers sur les fées.

Artemis ne manifesta aucun repentir.

– Il fallait bien que j'essaye. Je suis sûr que vous me comprenez.

– Il n'y a rien d'autre dont vous vouliez nous parler ?

Artemis ouvrit grand les yeux, offrant une parfaite image d'innocence.

– Non rien. Vous êtes trop intelligent pour moi.

Foaly prit un petit disque laser dans une boîte à outils et le glissa dans le lecteur d'un ordinateur en réseau posé sur la table.

– Par simple précaution, je vais installer dans votre système informatique un virus destructeur de données. Il laissera vos fichiers intacts, sauf ceux qui concernent le Peuple. Le virus surveillera votre système pendant encore six mois après notre départ, au cas où vous auriez réussi à nous berner.

– Et vous me dites tout cela parce que, de toute façon, je ne m'en souviendrai plus.

Foaly esquissa une danse à quatre pas en tapant dans ses mains.

– Exactement.

Holly revint dans la pièce en traînant derrière elle une capsule métallique.

– Regardez ce qu'on a trouvé, enterré dans le parc.

Elle fit sauter le couvercle et vida la capsule sur le tapis oriental. Plusieurs disques informatiques et des copies du journal d'Artemis s'éparpillèrent sur le sol.

Foaly examina l'un des disques.

– Encore quelque chose que vous aviez oublié de nous signaler.

Artemis paraissait beaucoup moins sûr de lui, à présent. Ses liens avec le passé se rompaient les uns après les autres.

– Ça m'était sorti de l'esprit.

– J'imagine qu'il n'y a plus rien d'autre. Tout a été passé en revue ?

Artemis retourna s'asseoir, les bras croisés.

– Si je vous réponds oui, vous me croirez, j'espère ?

Root éclata d'un rire si bruyant que l'écran en trembla.

– Oh, oui, Artemis, nous avons entièrement confiance en vous. Comment pourrait-il en être autrement après tout ce que vous avez fait subir au Peuple ? Si vous n'y voyez pas d'inconvénient, nous aimerions vous poser quelques questions sous l'influence du mesmer. Et cette fois, vous n'aurez pas de lunettes noires pour vous protéger.

Dix-huit mois auparavant, Artemis avait réussi à échapper au regard hypnotique de Holly grâce à des lunettes de soleil réfléchissantes. C'était la première fois qu'il avait berné les fées. Ce ne devait pas être la dernière.

– Très bien, allons-y.

– Capitaine Short, aboya Root. Vous savez ce qu'il vous reste à faire.

Holly ôta son casque et massa l'extrémité de ses oreilles pour aider le sang à circuler.

– Je vais vous mesmeriser et vous poser quelques questions. Ce n'est pas la première fois que vous avez été soumis au mesmer, vous savez donc que le procédé est indolore. Je vous conseille de vous détendre. Toute tentative de résistance pourrait entraîner une perte de mémoire supplémentaire ou même des dommages cérébraux.

Artemis leva une main.

– Un instant. Est-ce que, comme je le pense, tout sera terminé lorsque je me réveillerai ?

Holly eut un sourire.

– Oui, Artemis. C'est un adieu.

Le visage d'Artemis restait très calme en dépit des émotions qui l'agitaient.

– Dans ce cas, j'ai des choses à dire.

Root ne put s'empêcher d'éprouver de la curiosité.

– Je vous donne une minute, Fowl, ensuite, c'est bonne nuit, dodo.

– Entendu. Tout d'abord, je voudrais vous remercier. Grâce au Peuple, ma famille et mes amis sont aujourd'hui à mes côtés. J'aimerais bien ne pas avoir à oublier cela.

Holly posa une main sur son épaule.

– C'est mieux ainsi, Artemis, croyez-moi.

– Ensuite, je voudrais que vous vous rappeliez la première fois où nous nous sommes rencontrés. Vous vous souvenez de cette fameuse nuit ?

Holly frissonna. Elle se rappelait le personnage glacial qui l'avait attaquée sur un des lieux magiques du Peuple des fées, dans le sud de l'Irlande. Le commandant Root, lui, n'était pas près d'oublier le moment où il avait échappé, d'un battement d'ailes, à l'explosion d'un pétrolier. Quant à Foaly, la première fois qu'il avait vu Artemis, c'était en regardant l'enregistrement vidéo des négociations menées pour la libération de Holly. Le Bonhomme de Boue s'était conduit comme une créature méprisable.

– Si vous me privez du souvenir et des influences du Peuple, poursuivit Artemis, il se peut que je redevienne cette personne-là. Est-ce vraiment ce que vous désirez ?

Une pensée qui faisait froid dans le dos. Le Peuple était-il vraiment responsable de la transformation d'Artemis ? Et le serait-il également s'il redevenait ce qu'il avait été ?

Holly se tourna vers l'écran.

– Est-ce possible ? Artemis revient de loin. Avons-nous le droit de réduire tous ces progrès à néant ?

– Il a raison, ajouta Foaly. Je ne pensais pas dire cela un jour, mais j'aime bien ce qu'il est devenu.

Root ouvrit une autre fenêtre sur l'écran.

– La confrérie des Psys a établi pour nous cette estimation de probabilités. Ils disent que les risques de régression sont minces. Fowl bénéficiera toujours de fortes influences positives de la part de sa famille et des Butler.

– La confrérie des Psys ? objecta Holly. Argon et ses copains ? Depuis quand faisons-nous confiance à ces charlatans ?

Root ouvrit la bouche pour hurler mais il y renonça. Ce qui n'arrivait pas souvent.

– Holly, dit-il, presque avec douceur. C'est l'avenir de notre culture qui est en jeu. Et pour vous parler franchement, l'avenir d'Artemis ne nous concerne pas.

Sur le visage sombre de Holly, sa bouche n'était plus qu'une fente droite et mince.

– Si c'est vrai, alors, nous ne valons pas mieux que les Hommes de Boue.

Le commandant décida d'en revenir à son mode habituel de communication.

– Écoutez-moi bien, capitaine, rugit-il. Ceux qui commandent sont appelés à prendre des décisions brutales. Et ceux qui ne commandent pas sont appelés à les exécuter en silence. Alors, maintenant, vous allez mesmeriser ces humains avant que nous perdions la liaison.

– Oui, commandant. Comme vous voudrez, commandant.

Holly se plaça face à Artemis pour établir un contact visuel.

– Au revoir, Holly. Je ne vous reverrai plus, même si je suis sûr que vous, vous me reverrez.

– Détendez-vous, Artemis. Respirez profondément.

Lorsque Holly reprit la parole, des vibrations de basse et de contralto se mêlaient dans sa voix. Les vibrations hypnotiques du mesmer.

– On en a fait un beau travail avec ce Spiro, hein ?

Artemis eut un sourire endormi.

– Oui. La dernière aventure. Plus personne ne sera blessé à cause de moi.

– Comment faites-vous pour concevoir tous ces plans ?

Les paupières d'Artemis devinrent lourdes.

– Une aptitude naturelle, j'imagine. Léguée par des générations de Fowl.

– Je parie que vous seriez prêt à n'importe quoi pour conserver vos souvenirs des fées.

– Presque n'importe quoi.

– Alors, qu'avez-vous fait *réellement* ?

Artemis continuait de sourire.

– J'ai imaginé quelques ruses.

– Quelles ruses ? insista Holly.

– C'est un secret, je ne peux pas vous le dire.

Holly ajouta quelques vibrations hypnotiques au timbre de sa voix.

– Dites-le moi, Artemis, ce sera notre secret à tous les deux.

Une veine palpita à la tempe d'Artemis.

– Vous ne le répéterez à personne ? Vous ne le répéterez pas aux autres fées ?

Holly jeta vers l'écran un regard chargé de culpabilité. Root lui fit signe de continuer.

– Je ne dirai rien. Ça restera entre nous.

– Butler a caché une capsule de temps dans le labyrinthe du parc.

– Et puis ?

– Je me suis envoyé un e-mail à moi-même. Mais je pense que Foaly le découvrira. C'est une fausse piste pour endormir sa méfiance.

– Très habile. Y a-t-il quelque chose qu'il ne découvrira pas, à votre avis ?

Artemis eut un sourire malicieux.

– Butler a enterré une capsule de temps dans le parc et j'ai mis des fichiers en mémoire sur un site Internet. Le virus de Foaly ne pourra pas les détruire et dans six mois, les fournisseurs du site m'enverront un rappel. Lorsque je récupérerai les données, elles devraient ramener à la surface des souvenirs résiduels et peut-être même me rendre complètement la mémoire.

– Rien d'autre ?

– Non. Le site de stockage de mémoire est notre dernier espoir. Si le centaure le découvre, alors, le monde des fées sera à jamais perdu pour moi.

Sur l'écran, l'image de Root se craquela.

– Bon, ça suffit, la liaison montante est en train de s'interrompre. Endormez-les une bonne fois et effacez leur mémoire. Filmez tout le processus. Je ne croirai pas qu'Artemis est enfin hors course tant que je n'aurai pas vu les images.

– Commandant, peut-être devrais-je poser quelques questions aux autres ?

– Négatif, capitaine. Fowl l'a dit lui-même. Le site Internet était leur dernier espoir. Branchez-les et envoyez le programme.

L'image du commandant disparut, effacée par des ondes parasites.

– Bien, commandant.

Holly se tourna vers l'équipe technique.

– Vous avez entendu ? On y va. Le soleil se lève dans deux heures. Je veux que nous soyons de retour sous terre avant l'aube.

Les techniciens vérifièrent que les électrodes étaient bien en place puis ils déballèrent trois paires de lunettes de sommeil.

– Je m'en occupe, dit Holly en prenant les lunettes.

Elle en mit une paire à Juliet en faisant passer l'élastique derrière sa natte.

– Je vais vous dire une chose, murmura Holly. La protection rapprochée est un métier dans lequel il faut res-

ter parfaitement froid. Vous avez trop de cœur pour faire ça.

Juliet hocha lentement la tête.

– J'essayerai de me rappeler votre conseil.

Avec douceur, Holly ajusta les lunettes.

– Je garderai un œil sur vous.

Juliet sourit.

– Je vous retrouverai dans mes rêves.

Holly appuya sur un bouton aménagé dans la monture et un mélange de lumières hypnotiques et de sédatifs administrés à travers les points de fixation plongèrent Juliet dans l'inconscience en moins de cinq secondes.

Holly s'occupa ensuite de Butler. Les techniciens avaient ajouté une longueur supplémentaire d'élastique pour qu'on puisse fixer les lunettes autour de son crâne rasé.

– Surveillez Foaly, dit le garde du corps. Je ne voudrais pas qu'il soit pris d'une crise de démence et que je me réveille avec quarante ans de vide dans ma tête.

– Ne vous inquiétez pas, le rassura Holly. En général, Foaly sait ce qu'il fait.

– Très bien. Et n'oubliez pas que si jamais le Peuple a besoin d'aide, je suis disponible.

Holly appuya sur le bouton.

– Je m'en souviendrai, chuchota-t-elle.

Artemis était le dernier. Dans son état d'hypnotisme, il paraissait presque paisible. Pour une fois, aucune pensée ne plissait son front et, aux yeux de quelqu'un qui l'aurait vu pour la première fois, il serait presque apparu comme un garçon normal.

Holly se tourna vers Foaly.

– Vous êtes sûr que c'est la bonne solution ?

Le centaure haussa les épaules.

– Nous n'avons pas le choix. Les ordres sont les ordres.

Holly mit les lunettes sur les yeux d'Artemis et appuya sur le bouton. Quelques secondes plus tard, l'adolescent s'effondra dans son fauteuil. Aussitôt, un texte en gnomique s'inscrivit sur l'écran, derrière lui. Au temps des Frondelfe, le gnomique s'écrivait en spirale. Mais lire en rond donnait la migraine à la plupart des fées.

– Commencez l'effacement, ordonna Foaly, mais conservez une copie. Un de ces jours, quand j'aurai quelque semaines de vacances, j'essayerai de découvrir comment ce garçon fonctionne.

Holly regarda la vie d'Artemis s'inscrire sur l'écran en symboles verts.

– Il y a quelque chose qui cloche dans tout cela, commenta-t-elle. S'il a réussi à nous trouver une fois, il sera capable de nous trouver à nouveau. Surtout s'il redevient le monstre qu'il était.

Foaly tapa des instructions sur un clavier ergonomique.

– Peut-être, mais la prochaine fois, nous serons prêts.

Holly soupira.

– C'est dommage, on était presque devenus amis.

Le centaure ricana.

– C'est ça. Comme si on pouvait devenir ami avec une vipère.

Holly rabattit soudain la visière de son casque, cachant ses yeux.

– Vous avez raison, bien sûr. Nous n'aurions jamais pu être vraiment amis. Ce sont les circonstances qui nous ont poussés l'un vers l'autre, rien de plus.

Foaly lui tapota l'épaule.

– Voilà qui est raisonnable. Courage, gardez les oreilles bien droites. Où allez-vous ?

– A Tara, répondit Holly. Je vais voler un peu. J'ai besoin d'air frais.

– Vous n'avez pas le feu vert pour ce vol, objecta Foaly. Root va vous confisquer votre badge.

– Sous quel prétexte ? dit Holly en dépliant ses ailes. Officiellement, je ne suis pas censée être ici.

Et elle s'envola, décrivant une courbe nonchalante pour passer la porte du hall. Elle franchit avec aisance l'entrée principale qui ne lui laissait que quelques centimètres de chaque côté et s'éleva rapidement dans le ciel nocturne. Pendant un instant, sa silhouette mince se découpa à la lueur de la pleine lune puis elle disparut dans un scintillement qui l'effaça du monde visible.

Foaly la regarda s'éloigner. Des créatures très sentimentales, ces elfes. D'une certaine manière, on ne pouvait trouver pire pour assurer des missions de Détection. Toutes leurs décisions venaient du cœur. Mais Root ne renverrait jamais Holly. Elle était faite pour la police. Et d'ailleurs, qui sauverait le Peuple si Artemis Fowl le découvrait à nouveau ?

Dans la cellule de détention de la navette, Mulch avait essayé de s'asseoir en évitant que son postérieur encore douloureux entre en contact avec la banquette. Une tâche quasiment impossible.

Le nain était morose. Il faut reconnaître que sa situation n'avait rien de réjouissant. Malgré tout ce qu'il avait fait pour les FAR, on allait encore le boucler pendant au moins dix ans. Simplement parce qu'il avait volé quelques malheureux lingots d'or. Et pas le moindre espoir de fuite. Il était entouré d'acier et de barreaux lasers et il en serait ainsi jusqu'à ce que la navette arrive à Haven-Ville. Ensuite, il ferait un petit voyage au centre de police puis, après une audience sommaire, on l'enverrait dans une centrale de haute sécurité jusqu'à ce que sa barbe tourne au gris. Ce qui ne manquerait pas d'arriver s'il était obligé de passer plus de cinq ans sans creuser de tunnel.

Il y avait quand même un peu d'espoir, cependant. Une minuscule lueur. Mulch se força à attendre que tous les techniciens aient fini de sortir leur matériel de la navette. Puis, d'un geste négligent, il ouvrit sa main droite et se frotta les tempes avec le pouce et l'index. Il put ainsi lire le petit mot caché dans sa paume – celui qu'Artemis lui avait glissé au moment où ils s'étaient serré la main.

Je n'en ai pas fini avec vous, Mulch Diggums, disait le mot. A votre retour, demandez à votre avocat de vérifier la date du premier mandat de perquisition de votre caverne. Lorsque vous aurez été libéré, restez tranquille

*pendant environ deux ans. Puis rapportez-moi le
médaillon que je vous ai donné. A nous deux, rien ne
pourra plus nous arrêter.*

*Votre ami et bienfaiteur,
Artemis Fowl II*

Mulch chiffonna le morceau de papier et le glissa
dans sa bouche. Ses molaires de nain eurent tôt fait de
détruire le document compromettant.

Il respira lentement par le nez. Le moment n'était pas
encore venu de déboucher une bonne bouteille de vin
de ver de roc. Une révision de son dossier pouvait
prendre plusieurs mois, peut-être même des années.
Mais au moins, il y avait de l'espoir.

Le nain serra entre ses doigts le médaillon que lui
avait donné Artemis. Il avait raison : à eux deux, rien ne
pourrait plus les arrêter.

ÉPILOGUE

JOURNAL D'ARTEMIS FOWL, DISQUE 2, CRYPTÉ

J'ai décidé de tenir un journal. Je suis d'ailleurs surpris que l'idée ne m'en soit pas venue plus tôt. Une intelligence telle que la mienne devrait laisser des traces écrites afin que les futures générations de Fowl puissent tirer parti de mes brillantes pensées.

Bien sûr, un tel document exige de grandes précautions. Car mes descendants ne seraient pas les seuls à s'y intéresser : il aurait encore plus de valeur aux yeux des représentants de la loi qui s'efforcent sans relâche de réunir des preuves contre moi.

Plus important encore : ce journal doit demeurer un secret pour mon père. Il n'est plus lui-même depuis qu'il s'est évadé de Russie. Je ne l'entends plus parler que de noblesse et d'héroïsme. Une véritable obsession. Au mieux, ce ne sont pour moi que des concepts abstraits. Pour autant que je le sache, la noblesse et l'héroïsme ne peuvent servir de garantie dans aucune des grandes banques du monde. La fortune de la famille est entre mes mains et j'entends la préserver comme je l'ai toujours fait, grâce à d'ingénieuses machinations. La plupart d'entre elles ne seront pas légales. C'est souvent le cas lorsqu'on recherche l'efficacité. Les véritables profits ne peuvent se faire que dans les zones d'ombre, là où la loi n'a pas sa place.

J'ai cependant décidé, par respect pour les valeurs auxquelles mes parents sont attachés, de modifier les critères de sélection de mes victimes. Il serait souhaitable pour l'écologie de la planète que diverses entreprises multinationales soient amenées à la faillite et j'ai résolu de les aider dans cette voie. Il y aura des victimes, bien sûr, mais il est peu probable qu'on verse beaucoup de larmes sur leur sort. Cela ne signifie pas que je sois devenu une sorte de Robin des Bois attardé, guidé par des sentiments d'un autre âge. Loin de là. J'ai en effet l'intention de tirer de mes agissements des bénéfices substantiels.

Mon père n'est pas le seul à avoir changé. Butler est devenu vieux quasiment d'un jour à l'autre. Son apparence est toujours la même mais il est beaucoup plus lent qu'auparavant, malgré tous ses efforts pour le cacher. Je n'ai pourtant pas l'intention de le remplacer. Il a toujours été un employé loyal et ses qualités d'expert en matière d'information et d'espionnage restent inestimables. Juliet m'accompagnera peut-être lorsque j'aurais besoin d'une protection rapprochée bien qu'elle prétende que la vie de garde du corps ne lui

convient pas. La semaine prochaine, elle partira aux États-Unis pour essayer d'entrer dans une équipe de catcheurs. Apparemment, elle a choisi le pseudonyme de « Princesse de Jade » comme nom de scène. Il me reste à espérer qu'elle échouera dès son premier essai. J'en doute, cependant. N'oublions pas que c'est une Butler.

Bien entendu, j'ai quelques affaires en cours que je peux mener sans l'aide d'un garde du corps. Ces dernières années, j'ai mis au point un logiciel destiné à détourner divers comptes bancaires à mon profit. Ce logiciel devra être amélioré afin de conserver son avance sur les innovations de la police informatique. La version 2.0 devrait être opérationnelle dans six mois. Je dois aussi mentionner mes talents en matière de faux tableaux. Dans le passé, j'ai privilégié les impressionnistes, mais aujourd'hui, pour une raison que j'ignore, je me sens plus attiré par des sujets fantastiques, par exemple les créatures féeriques représentées par Pascal Hervé dans sa série du *Monde magique*. Mais pour l'instant, ces projets doivent être momentanément interrompus, car j'ai découvert aujourd'hui que je suis victime d'une conspiration.

La journée a commencé étrangement. Lorsque je me suis réveillé, j'ai eu un moment de faiblesse. Pendant un instant, avant d'ouvrir les yeux, j'ai éprouvé un très grand contentement, au point d'en oublier mon désir d'accumuler des richesses. Une chose qui ne m'était encore jamais arrivée. Peut-être était-ce la conséquence d'un rêve magique qui avait laissé sa trace au-delà de mon sommeil, à moins que la nouvelle attitude de mon père à l'égard de l'argent ne se révèle contagieuse. Quelle qu'en soit la cause, je devrai veiller à l'avenir à m'interdire de tels écarts. Étant donné l'état d'esprit actuel de mon père, ce n'est pas le moment d'abandonner ma détermination. Je dois demeurer aussi résolu qu'à l'ordinaire. C'est toujours le crime qui a fait avancer les Fowl. *Aurum potestas est.*

Quelques minutes plus tard, je me suis trouvé confronté à un singulier mystère. Tandis que je me lavais la figure dans le lavabo, un minuscule objet est tombé d'un de mes yeux. Un examen attentif dans mon laboratoire a révélé qu'il s'agissait d'un verre de contact teinté et à moitié corrodé. Une couche réfléchissante comme un miroir avait été ajoutée sous la lentille. Ingénieux. Sans nul doute le travail d'un maître en la matière. Mais dans quel but ? C'est étrange mais bien que je ne sache rien de ce verre de contact ni de la manière dont il est arrivé dans mon œil, j'ai l'intuition que la réponse se trouve dans mon propre cerveau. Cachée dans l'ombre.

On peut imaginer ma surprise lorsque Juliet et Butler ont découvert à leur tour des verres de contact réfléchissants sur leurs propres pupilles. Ces lentilles sont si habilement réalisées qu'on pourrait croire à l'une de mes propres inventions. Aussi ne faut-il pas sous-estimer le mystérieux adversaire qui se cache derrière tout cela.

Qu'on ne s'y trompe pas : je traquerai le coupable. Aucun indice ne sera négligé. Butler connaît quelqu'un

à Limerick qui est lui-même un expert en matière de lentilles et d'instruments d'optique. Peut-être parviendra-t-il à identifier le travail de notre intrus. Au moment où j'écris ces lignes, Butler est déjà en route pour aller le voir.

Ainsi, un nouveau chapitre s'ouvre dans la vie d'Artemis Fowl II. Dans quelques jours, mon père reviendra avec sa nouvelle conscience. Bientôt, on m'enverra en pension où je n'aurai à ma disposition qu'un matériel informatique lamentable et un laboratoire tout aussi désolant. Par ailleurs, mon garde du corps semble trop vieux pour assurer des tâches physiques alors qu'un adversaire inconnu s'amuse à implanter d'étranges objets sur ma personne même.

On pourrait voir là des difficultés insurmontables. Un être ordinaire choisirait de se retirer du monde en se cachant derrière ses volets. Mais je ne suis pas un être ordinaire. Je suis Artemis Fowl, le dernier d'une longue dynastie du crime, et je ne me laisserai pas détourner de mon chemin. Je découvrirai qui a posé ces verres de contact et je lui ferai payer cher son outrecuidance. Lorsque je me serai débarrassé de cette menace, je pourrai poursuivre mes plans sans entraves. Je déclencherai alors une vague de crimes sans précédent. Le monde se souviendra du nom d'Artemis Fowl.

FIN

TABLE DES MATIÈRES

Eoin (prononcer Owen) **Colfer** est né en 1965 à Wexford, en Irlande. Enseignant, comme l'étaient ses parents, il vit avec sa femme Jackie et son jeune fils dans sa ville natale, où sont également installés son père, sa mère et ses quatre frères. Tout jeune, il s'essaie à l'écriture et compose une pièce de théâtre pour sa classe, une histoire dans laquelle, comme il l'explique, « tout le monde mourait à la fin, sauf moi ». Grand voyageur, il a travaillé en Arabie Saoudite, en Tunisie et en Italie avant de revenir en Irlande. Eoin Colfer avait déjà publié plusieurs livres pour les moins de 10 ans et il était, même avant la publication d'*Artemis Fowl* et de *Mission polaire*, un écrivain pour la jeunesse reconnu dans son pays. Il est aujourd'hui un auteur au succès international et son jeune héros est devenu en peu de temps l'un des personnages les plus célèbres de la littérature jeunesse. *Code éternité* est le troisième volume des aventures d'Artemis Fowl.

Du même auteur, vous pouvez également lire *Que le diable l'emporte...*, publié dans la collection Folio junior chez Gallimard Jeunesse.

Avez-vous lu les premiers volumes des aventures d'ARTEMIS FOWL ?

Découvrez un extrait
d'ARTEMIS FOWL
(vol. 1)

HÔ CHI MINH-VILLE en été. Une chaleur étouffante, tout le monde s'accorde à le reconnaître. Inutile de préciser qu'Artemis Fowl n'aurait jamais accepté de subir un tel inconfort si l'enjeu n'avait été aussi important. Important pour son plan.

Le soleil ne convenait pas à Artemis. Il ne lui allait pas au teint. Les longues heures passées enfermé devant un écran d'ordinateur lui avaient décoloré la peau.

Il était aussi pâle qu'un vampire et presque aussi irritable lorsqu'il se trouvait à la lumière du jour.

– J'espère qu'il ne s'agit pas encore d'une fausse piste, Butler, dit-il, d'une voix basse et coupante. Surtout après ce qui s'est passé au Caire.

C'était un aimable reproche. Ils s'étaient en effet rendus en Égypte sur les indications d'un informateur de Butler.

– Non, monsieur. Cette fois-ci, je suis sûr de moi. Nguyen est un homme de confiance.

– Humm, marmonna Artemis, sans conviction.

Les passants auraient été stupéfaits d'entendre l'Eurasien à la carrure d'athlète appeler le jeune garçon « monsieur ». On était quand même au troisième millénaire ! Mais la relation qui existait entre eux n'avait rien d'ordinaire et, d'ailleurs, il ne s'agissait pas de touristes ordinaires.

Ils étaient assis à la terrasse d'un café de la rue Dong Khai et regardaient les jeunes gens du quartier faire le tour de la place sur leurs vélomoteurs.

Nguyen était en retard et la malheureuse tache d'ombre que projetait leur parapluie n'avait guère de chance d'améliorer l'humeur d'Artemis. Mais ce n'était là que la manifestation de son pessimisme quotidien. Derrière la mine renfrognée se cachait une étincelle d'espoir.

Ce voyage donnerait-il véritablement des résultats ? Allaient-ils trouver le Livre ? C'était sans doute trop demander...

Un serveur s'avança vers leur table d'un pas précipité.

– Encore un peu de thé, messieurs ? demanda-t-il, en saluant frénétiquement de la tête.

Artemis poussa un soupir.

– Épargnez-moi votre petit spectacle et asseyez-vous.

Le serveur se tourna instinctivement vers Butler qui était l'adulte, après tout.

– Mais monsieur, je suis le serveur.

Artemis tapota sur la table pour attirer son attention.

– Vous portez des mocassins faits sur mesure, une chemise en soie et trois chevalières en or. Vous avez une pointe d'accent d'Oxford et l'éclat discret de vos ongles montre qu'ils ont été manucurés il y a peu de temps. Vous n'êtes pas serveur. Vous êtes Nguyen Xuan, notre contact, et vous avez adopté ce petit déguisement ridicule pour vérifier discrètement si nous ne sommes pas armés.

Les épaules de Nguyen s'affaissèrent
– C'est vrai. Stupéfiant.
– Pas vraiment. Il ne suffit pas d'un vieux tablier effiloché pour avoir l'air d'un serveur.

Nguyen s'assit et versa un peu de thé à la menthe dans une minuscule tasse de porcelaine.

– Je vais vous renseigner moi-même en ce qui concerne les armes, poursuivit Artemis. Personnellement, je n'en ai pas. Mais Butler – c'est son nom : Butler, comme le mot qui signifie « majordome » en anglais, ce qui tombe très bien puisque c'est... mon majordome. Butler, donc, possède un pistolet Sig Sauer dans le holster qu'il porte sous l'aisselle, deux poignards à lame mince dans ses bottes, un minuscule derringer à deux coups dans sa manche, un fil de fer dans sa montre pour d'éventuels étranglements et trois grenades à main dans diverses poches. Je n'ai rien oublié, Butler ?

– La matraque, monsieur.

– Ah oui. Une bonne vieille matraque à billes d'acier qu'il cache dans sa chemise.

D'une main tremblante, Nguyen porta la tasse à ses lèvres.

– Ne vous inquiétez pas, Mr. Xuan, dit Artemis avec un sourire. Ces armes ne seront pas utilisées contre vous.

Nguyen ne sembla guère rassuré.

– Non, continua Artemis, ce serait inutile. Butler est capable de vous tuer de cent manières différentes sans avoir besoin de recourir à cette artillerie. Mais inutile d'aller jusqu'à cent, une seule suffirait largement.

Nguyen était terrorisé, à présent. C'était généralement l'effet que produisait Artemis sur ses interlocuteurs. Un adolescent au teint pâle, parlant avec l'autorité et le vocabulaire d'un adulte sûr de son pouvoir. Nguyen avait déjà entendu le nom de Fowl auparavant – qui pouvait l'ignorer dans la pègre internationale ? – mais il pensait qu'il aurait affaire à Artemis senior, pas à ce garçon. Quoique le mot « garçon » ne fût pas le mieux choisi pour définir ce personnage émacié. Quant au géant, Butler... il était évident qu'avec ses mains herculéennes, il serait capable de briser comme une simple brindille la colonne vertébrale de n'importe qui. Nguyen commençait à se dire qu'aucune somme d'argent ne valait la peine de passer une minute de plus en cette étrange compagnie.

– Et maintenant, parlons affaires, dit Artemis en posant un minimagnétophone sur la table. Vous avez répondu à notre annonce Internet.

Nguyen acquiesça d'un signe de tête, priant soudain que son information soit exacte.

– Oui, heu... monsieur Fowl. Ce que vous cherchez... Je sais où le trouver.

– Vraiment ? Et je suis censé vous croire sur parole ? Vous pourriez très bien m'amener tout droit dans un piège. Ma famille n'est pas exempte d'ennemis.

Butler attrapa en plein vol un moustique qui s'était aventuré près de l'oreille de son employeur.

– Non, non, il n'y a pas de piège, répondit Nguyen en sortant son portefeuille. Regardez.

Artemis examina le Polaroid. Il s'efforça de maîtriser son rythme cardiaque. La photo semblait prometteuse mais, de nos jours, on pouvait faire tous les trucages possibles avec un ordinateur et un scanner. L'image montrait une main émergeant de l'ombre. Une main verte et tachetée.

– Mmmm, murmura Artemis. Expliquez-moi ça.

– Cette femme. C'est une guérisseuse, du côté de la rue Tu Do. Elle se fait payer en alcool de riz. Elle est tout le temps ivre.

Artemis hocha la tête d'un air approbateur. La boisson. L'un des quelques rares faits indiscutables que ses recherches avaient permis de découvrir. Il se leva, lissant les plis de son polo blanc.

– Très bien. Conduisez-nous là-bas, Mr. Nguyen.

Nguyen essuya la sueur qu'on voyait perler parmi les poils de sa moustache filandreuse.

– Il s'agit d'un simple renseignement. Nous étions bien d'accord là-dessus. Je ne veux pas prendre un mauvais sort sur la tête.

D'un geste expert, Butler saisit l'informateur par la nuque.

– Je suis navré, Mr. Nguyen, mais l'époque où vous aviez une certaine liberté de choix est depuis longtemps révolue.

Butler entraîna le Vietnamien qui essayait de protester jusqu'à un 4 x 4 de location. Ce n'était pas le genre de véhicule absolument indispensable dans les rues plates de Hô Chi Minh-Ville, ou de Saigon comme ses habitants continuaient de l'appeler, mais Artemis aimait mieux s'isoler le plus possible des civils.

La Jeep avança peu à peu à une allure douloureusement traînante, d'autant plus insupportable que l'impatience d'Artemis ne cessait de croître. Il lui était impossible de la dominer plus longtemps. Allaient-ils enfin arriver au terme de leur quête ? Après six fausses alertes qui les avaient amenés sur trois continents, cette guérisseuse imbibée d'alcool serait-elle le trésor au pied de l'arc-en-ciel ? Artemis faillit glousser de rire. Le trésor au pied de l'arc-en-ciel. Il venait de faire une sorte de plaisanterie. C'était quelque chose qui n'arrivait pas tous les jours.

Les vélomoteurs s'écartèrent comme s'ils pénétraient dans un immense banc de poissons. La foule, ici, semblait sans fin. La moindre ruelle débordait de colporteurs et de vendeurs à la sauvette. Dans un crépitement d'huile bouillante, des cuisiniers jetaient des têtes de poisson dans leurs woks et des gamins des rues se faufilaient dans les jambes de tout le monde, à la recherche d'objets de valeur mal surveillés. D'autres, assis à l'ombre, s'usaient les pouces sur leur Gameboy.

Nguyen transpirait dans sa chemise kaki. L'humidité n'y était pour rien, il y était habitué. C'était plutôt à cause de cette maudite situation dans laquelle il s'était fourré. Il aurait dû savoir qu'on ne doit jamais mélanger magie et filouterie. Il se fit la promesse silencieuse que, s'il parvenait à se sortir de là, il changerait de conduite. Il cesserait de répondre aux annonces louches diffusées sur Internet et n'irait certainement plus se compromettre avec les rejetons des grandes familles de la pègre européenne.

La Jeep ne pouvait passer partout. Les petites rues qu'ils empruntaient devenaient trop étroites pour le 4 x 4. Artemis se tourna vers Nguyen.

– Il semblerait que nous devions continuer à pied, Mr. Nguyen. Si vous avez envie de vous enfuir en courant, ne vous gênez surtout pas, mais il faudra vous attendre à éprouver une douleur cuisante et fatale entre les omoplates.

L'homme regarda brièvement Butler dans les yeux. Ils étaient bleu foncé, presque noirs. Des yeux dépourvus de toute pitié.

– Ne vous inquiétez pas, dit-il, je ne chercherai pas à m'enfuir.

Ils descendirent de voiture et un bon millier de regards les suivirent tandis qu'ils s'enfonçaient dans la ruelle suffocante. Un malheureux pickpocket essaya de voler le portefeuille de Butler. Le serviteur brisa les doigts du voleur sans même lui accorder un regard.

Aussitôt, tout le monde s'écarta largement sur leur passage

(Extrait de **Artemis Fowl**, vol.1)

Découvrez un extrait
de MISSION POLAIRE,
(vol. 2)

Le capitaine Holly Short avait décidé de faire des heures supplémentaires et de monter directement à la surface de la terre.

Elle s'accorda seulement une nutribarre et une recharge énergétique avant de sauter dans la première navette à destination de Tara.

Le chef de la sécurité du terminal ne fit rien pour lui faciliter le voyage. Il ne cachait pas son exaspération : non seulement le capitaine Short avait interrompu le trafic pour prendre une capsule prioritaire dans le conduit E 1 mais en plus, elle entendait réquisitionner une navette entière pour le voyage de retour.

– Faites une nouvelle vérification, dit Holly, les dents serrées. Je suis sûre que l'autorisation du centre de police est arrivée, maintenant.

Le gnome furibond consulta son ordinateur de poche.

– Non, ma petite dame, je n'ai rien du tout.

- Écoutez, monsieur...

– Commandant Terryl.

– Commandant Terryl. Je dois remplir une mission très importante. Question de sécurité nationale. J'ai besoin que vous interdisiez complètement l'accès du hall des arrivées pendant les deux heures qui viennent.

Terryl fit semblant d'être au bord de la syncope.

– Les deux heures qui viennent ! Vous êtes folle, ma fille ? J'ai trois navettes en provenance de l'Atlantide. Qu'est-ce que je vais leur dire, moi ? Que toutes les excursions sont annulées sous prétexte que les FAR ont besoin d'organiser leurs petites combines ultra-secrètes ? C'est la haute saison. Je ne peux pas tout fermer comme ça. Pas moyen.

Holly haussa les épaules.

– Très bien. Comme vous voudrez, mais quand vos touristes verront les deux humains que je vais ramener ici, ça va déclencher une émeute, je peux vous le garantir.

– Deux humains ? s'exclama le chef de la sécurité. A l'intérieur du terminal ? Vous êtes complètement cinglée ?

Holly commençait à manquer de patience et de temps.

– Vous voyez ça ? demanda-t-elle en montrant l'insigne fixé sur son casque. Je suis capitaine des FAR. Et ce n'est pas un flic de pacotille à tête de gnome qui va m'empêcher d'exécuter mes ordres.

Terryl se redressa de toute sa hauteur qui ne devait pas excéder soixante-dix centimètres.

– Ouais, ouais, j'ai entendu. La fille dingue, capitaine des FAR. Vous avez provoqué une belle pagaille l'année dernière, pas vrai ? Les lingots d'or que je verse au fisc vont servir à payer vos âneries pendant un bon bout de temps.

– Appelez le centre de police, espèce d'imbécile bureaucratique.

– Vous pouvez m'insulter tant que vous voudrez, ma

petite dame. Ici, il y a un règlement et sans confirmation d'en bas, je ne peux rien faire pour le changer. Encore moins pour une obsédée de la gâchette qui a des problèmes de comportement.

– Dans ce cas, on n'a qu'à passer un coup de fil au centre de police !

Terryl renifla d'un air hautain.

– Les poussées de magma viennent de se déclencher. Difficile d'avoir la ligne. J'essaierai peut-être encore à la fin de mon service. Vous n'avez qu'à aller vous asseoir dans le hall d'attente.

La main de Holly glissa vers son électrotrique.

– Vous savez ce que vous êtes en train de faire ?

– Quoi ? croassa le gnome.

– Vous êtes en train de faire obstruction à une opération des FAR.

– Je n'obstrue rien du tout...

– Et, de ce fait, j'ai le pouvoir de mettre un terme à cette obstruction en ayant recours à la force que j'estime nécessaire.

– Je vous conseille de ne pas me menacer, ma petite dame.

Holly sortit l'électrotrique de son fourreau et la fit tournoyer entre ses doigts avec dextérité.

– Je ne vous menace pas. Je vous informe simplement d'une procédure de police. Si vous persistez, je me verrai contrainte d'écarter l'obstruction, c'est-à-dire en l'occurrence, vous-même, et de m'adresser à votre supérieur.

Terryl ne semblait pas convaincu.

– Vous n'oseriez pas.

Holly eut un sourire.

– Je suis la fille dingue des FAR, ne l'oubliez pas.

Le gnome réfléchit. Il était peu probable qu'elle lui envoie une décharge d'électrotrique, mais qui pouvait savoir avec ces elfes femelles ?

– OK, dit-il en imprimant une page à l'aide de son ordinateur. Je vous donne un visa de vingt-quatre heures. Mais si vous n'êtes pas revenue à la fin de ce délai, je vous fais mettre en garde à vue dès votre retour. Et là, c'est moi qui vous menacerai.

Holly attrapa la feuille de papier.

– C'est ça. Et maintenant, souvenez-vous : il faut que le hall des arrivées soit totalement vide quand je reviendrai.

(Extrait de *Mission polaire*, vol. 2)

Loi n° 49-956
du 16 juillet 1949
sur les publications
destinées à la jeunesse

Mise en pages : Karine Benoît

ISBN : 2-07-055403-1
Numéro d'édition : 126910
N° d'impression : 64997
Imprimé en France
sur les presses de la Société
Nouvelle Firmin-Didot
Dépôt légal : septembre 2003
Premier dépôt légal : juin 2003